ウィリアム・カーロス・ウィリアムズ

代表的アメリカ人

富山英俊訳

みすず書房

IN THE AMERICAN GRAIN

by

William Carlos Williams

First published by Albert & Charles Boni, New York, 1925

凡例

一、本書は、William Carlos Williams, *In the American Grain*（1925）の翻訳である。
一、本文中の楷書体は原文のイタリック、太字は大文字である。
一、［　］内は訳者による注、補足である。
一、原文における地名、年代などの明らかな誤記は、とくに断らず訂正した。
一、各章の冒頭に、訳者によるその章の解題を付した。
一、巻末に、訳者解説を付した。

これらの研究で、ぼくは歴史上のさまざまな存在に、新たな名を与えようとした。それらは今は、呼び名の混乱のなかに見失われる。その多くは、不適切な借り物であり、その下に真の性格は隠される。手紙、日誌、事件の報告のうちに、ぼくは、古いことばが暗示する新たな形態を認めた。それゆえ、新しい名が形成された。だから、注目すべき素材を見つけたとき、ぼくは文献の断片を、その風味を伝えるために、この本に書き写した。どこでもぼくは、古い記録から、現実の特異な感触を、独自な力の形態を、分離しようとした。それらは、ワシントンのような男の個性、魔女の業の裁判記録そのもの、ある海戦の物語――そこには独特の雰囲気がある――、移住を検討する人びとへのフランクリンの書簡、などだ。ぼくの望みは、すべての源泉から、ひとつのもの、命の不思議な燐光を抽出することだった。古い誤った命名の下では、それらは名をもたない。

ウィリアム・カーロス・ウィリアムズ

代表的アメリカ人　目次

Ⅲ　珍奇な事ども　124

1　赤毛のエイリーク

アイスランド・サガの二篇が記す、赤毛のエイリークの息子レイヴが一〇〇〇年ごろ北米大陸（「ヴィンランド」）に到達し、その後何度か探検移住が試みられたという物語は、すでに一九世紀にはよく知られ、その根幹はのちの発掘により事実として確認された。もちろんそれらの物語は一貫して写実的であるわけでなく、さらに本章のエイリークの独白は、サガに基づきつつウィリアムズ（以下W）の創作である。

その二篇「赤毛のエイリークのサガ」と「グリーンランド人のサガ」についてWが依拠した英訳は、*The Norsemen, Columbus and Cabot* (Ed. Julius Olson & Edward G. Bourne) という一九〇六年刊の初期アメリカ探検資料集に収録のもの。邦訳は前者が『アイスランドのサガ中篇集』（菅原邦城ほか訳、東海大学出版会）に、後者が『サガ選集』（日本アイスランド学会編訳、東海大学出版会）に所収。

やつらのやり方より、氷のほうがましだ。おれはものを一人の力で取る。やつらは、やつらの曲がった法で。だがやつらは、おれに徴をつけた——おれ自身にとってさえ。おれはやつらと似てないから、邪悪だ。おれの手は、それを打ち消せない。おれは殺人者、無法者、アイスランドでさえ追放者。やつらのやり方は正しく、おれのやり方は——王たちとおれの父のやり方は——やつらと食い違う。弱虫どもが群れて強く見せようとする。だがおれはひとりだ。グリーンランドにいて。

最悪のことは、弱虫で、だがどうしてか、やつらは強いことだ。じつはやつらは力をもつ。ねじ曲がったやり方で。おれはやつらと似てないから——邪悪だ、というのは嘘だ。やつらより、おれたちの血筋にかなない、先に進む意志がある——おれのまさにその部分が、現れてはいけない。やつらの拘束の外では。エイリークはグリーンランドだった。おれはそれをグリーンランドと呼ぶ。男たちがそこに行き植民する場所を。

おれは、だから、やつらのために氷に道を開くことになる。やつらがおれをここまで追えるように——やつらの、意図せざる召使いだ。しかしやつらは、追って来るにちがいない。

始めからそうだった。やつらはおれをイェーレン［ノルウェーの地域］から追い出した。父とおれを。おれの国に来て厄介を起こす、あのキリストとはなんだ？　やつの司教どもは嘘つきで記録をごまかし、おれをおれでないものにする——やつらの目的のために——おれたちが男を一人殺したからだ。

やつは、殺された最初の男か？　それでやつらが恨みをもつ？　やつが、やつらの仕組みにとって大切で、重要な男だったこと——それはわかる。やつらの色合いの一人だ。やつを殺ったおれたちを、ノルウェーから追放する必要がある。やつらの裁判と、緩いやり方。おれたちがやつを殺した、ということでもない。おれたちの一方が、自然のなりゆきで、死ぬはずだった。やつか、おれたちか。だがおれたちが殺されてたら、やつがそれで国から追放されたか？　やつは、大司教になっただろう。アイスランドへ。だから。ノルウェーは忘れろ。なにが、そこに？　父は死んだ。北の土地は確保した。貧しい家屋敷だ。殺人がおれをそこに追いやった。それからショーズヒルドと結婚した。北から移りハウカダル［アイスランド南部の地域］に土地を開いた。そのせいで、おれが大人しくなる？　おれの奴隷たちがヴァルショーフの畑で地崩れを起こしてヴァルショーフの一族がそいつらを殺したら、おれはやつらを殺さない？　おれが立ち上がり、それから自分の奴隷たちの前で馬鹿にされるなんて許せるか？　おれは時が来たら、泥棒みたいに震えて汗をかく男でない。

むしろ、おれは一人でなく二人を殺したと言おう。やつらは自分たちのあいだでおれを裁いてまた追放した。北へ。だから。アイスランドの荒野。

そこでソルゲストがやって来て、台座の外板を貸さないかと聞いた。おれを無力だと思ってた。それ以外にあるか？　なぜなら赤毛のエイリークは徴つきの男で、法の外だ。そう見えたんだろう。そいつからは好きなだけ盗める——一人に対する多数というわけだ。ソルゲストは飾りを刻んだ板を返さなかった。おれはやつの家に行き、おれの持ち物を取り外した。やつは追いかけて来て、決闘があり、やつの息子の二人が殺された。

今度はやつらは事を起こした。やつらはおれたちを島々のあいだに探した——おれとおれの一族だ。これが事のありさまだ、ソールの民会よ。これが始めからおれのありさまだった。エイリークは友を愛し、寝床を愛し、食い物を愛し、狩りを愛し、息子を愛する。槍を投げ、女を抱き、船を操り、土地を耕し植えて、家畜を育てる男だ。狐の皮を剝ぎ、歌い、踊り、走り、格闘し、登り、アザラシのように泳ぐ。遠征を計画し費用を出し、敵を殺し、霧や雪嵐のなかに道を見つける。星から船の位置を読み、悪臭のなかで暮らし、汚れた水を飲み、ひどい寒さや厳冬に耐え、百人の男と新しい土地に行きそこに居着く。だがやつらは、おれに烙印を押した。殺人を二つに分けて、悪いほうをおれに押しつけた。それが、おれのまわりの空中に漂う。殺されるとはどんなことだ？　やつらは、おれに好き放題をした。あれは、島々のあいだで追われることより、ずっとひどいのか？　ノルウェーからアイスランドへ追跡される。南から北へ。アイスランドからグリーンランドへ。なぜなら――おれはおれで、そのままだから。

無法者には、友がない。人殺しは、ウサギのように石のあいだに追いつめられる。だがおれの船は造られ、装備され、人員は集められ、暗礁の向こうへの安全も保証された。ソルビョルンに大いに借りがある［その娘グズリーズはのちにエイリークの子ソルスティンと結婚］。それでグリーンランドへ――まず、氷と荒海と戦う厳しい日々。疫病が襲った。家畜は病気になる。何週間も経った。夏がほとんど終るころ陸地に着いた。それがおれの取り分だ。おれの好みでないとは言わない。苦難はおれのなかで生きる。おれが苦しむのはおれ自身で、水や風より速く走る。だが、おれのものはそれだけとは、ひどい苦しみだ。それが半分だ。決めるのがやつらなのも、気に食わない。おれがひどい目にあったのは選んだからでなく、残された道、やつらの上着の切れ端だったからだ。それは、肉にかかる胆汁だ。雹におれを、打たせるがよい。それは、おれが感じる類いの喜びだ。

だから、グリーンランド。かくあれかし。また始める。いつも、同じことだとわかる。妻と二人の息子と一人の娘。おれの人生は二つに割られた。そのことの理路。それはおれを証す。おれたちは自分の家屋敷に住み、外の世界とほぼ無縁だった。交易のために人が来た。それからレイヴ、エイリークの息子がノルウェーに旅する。千マイルを、一気に。だが帰りに、幸せ者レイヴは西に流され新しい国を見つけた。その知らせをやつはブラッタフリーズ［グリーンランドの入植地］に運んだ。その一撃でやつは、おれに誇りを取り戻し、やつの行ないへの喜び、おれの行ないへの喜びを運んだ。エイリークは先に続く。そして、毒も。オーラーヴ［ノルウェー王、在位九九五―一〇〇〇］からの王命は――息子の口を通して――斧のように硬く、なかば癒されたおれを、また切り裂く。

　それは新しくない。ただ、ここグリーンランドでおれは、呪いを後ろに捨てたと感じはじめていた。ここで冬を越し、ずっと西にいて、まったき身に戻る夏を待ち望みはじめた。おれの一族は働き、妻は隣にいて、息子たちはおれの汚名から自由で、強く育ち海を知る。ここに、やつらへの答えがある。ソルスティンとレイヴ・エイリークソン。父は赤毛のエイリーク。人殺しだ！　おれ自身が、世界の歯に嚙まれている。

　だからやつらはおれを切り刻む。法王がオーラーヴを手なずけた。レイヴは宮廷にいる――オーラーヴはやつに、あの代物をグリーンランドに運ぶよう任せた。そいつは火のように広がる。そうなるにちがいない。弱虫たちに力を約束して、千人の弱虫の力を思いのままにできる。ショーズヒルドは、神のないおれを、寝床に入れない。息子を二人とも味方につけた。レイヴもソルスティンもキリスト教徒だ。やつらはこう言う――エイリーク、悪の子よ、抜け出して許されなさい――あの女は教会を建ててそこで寝ればいい。

＊　＊　＊

年がたつとブラッタフリーズでは、レイヴが最初に見た立派なヴィンランドの話が盛んになった。探検すべきだ。そこでカルルセフニ［ソルスティンの死後その妻グズリーズと結婚］とスノッリは船を準備した。エイリークは、一緒に行くには年を取りすぎて、出発を見守った。だがエイリークは船に、男たちと一緒にいた。寝床のない、息子のないエイリーク。運命はかれを眼の穴から抉り出し、また海に投げる。船が南に向かうにつれ。いま鏡は暗くなる。海が一行を、新世界に運ぶにつれ。

かれらは野生のコメを見つけ、仮小屋と矢来を作った。最初はスクレーリング［先住民］たちと交易した。その頬骨は高く、眼は平らだ。それからやつらと戦った。カルルセフニと部下たちは以前は白い盾を見せたが、今度は赤い盾を見せた。スクレーリングたちは船から飛び出し、一斉に戦った。カルルセフニとスノッリは負かされた。逃げた。するとあのフレイディース、エイリークの私生児が小屋から出た。男たちが逃げるのを見て叫んだ。おまえらなぜあの屑どもから逃げる、家畜のように打ち殺すかわりに？　わしに武器があれば、おまえらよりよく戦うぞ。

走って逃げたが、子で膨らんだ腹のせいで、他の者より遅れた。女は目の前に死体を見た。スノッリの息子で、頭を石で割られ、抜き身の刀が隣にあった。女はそれを取り、身を守った。スクレーリングたちが近づくと、女は乳房を露わにして抜き身の刃で叩いた。これにスクレーリングたちは怖じ気づき、船へと逃げた。

こうして薄まり、さらに黒ずみ、エイリークの血が流れる。フレイディースの体に。フレイディースはつぎの機会に、自分の船の女主人になり、ヘルギとフィンボギの兄弟に、一緒にヴィンランドに行くよう説いた。得られるだろうよいものすべてを、等分するためだ。レイヴは、そこの家を女に貸す。二艘の船が、それぞれ三十人の強健な男たちと、女たちとを乗せた。だが始めに、フレイディースはさらに五人の男を隠して、契約を破った。カルルセフニは女を怖れた。

　さてかれらは海に出た、兄弟たちは一艘に、フレイディースとカルルセフニは別のほうに。一緒に航海すると約束した。だがさして離れなかったが、兄弟たちがやや先に着き、持ち物をレイヴの家に運んだ。フレイディースも着き、同じことをした。兄弟たちは退き、近くに新しい家を建てた。一ヵ月しないうち、二軒は仲違いして冬が来た。

　春。フレイディースはある夜、ずっと考えて、早くに寝床から起き服を着て、だが靴と靴下は履かない。ひどく霜が降りた。女は夫の上着を取り、身に巻きつけて、闇のなかを兄弟の家の戸口まで歩いた。その戸を、男たちの一人は完全に閉めず、少し前に外に出ていた。女は戸を押し開け、黙って戸口にしばらくいる。フィンボギは目を覚まし言った。おまえなにが望みだ、フレイディース？　女は答えた。おまえ起きてわしと一緒に出てくれ。話をしたい。二人は、家の壁の近くの木のところに行き座った。おまえ具合はどうだ、女は言った。この土地に満足だ、と男は答えた。かれらの争いを除けば。二人は話した。

　女が欲しいのは兄弟たちの船――のようだった。女のものより大きい。フィンボギは、のろまで、頭が鈍くて、または眠くて、女に渡すことに同意した。フレイディースは、怒りか悪い血に駆られ、家に戻った。フィンボギは寝床に戻った。

　女は寝床に上がり冷たい足で夫を起こした。なぜそんなに冷たく濡れてる？　わしは船を買いに兄弟たちの家に行ったが、やつらは断って殴りおった。

ソルヴァルスは男たちを起こした。かれらは兄弟の家に行き、かれら一族を捕まえ、一人ずつ引き出し殺した。女たちだけ残った。どの男も殺そうとしない。なんだ？　フレイディースは言った。わしに斧を渡せ。渡されると、女は五人の女を襲い死なせた。

グリーンランドで、レイヴは、いまは家長だが、妹を相応に罰する気はなかった。だがおれは、これをやつらについて予言する。やつらの子孫に繁栄の余地はない。それゆえあのとき以降、だれも、やつらを悪以外のものに値すると考えない。エイリークは、墓のなか。

2　インドの地の発見

ジェノヴァ出身のイタリア人クリストフォロ・コロンボ（一四五一―一五〇六、英語名クリストファー・コロンブス）の新大陸発見について、Wが使った資料集は前章と同じく *The Norsemen, Columbus and Cabot*。本章の大部分は、コロンブスの四度の航海、第一次（一四九二出航）、第二次（九三）、第三次（九八）、第四次（一五〇二）の航海記や報告書簡の引用からなる。コロンブスは、最初の発見の栄光のあと、約束した権益の接収を謀るスペイン王室との確執に苦しみ、しだいに失意と絶望を深めるが、Wはそれを時間の順序をずらして編集提示する。原文で編集箇所は示されないが、訳文では割注内に説明した。

邦訳は、第一次航海について『コロンブス航海誌』（林屋永吉訳、岩波文庫）が、第一―四次の諸資料について『コロンブス全航海の記録』（同前）があり、また『完訳コロンブス航海誌』（青木康征訳、平凡社）は、王室との「サンタフェ協約」をも訳出している。

ただし本訳書は、Wによる諸資料の編集提示の翻訳であるから、Wの英文をそのまま訳した。第一次の『航海誌』は、コロンブスの日誌をラス・カサスが三人称の記述に書き直したもののみが残っているが、Wは一人称に戻している。

新世界は、あのころ、歴史として知られるすべての領域の彼方に存在して、十五世紀には、砂漠や海の中央が現在あるように、永遠にあるべきように存在した。それはみずからの暗い命により徴づけられ、その命が向かう無垢な完成は、ぼくたちと関係をもたない。だがいまや、その時期の航海の成功によって、西の陸地はもはや孤立を守れなかった。すでに定められた苦い果実が、条理に反して、その誕生の白い花より以前に存在した。それは、あの奇跡的な最初の航海によって剝き出しにされる。なぜなら、純潔な、白い、蠟のような、香り高い花の成就として、コロンブスの魅惑の行路は描かれるべきだから。とりわけ、のちにかれがその正体を暴いた、舌を刺す毒のリンゴと比べるなら。

コロンブスが上陸し、花が力任せにされるやいなや、天自体が、平穏を乱したこの男を敵としたようだ。だが、事は始められ、行路は開かれ、物語は継続されねばならない。かれは一握りの植民者を島々に残し、自身は知らせと援助のためスペインに戻った。

外に向かう旅が「アンダルシアの四月」のように心地よかっただけ――静かな海、澄んだ好天と着実な風――、帰りは困難だった。嵐と、襲撃と、ポルトガル領アゾレスでの陰謀と、逮捕と絶望を越えて、かれは道を開いた。だがついに出発地の岸辺に近づいたとき、試練は最悪になった。すべてが、失われる寸前になった。［以下は第一次航海日誌中の帰路一四九三年二月一三日―一六日分から］

＊　＊　＊

……陽光が夕暮れまで。強風、高波の嵐の海の大きな困難。北北東に三回の稲妻――その方角か反対からの大嵐の徴。われわれは夜の大半は漂泊し、のちに少し帆を出した。昼に風はやや凪いだがすぐにまた勢いを増し、夜に波はひどく高まりたがいにぶつかり、ニーニャ号は激しく揺られて危うく壊れるところだった。われわれは主帆をきつく縮め、辛うじて針路を保った。

その間、波と風は勢いを増し、船はほかに策がなく流され進んだ。カラベル船のピンタ号も同時に流され、マルティン・アロンソは視界の外まで進んだが、夜どおし灯火を示しわれわれに応答した。

夜明けに風はさらに激しく吹き、荒海は恐しくなった。きつく縮めた主帆を出して、船を波間に浮かばせた。さもなければ沈没しただろう。今や私は死を怖れた。己の命だけが危険であったら、私はあれほど絶望せず不運に耐えただろう。私をかぎりなく苦悩させたのは、われわれを否定した者たちを説得し、新世界を勝ち誇り告げるべきまさに今、神意がそれを私の滅亡により妨げるとは、という思いであった。

この思いで私は、もし私が死に、船が失われるとしても、すでに勝ちえた勝利を失わぬ手段を見いだそうと決心した。私は羊皮紙に、時が求める簡潔さで、発見を約束した地を見つけた次第と、通過した航路を説明し、国王陛下が私の発見したすべてを所有されている旨を記した。

私はこれを折り封印し、樽を運び込ませ、書類を蠟引きの紙に挟みさらに大きな蠟の固まりで包み、そのすべてを、きつく輪で締めた樽に納め、海中に投じた。みなはそれを、祈りの行為だと信じた。

のちに雨と驟雨のあいだ、風は西に変わり、われわれは風に押され、乱れた海を五時間進んだ。われわれは縮めた主帆を、風がすべてを飛ばすことを怖れて畳んだ。その夜、聖母を讃える祈禱をくり返したとき、部下の一部は風下に灯りを見た。夜は恐しい嵐で、荒波に圧倒されることを予期した。風はカラベル船を空中に飛ばすかのようだった。この苦境のなか、避難の港があるかも定かでなく、私は主帆を……

＊　＊　＊

嵐によりリスボン寄港を強いられ、運命のめぐりはすぐにかれの不幸を倍加した。スペインによようやく到着したとき、かれはただちにカスティリャを裏切ったと、ポルトガル王との取引を試みたと責められた。

だがそれは過ぎた。かれが耐え忍ぶべきことはあまりに多く、災厄はすぐに追いつかない。ある野蛮な力がかれを保ち、あとの娯しみに取っておいた。いまかれの勝利は喝采され、捕虜はマドリッドで行進させられ、黄金は目撃され、鳥と猿と現地の道具は賞賛される。それが終わると、ただちに衝動がかれを捉える。新世界にすぐ戻らなければ。生涯の残り、かれは満たされず幸運を追うが、その花は、かれは知らないが、すでに過ぎていた。

だがかれはいま眼前に、偉大な帝国が創設される幻の、輝かしい未来を見た。それは、唯一の真の教会による異教世界の壮大な征服と結合する。多くがかれに約束されていた。かれは、最大に過酷な試練、偉大な最初の一歩に成功した。残りは、容易で当然のものになるはずでないか？　それはかれの前に、巨大な黄金の山のように聳える。くり返しかれは、かれらの約束を心に呼びおこした。［以下は王室と結んだサンタフェ協約から］

……以後私はドンと呼ばれ、大洋の提督となること、私が大洋において発見し獲得するすべての島々と陸地の終身の副王兼総督となること、かつ私の長男が跡を継ぎ、以降世代を重ね永劫に続くこと。

……………………

ひとつ、あらゆる種類の品物、真珠、貴石、金、銀、香料等、前述の提督支配下の領域にて購入、交易、発見されるすべての種と名の物品において、国王女王両陛下は、前述のドン・クリストバルに十分の一を与えること……裁可。グラナダのサンタフェの町にて、四月十七日、われらが主イエス・キリストの一四九二年。余、国王。余、女王。

＊　＊　＊

不吉なことばだ。それらの滑稽な小さな約束は、あの恐るべき奔流に対しかれを支えるか？　それらは、その端に浮かぶだけだ。王が、それらを守るはずがあるか？　だがこの男、自然の巨人たちの芝居のなかの一本の藁は、盲目に進むしかない。ますますかれは持つすべてを、息子たちを、兄弟たちを闘いに投入する。運勢は最後には好転すると望んで。自分が対立したものを、かれが理解したはずがあるか？　だがかれの本能的な敵たちは、それほど鈍くなかった。悪意の正確さにより、かれのいっそうの孤立を見てとり、すべてを認識して利点に変えた。事物がみずから示すあの興味深い利己性に、かれよりも近かった。

英雄的に、だが哀れにかれは、あの巨大な世界に己を繫ぎ留めようと奮闘した。それはまもなく、多くの小さな偽装によりかれを押し潰した。

古代の微笑みを浮かべ、アメリカはコロンブスをその最初の犠牲とした。それはよいこと、慈悲深いことでさえあった。他の者たちについて、だれがそう言うだろう？　かれらが巨大な自然を渡り、暑熱を通りぬけ、その厖大な力のわずかな一端を掠めとり、それをかれらの同類の一人に敵対させ、その男を破滅させたとき——その連中でさえ自然の一部にすぎず、他の者たちと同じく企みの一部なのだった。

コロンブスの特別の価値を論じる必要はない。さらに成功した多くの人びとのように、一人の男のなかの神聖な、勇敢な、価値あるすべては、その肉体に含まれていた。かれが最初の偉大な旅をしたのは天才としてだった、としよう。その名で呼ばれる、目標を追う人間の水流のような純粋さに憑かれていた。——だがかれは、一人の人間として、自然が差し出す苦い果実を噛んだ。かれは毒され、同胞たちは野獣のようにかれに敵対した。

困惑して、かれは続けた。航海また航海を、四度も、募る絶望から。ついには、純然たる肉体の酷使によって、道を開かねばならなかった——やがて、すべてを理解することが、ようやくたしかに起きた。

＊　＊　＊

［以下は第三次航海に関する宮廷女官フワナ・デ・ラ・トーレ宛の一五〇〇年末の書簡から］

議論に七年、実現に九年が過ぎ、インドの地は発見され、スペインには富と名声が、神とその教会には大いなる拡大がもたらされました。そして私は成功して、私を侮辱してよいと考える卑しい人間しか見あたらない状態にあります。

私が耐えなかったことがあるでしょうか。三度の航海を企て成功させましたが、私を否定する全員と戦ってでした。島々と南の本土が発見されました。真珠や黄金等を得たにもかかわらず、世間との千の戦いに耐えたあと、武器も談判も役立たず、私は残酷に水面下に置かれています。

もし私が、インドの地やその彼方を聖ペテロの祭壇から盗みムーア人に与えたとしても、世界は、スペインでの私への敵意以上のものを示さないでしょう。

私は最近の航海から帰還し、パリア（ベネズエラ）を離れエスパニョーラ島（サントドミンゴ）にまた着いたとき、住民の半分が反逆していることを知りました。そして島の反対側のインディオたちは、私をひどく悩ませました。そのとき、ボバディリャがサントドミンゴに到着しました［一五〇〇年八月二三日］。私はベガ地方にいました。彼は私の家に滞在し、見つけたすべてを自分の物にしました。結構です。たぶん彼に必要だったのでしょう。到着の二日後に彼は、自分を総督にしました。

私はこれはオヘーダ［政敵の一人］の件などと同様に終わると考えました。だが修道士たちから、たしかに両陛下が彼を派遣されたと知って自制しました。私は、彼の到着を歓迎し、己の掌のようにすみやかに、彼に引きつぐ所存だと手紙を書きました。だが彼は返事をしません。反対に戦いの準備をして、そこのみなに、彼を総督と認めると誓わせました。彼とその仲間は、私の査問を命じましたが、かくのごときものは地獄にも知られていません。私は囚人とされ、貴方もご存じの状態でスペインに送られました。

私はこの件から永遠に己を解き放ち、長く心にあった聖なる巡礼にとりかかるべきでした。もしそれが女王陛下に対し名誉ある行ないであるなら。だが、われらが主と女王陛下のご助力が、私の苦闘を支えました。私は新しい天と地への新たな旅を企てました。もしそれ、最も名誉あり有益なことがスペインで低く評価されているなら、それは私の仕事と目されているからです。［以下は第四次航海に関する両王宛の一五〇三年の書簡冒頭から］

その岸に近づくまで私は好天に恵まれましたが、到着の夜に恐ろしい嵐となり、同じ天候がずっと続いています。エスパニョーラ島に近づいたとき私は書簡を送り、帆を張れず航行不能な船の代わりを私の費用で調達したいので、好意を示してくれるよう懇願しました。手紙は受け取られて、回答が送られたか、陛下はお知りになるでしょう。私の側の事実は、上陸を禁じられたことです。

嵐は夜ずっと荒れ狂い、船団は散り散りになり、死以外を期待できず絶望の淵に至りました。各船は、他の船の喪失を確実と考えました。かつて生まれた人間で、ヨブさえ例外とせず、私の状態にあって絶望のあまり死ななかった者がいたでしょうか。自分と、息子と、兄弟友人の安全について恐れおののきつつ、上陸も入港も許されないのです。その岸辺こそ、神の恵みによって、私が血の汗を流しスペインのために獲得した物です。［以下は書簡末尾から］

そしてこれこそが、償いを声高に求め、今にいたるまで理解不能なことです。世界のその部分は、今や両陛下の支配下にあり、いかなるキリスト教勢力の地より豊かで広大です。私は神意により、それを両陛下の至上の王権のもとに置き、巨大で予想もできない歳入を加えさせていただきました。だが、私を安全に両陛下のご臨席のもとへと歓喜に満ちて運ぶ船を待ち、発見した黄金の件を勇んで報じようとしたまさにそのときに、私は逮捕され、鉄の足枷を掛けられ、二人の兄弟とともに船に監禁され、いかなる正義の訴えも許されず非道に虐待されたのです。

哀れな外国人が、この地で己の側に動機も道理もなく、両陛下に刃向かうなど、誰が信じられるでしょう。頼るべき他の君主の幇助などはなく、むしろ両陛下ご自身の臣下と土着の臣民に囲まれ、さらにわが息子は王宮にいるのです。私は、両陛下にお仕えはじめたとき二十八歳でしたが、今わが頭に灰色でない髪はありません。わが体は病弱で、私と兄弟たちに残されたものは、纏う上着にいたるまで、奪われ売り払われました。

私は両陛下に、不服を述べるのをお許しくださいますよう懇願いたします。私は実際、述べましたような惨めな状況にあります。世俗のことに関しては、供する小銭さえ有しません。霊的なことに関しては、ここインドの地では定められた宗教の形を遵守することをやめています……［以下は書簡冒頭から］

だが他の船の件に戻るなら、嵐はそれらを完全に私から遠ざけましたが、主は然るべき時にお戻しになりました。われわれが最も心配した船は、島に吹き寄せられることをまぬがれ海に出ました。ガリェーガ号は、ボートと積み荷の一部をなくしましたが、その損失を、じつは船のすべてがこうむりました。私は、この嵐とジャマイカに着くまで格闘しましたが、そこで海は静かになりました。だが強い逆流があり、陸地を見ることなく私をハルディン・デ・ラ・レイナ諸島まで連れ去りました。そこから、好機の訪れたとき、私は本土をめざし船出しましたが、風と恐るべき逆流があり、それと六十日間戦いました。そのあいだずっと私は港に入れず、嵐の凪もなく、雨と雷と稲妻が絶えません。その後ようやくグラシアス・ア・ディオス岬［現ホンジュラスとニカラグアの国境地点］に着きましたが、その後神は私に順風と潮流をお与えくださいました。それは九月十二日でした。二十八日間恐ろしい嵐は続き、そのあいだ私は海上で太陽も星々も見ず、船は剝き出しになり、帆は裂け、錨と艤装と綱とボートと積み荷の大部分が失われたのです。他の嵐も経験しましたが、これほどの長さではありません。私自身も病気になり、何度も死にかけましたが、甲板に作らせた小さな船室から、航路を指示しました。私の弟は、もっと酷い状態で危険に晒された船にいて、私は彼を意に反して連れて来たので、その件でいっそうひどく嘆きました。

私の運命はかくのごときで、あれほどの苦難と危険を伴う二十年のご奉公のあと、何の利益も得ず、まさに今日、自分の物と呼べる屋根をスペインに持ちません。食べたり寝たりには、宿屋や旅籠に行かねばならず、たいていは料金を払う手段を欠いています。［以下は書簡中ほどから］

私はカリアイの地［現ニカラグアまたはコスタリカの地域］に着き、そこで泊まり船を直し、積み荷を入れました。また、非常に弱っていた部下たちを休ませました。そこで私は探していた金鉱の情報を得て、二人のインディオが私をカラムバルに連れていきました。そこの住民は裸で歩き、首に金の鏡を吊っていましたが、どんな条件でもそれを売りも、与えも、手放しもしません。彼らは、金と鉱山のある海岸の多くの場所を名指しました。私は、そのすべてを訪れようと出発しました。それは聖シモンと聖ユダの日の前夜［一〇月二七日］で、出発に定めた日でした。だがその夜、非常に激しい嵐が起こり、それが押し流すほうへ行かざるをえませんでした。私は、逆らう力もなく風に流されました。海がそれほど高く、恐ろしく、泡で覆われたことはありません。風はわれわれの前進を阻むのみならず、どこか岬に向かうことを極度に危うくします。そこで余儀なく私は海に留まりましたが、血の海のようで、強火の上の鍋のように滾っていました。空が、あれほど恐ろしく見えたことはありません。

昼も夜も炉のように燃え、私はずっと檣と帆が壊されないか見張りました。それらの閃光はひどく怯えさせ、われわれはみな船が壊れたと思ったのです。そのあいだずっと天からの水はやまず、雨と言うより、大洪水の再現のようでした。船は二度、ボートと錨と艤装を失い、帆もなく剝き出しで浮かび……雨はまだ降っていました。海はひどい嵐で、船は裸の檣で吹き戻されました……

私はある島に停泊しましたが、一度に、三本の錨をなくしました。深夜に、天候が世界の終わりかと思われたころ、別の船の綱が切れ、すごい力で私の船に打ち当たったので、粉々にならなかったことは驚きでした。残った一本の錨が、われわれの唯一の頼りでした。六日後、天候が穏やかになると、私は旅を再開しましたが、索具をすべて失っていました。船は虫のため蜂の巣より穴だらけになり、乗員は恐怖と絶望に完全に麻痺していました。すると嵐が戻り私を後戻りさせました……私は逆風に抗いつづけ、船は最悪の状態でした。三台の揚水機と壺や薬罐で、われわれは辛うじて浸水を汲み上げ、フナクイムシには対策もないが、私は悪天候にもかかわらず海を進みつづけ、ようやく奇蹟的に陸地に出会いました。［以下は書簡末尾から］

慈悲と信実と正義を備えた方は誰でも、私のために泣いてください。私はこの旅に、己の名誉と富を求めませんでした。なぜなら、そうした希望はすべて失っていました。私は、正直な心と誠実な熱意により両陛下に参じたと述べるとき、嘘を申しておりません。私は畏れ多くも両陛下にお願いしますが、もし私をここから救うことが神意にかなうなら、ローマその他の聖なる地への巡礼をお許しください。聖なる三位一体が両陛下のお命を守り、ご繁栄をいや増しますように……

＊　＊　＊

嵐と男たち。海の虫でさえ、かれの敵になった。だがもはや正気と言えないその執着がなければ、かれは、語っていた聖なる巡礼に、本能により赴いただろう。するとあの花は、ふたたび幾度も、その孤絶のなか、昔のあらゆる美とともに現れたかもしれない。かれ自身が、幸運と陽光に包まれ、あの熱帯の海に冒険と発見に向けて浮かんだときのように。〔以下は第一次航海日誌中の往路一四九二年九月八日分以降〕

＊＊＊

……土曜の夜の第三時に北東から風が吹きはじめ、私は航路を西に取った。われわれは舳先から波を受け、それは進行を遅らせて、昼夜で九リーグ〔一リーグは約六キロメートル〕進んだ。

日曜にわれわれは十九リーグ進み、私は進んだ数より少なく記録することに決めた。旅が長期間になる場合に、人びとが怖れ意欲を失うことのないためである。この日われわれは陸を見失い、多くの者はふたたび見ないことを怖れて嘆息し涙を流した。水夫たちは舵を誤り、船を北東に、さらにそれ以上に外れさせ、私は何度か不平を述べざるをえなかった。

月曜……火曜、われわれは西の航路を進み、二十リーグ以上進んだ。百二十トン以上の船の大きな檣を見つけたが、拾えなかった。

水曜……この日、九月十三日の木曜、夜の始めに、磁針は北西に半ポイント傾き、朝にはさらに傾いた。これを私は北極星の動きのためと考える。それは他の星と同様に軌道を、わずかにせよもつにちがいない。

金曜、西への航路を、昼夜で二十リーグ。やや少なく記録。ここでカラベル船のニーニャ号は、陸から遠く離れない鳥、アジサシを見たと報告した。

土曜、われわれは西の航路を二十七リーグ進む。夜の早くに驚くべき火の玉が海に、船から約四、五リーグ離れたところに落ちた。

日曜、十六日、昼夜私は西の航路を取り、三十九リーグ進んだが三十六だけ数えた。いくぶんの雲と雨があった。この日からずっととても温暖な風で、朝は大いに快適で、サヨナキドリの歌のほか欠けるものはなかった。アンダルシアの四月のようだった。ここでわれわれは、鮮やかな緑で最近陸から離れたと見える草の束を多く見はじめた。私は部下たちにそのすべてに注目させ、そこからわれわれは陸は近いと判断した。だが私がもっと遠いと見なす本土ではない。

九月十七日、月曜、私は西の航路を進み昼夜に五十リーグ以上進んだが、四十七だけ数えた。都合よい潮流がわれわれを助けた。西から来た、岩から離れた細い草がたくさんあり、陸が近いことはたしかに思えた。この日舵手は北極点を観察して、はじめて、磁針が北より西に一ポイント傾いていることを発見した。その日ずっと船乗りたちは警戒し落胆し、その理由を言わなかったが私は、磁針のためだとわかった。夜明けに私は北極点をまた観察するよう命じた。彼らは、磁針は正しく、原因は磁針でなく星が動くためだと知った。夜明けにわれわれは、川の草のような多くの草を見つけた。部下の一人はそのなかに生きた蟹を見つけた。私はそれを取っておき、みなが見て陸地を信じるようにさせた。海水は、カナリア諸島を離れたころより塩分が少ないことがわかった。それを私は多くの者に味わわせた。そよ風はつねに心地よかった。みなは喜び、熱心な水夫たちは進んで最初に陸を見つけようとした。多くのマグロが船の周りをあちこち通り過ぎ、ニーニャ号の船員は一匹を殺した。すべての徴は西から来た。私はその方向に、すべての勝利を手中に収める至高の神の助けにより、われわれはまもなく陸を見ると信じた。その朝、ネッタイチョウと呼ばれる、海上で眠る習慣のない白い鳥が現れた。

火曜、われわれは四十五リーグ進み、三十八だけ数えた。海はセビリャの川のようだった。速度の速いピンタ号のマルティン・アロンソは、待たずに、その夜陸を見つける所存だとカラベル船から知らせてきた。大きな雲が北に現れ、陸の近い徴だった。

水曜、二十五リーグ、凪で二十二だけ数えた。その日十時に、カツオドリが船に飛んで来て、午後にもう一羽来た。この鳥は普通陸から二十リーグ以上離れない。また風のない霧雨が降ったが、陸のたしかな徴だ。私は、われわれの位置の南北に島々がありそれらを通過していることはたしかだと感じた。これを私は全員に説明し、天候は実際良好なので、私の望みは、インドの地に直行することだと述べた。帰りにわれわれはすべてを見ればよい。ここで舵手たちは位置を確認した。ニーニャ号の者は、カナリア諸島から四百四十リーグ離れたとし、ピンタ号は四百二十だった。だが私自身の船の者は、私が正しいとしたちょうど四百リーグの距離とした。

木曜日、九月二十日、航路は西北。凪の続くせいで、船は羅針盤のあらゆる方向を向き、七、八リーグしか進まなかった。二羽のカツオドリが船に来て、のちにまた一羽来たが、陸の近さの徴だ。部下の一人は、アジザシに似た鳥を手で捕らえた。だがそれは、海鳥でなく川鳥で、カモメのような脚をしていた。夜明けに二三羽の陸鳥が船に囀りながら来て、夕暮れ前に消えた。

九月二十一日、一日の大半は凪でのちに風が少し出た。昼夜でわれわれは十三リーグだけ進んだ。

夜明けに多くの草が現れ、海はそれに覆われたようだった。それは西から来た。カツオドリが一羽見えた。海は川のようにとても滑らかで、大気は世界で最高だった。真昼にクジラが見えたが、陸の徴だ。あれはつねに岸の近くにいるから。

土曜、九月二十二日、私は航路をおおむね西北西に取ったが、船の先はあちらこちらと向き、三十リーグ進んだ。この逆風は私に必要だった。乗員は、この海で風はスペインのほうに吹かないと考えて動揺していたから。朝に草はなかったが、午後には分厚くなった。

今日、日曜、九月の二十三日、私は航路を北西に取り、ときにはさらに北に取った。ときには西へのわれわれの航路に戻り、約二十二リーグ進んだ。一羽のハト、別のカツオドリ、別の川鳥、数羽の白い鳥が見えた。海は凪で滑らかで、乗員はぶつぶつと、ここに大きな潮流はなく風はスペインに戻れるように吹かないと言った。多くの者は、戻れないと考えて大いに絶望し苦悩した。その後海は非常に荒れ、のちに逆風が出た。逆向きの風と荒れた海は私の助けになった。それにより乗員は、帰還に都合よい海流と風は起らないという考えから解放されたから。それでも一部は反論し、風は長続きしないと言った。

月曜、西の航路を昼夜ずっと取り十四リーグ進んだ。私は十二だけ数えた。

火曜、凪でのちに風。夜まで西の航路。この日私はピンタ号に近づくよう合図しマルティン・アロンソ・ピンソンと或る海図について話した。それは私が三日前にカラベル船に送ったもので、付近の海のいくつかの島を描いておいた。マルティン・アロンソが言うには、船は島々が描かれた場所にいた。私はそれに同意したが、われわれは船をつねに北東に向ける潮流のために島々に出会わなかったかもしれず、舵手たちが報告するほど進んでいないかもしれないとつけ加えた。私の依頼で、海図は綱を伝って戻された。私は図の上で、舵手や水夫たちの助けを得てわれわれの位置を定め、彼らを安心させようとした。夕暮れに、マルティン・アロンソは自分の船の船尾楼に昇り、喜んで陸を見つけたと叫んだ。私は膝をつき神に感謝した。その数日のあいだの部下たちの絶望と不穏な言動は非常な重荷で、私は戻らねばならない寸前だった。そしてマルティン・アロンソは部下たちと「イト高キトコロニ栄光アレ」を唱えた。私の部下たちも同じことをした。ニーニャ号の乗員はみな檣と艤装に昇り、陸地だと断言した。それは二十五リーグ離れて見えた。夜まで、そう見えた。私は航路を、西から、その方向に陸が見えた西南に変えるよう命じた。その日は西の航路に四リーグと、夜に南西に十七で、全体で二十一。だが私は部下たちに十三が進んだ距離だと言った。海はとても滑らかで多くの水夫が周囲で海水浴した。多くのヘダイその他の魚を見た。

水曜、陸と言われたものはただの雲で、私は午後まで西の航路を続け、それから南西に変えた。昼夜で三十一リーグで人びとには二十四数えた。海は川のようで、空気は心地よく穏やかだった。乗員の絶望はこの失望により倍加したが、私はできるかぎり元気づけ、最後に彼らのものとなるすべてのために、今しばらく耐えるように懇願した。

木曜、航路は西、昼夜進んだ距離は二十四リーグ、二十を乗員のため記録。多くのヘダイが来た。一匹殺す。ネッタイチョウが一羽来た。

九月二十八日、金曜、航路は西で距離は、凪のために十四リーグだけ、十三だけ記録。草はあまりないが、ヘダイは増える。一匹捕まえた。

土曜、航路は西、二十四リーグで、二十一だけ数える。今日われわれはグンカンドリを見たが、それはカツオドリに呑み込んだ物を吐かせ、それを奪い、それだけで命を支える。海鳥だが海では寝ず、陸から二十リーグ以上は離れない。海は川のように滑らか。草が多い。

日曜、九月の最後の日、西に十四リーグ、十一を数える。四羽のカツオドリが船に来たが、私は陸の大いなる徴と考えた。

月曜、十月一日、西に二十五リーグ、二十と数える。激しい雨。夜明けに、われわれの船の舵手は、イエロ島から船の進んだ距離を西へ五百八十四リーグと数えた。私が乗員に減らして示した勘定は五百七十八リーグと数えた。だが私が秘密にした真実は七百七だった。こうして、二重の計算の賢さが確証された。

火曜、西、昼夜に三十九リーグ、乗員には三十と数える。草は、神に感謝すべきことに、通常と反対に東から西に来る。多くの魚が見え、一匹殺す。カモメに似た白い鳥が一羽。

水曜、やはり西の航路、四十七リーグ進むが、四十数える。シギが現れ、草も多く、一部は古いが一部はまったく新しく実をつけていた。鳥はいない。そこで私は、われわれは海図に描かれた島々をあとにしたと公表した。そこで多くの者が戻り陸を探そうと私に要求した。私はその領域の島々についてたしかな情報をもっていたが、船をあちこち動かすことを望まなかった。それが理に合わない理由は、天候は良好で、おもな目的は西からインドの地を探すことだったからだ。それは私が王と女王に約束したことであり、彼らはそのために私を送り出した。

木曜、西に六十三リーグ、四十六数える。四十羽以上のシギが群れとなり来た。二羽のカツオドリも。給仕が一羽に石をぶつけた。グンカンドリ一羽やカモメに似た白い鳥も来た。乗員の不平はいよいよ声高になったが、私はできるかぎり無視した。だが多くの者は今や公然と反抗し、決意したなら私に危害を加えただろう。

ペドロ・グティエレス「すると貴方は実質的にご自分と仲間の命をたんなる推測の基盤に賭けたのだ」。

コロンブス「そのとおり。否定できない。だが少し考えてみたまえ。君と私と仲間のすべては、もし今現在、この船に、海のただなかに、未知の隔絶に、君の言う不確実で危険な状況にいないとして、人生の他のどんな状態でこの日を過ごしているだろう？　もっと楽しく？　非常な困難か憂慮のなか？　それとも酷い退屈？　私は、この試みが望むとおりに成功する場合に、われわれが持ち帰る栄光と利益とを語りたくない。万一他の果実がこの航海から生じなくても、私はこれは有益だと思う。しばらくはわれわれを退屈から守り、命を貴重なものとし、いつもは考慮しない多くの事物に価値を与えるから」。［以上の対話は虚構］

金曜、十月五日、五十七リーグだが、四十五数える。海は滑らかで静か。神に感謝すべきことに、大気は心地よく温暖で、草はなく、シギは多く、トビウオが多数甲板に飛んで来た。

土曜、西の航路を続ける、四十リーグで、三十三数える。マルティン・アロンソはその夜、海図にあるシパンゴの島［日本］へと西南に向かうのが最善だと言った。だが私はただちに大陸に行き、のちに島に行くのが最善だと考えた。

日曜、十月七日、西に二十三リーグ、十八数える。この日ニーニャ号は帆の先端に旗を掲げ、大砲を撃ったが、それは私が命じた陸を目撃した場合の合図だった。私はまた、船は夜明けと夕暮れに集まるよう命じていた。そのときは靄が晴れて、物を遠くまで見るのに最も適するから。ニーニャ号が報告したようには午後に陸は見えなかった。だが北から南西に飛ぶ大変な数の鳥と出会った。これは私が信じるに、鳥が陸地で寝るためか、離れて来た陸地では近づく冬から逃れるためであろう。これはある程度、ニーニャ号からの偽の知らせに失望した部下たちを慰めた。なぜなら、ポルトガル人が押さえた島々のほとんどは鳥の飛行によって発見されたことは周知だったから。その理由で私は西の針路を捨てて二日間西南西に進む決心をした。われわれは新たな針路を夕暮れの一時間前に取りはじめ、陸をすぐに見ることを期待したが、これは乗員を新たな希望で励ました。

月曜、航路は西南西、昼夜で十二リーグ進んだ。神に感謝すべきことに、大気はセビリャの四月のように穏やか。ここにいるのは心地よく、そよ風は香り高い。草はこの日じつに新しく、多くの陸鳥がいて、西南に飛ぶ一羽を捕まえた。アジサシや、カモや、カツオドリ。

火曜、十月九日、航路は南西。風が変わり私は西北に四リーグ向かった。夜中鳥たちが行き交うのが聞こえた。

水曜、五十九リーグ、西南西、だが四十四だけ数える。ここで人びとはもはや耐えられない。みなが旅の長さに不平を言った。私はできるかぎり彼らを元気づけ、彼らが得るであろう利益の希望を与えた。恐怖に狂った船長たちは戻ると言ったが、私は彼らを、いかに不平を言おうと、インドの地を神の加護で見つけるまで連れていくと告げた。そのようにしばらく時は過ぎたが、今やすべては、部下たちゆえに危険に晒された。

木曜、十月十一日。航路は西南西。旅の全体のあいだより荒れた海。シギと、緑のアシが船の近くに。陸のたしかな徴であるので、それゆえに私は神に感謝を捧げた。ピンタ号の者たちは茎と棒を見たし、鉄を嵌めたように見える別の細い棒を拾い上げた。また別の茎と、陸の草と、小さな板を。カラベル船のニーニャ号の乗員も陸の徴、実で覆われた小さな草を見つけた。

夕暮れ後に私は西の航路に戻った。真夜中を二時間過ぎたころわれわれは九十マイル進んだが、そのとき最も速度が速く先にいたピンタ号が、陸を見つけ合図を送った。陸を最初に見たのは、ロドリゴ・デ・トリアナ［船員］だった。

ただしその前の夜十時に、私は灯りを見てペドロ・グティエレス［王室より派遣］を呼び、灯りがあるようなので彼も見るべきだと言った。彼はそうして、それを見つけた。ロドリゴ・サンチェス［同前］も同じことをして、最初は何も見なかったが、のちに一二度上下する蠟燭のような灯りを見た。水夫たちみなが、歌う習わしだった聖母を讃える祈禱を口にしたとき、私は部下たちに船首楼でよく見張り、陸を探すように諭した。そして最初に見つけた者に、一万マラベーディという両陛下が約束された報酬に加えて、絹の胴衣を与えると言った。真夜中の二時過ぎ、第三弦の月は十一時に昇ってから明るく輝いていたが、ロドリゴ・デ・トリアナよりやや遅れて、陸が約二リーグの距離に目視された。ただちに私は帆を縮めるよう命じ、われわれは継ぎ足し帆のない大帆で漂泊し、日の光を待った。

金曜、十月十二日、われわれは陸の前に錨を下ろし、上陸の準備をした［インディオ名はグアナハニ、コロンブスはサン・サルバトールと命名、現在のウォトリング島］。まもなく、われわれは海岸に裸の人びとを見た。私は武装したボートで国王旗と上陸し、マルティン・アロンソと、その兄弟でニーニャ号の船長のビセンテ・ヤニェスも同行した。われわれは、鮮やかな緑な木々と、多くの水と、多様な果実を見た。まもなく多くの住民が集まった。私は彼らに赤い帽子と首に掛けるガラス玉と、値打ちのない他の多くの物を与えた。彼らはのちにわれわれのいるボートに泳いで来て、オウムと巻いた木綿糸と矢を持って来た――彼ら流の物で、善意によってだった。母が生んだままの裸で、女たちも同じだった。ただし若い娘は一人見ただけだった。私の見たのは若者だけで、整った体つきで優れた顔立ちだった。髪は短く硬くて、ほとんど馬の尾の毛のようだった。彼らは体を、ある者は黒く、ある者は白く、別の者は赤く、また手に入る色に塗っていた。ある者は顔を、別の者は全身を、ある者は目の周りだけを、別の者は鼻だけを塗っていた。彼ら自身は黒くも白くもなかった。

土曜に、夜明けに、彼らの多くが海岸に来たが、すべて若者だった。脚はまっすぐで、体全部が一直線で腹は出ていない。彼らは船にカヌーで来たが、木の幹一本から作られ、素晴らしく細工され、パン屋の鏝のような櫂で漕ぎ、驚くべき速度で進んだ。

明るい緑の木々。陸はすべて緑で、見るのは楽しかった。私が見た最も美しい木々の楽園だった。

［以下は十月十五日分から。サンタ・マリアと命名した島にいる］のちに私は、島のあいだを一人で渡るカヌーの男に出会った。彼は、拳ほどの大きさの彼らのパンを少しと、水の入った瓢箪と、粉にして練った茶色の土と、乾かした葉を何枚か持っていた。葉は、高い価値をもつにちがいなく、彼らはそれでサン・サルバドールで取引をした。彼はまた、土地の籠を持っていた。女たちは体の前にわずかの木綿布を付けていた。［以下は十月十六日分から。フェルナンディナと命名した島にいる］私は、故郷のものとはと

ても違う多くの木を見た。枝がみな違った方向へ、一つの幹から出ていた。一つの小枝はある形で、別の枝は別の形で、ひどく違っていてその違いを見るのは非常な驚きだった。だからある枝はトウの葉に似た葉をもち、別の枝の葉はマスティクスの葉のようだった。そして一本の木に五つの違った種類があった。魚はわれわれのものとひどく違い、驚かせた。ある物はマトウダイの形で、素晴らしい色彩で鮮やかで、それを見て驚き喜ばない男はなかった。クジラもいた。オウムとトカゲを除けば、陸上に動物はいなかった。［以下は十月十七日分から］

岸で私は、人びとに水を探しに行かせた。ある者は武器を持ち、ある者は桶を持った。いくらか距離があったので、私は二時間待った。

その間私は木々のあいだを歩いたが、かつて見た最も美しいものだった……

ワレラノタメニ執リ成ス方。哀レミノ目ヲワレラニ注ギ、尊イ貴方ノ子いえすヲ旅路ノ果テニ示シテクダサイ。オオ、慈シミ、恵ミ溢レル喜ビノ乙女まりあ。［ラテン語、日誌の引用でない］

3　テノチティトランの破壊

エルナン（またはエルナンド）・コルテス（一四八五―一五四七）のアステカ帝国征服（一五一九―二一）に関してWの用いた資料は、国王宛の報告書翰の一八四三年刊の英訳、*The Despatches of Hernando Cortez* (Trans. George Folsom)。これは、第二報告書翰（二〇年一〇月三〇日発）、第三報告書翰（二二年五月一五日発）、および失われた第一報告書翰（一九年七月一六日発）のうち他に転記されて残った一節をも収録。第二・第三報告書翰の邦訳は、『大航海時代叢書第II期12　征服者と新世界』（岩波書店）に所収。

皇帝モクテスマは、コルテスを神ケツァルコアトルの再来と考え、都市内部に引き入れた、というのが通説であり、報告書翰が記す皇帝はただちにみずからがスペイン王の支配下にあることを認めた等の記述は、まったく異質の文化間の接触により生じたものであるだろう。

新世界の蘭のごとき美に向け、あのイタリア人［コロンブス］の帰還のあと、旧世界は避けがたく、妬みを晴らすため殺到した。そうしたことは密かに起こる。男たちは美に憑かれ行動しても、かれらがそれについて、己の恐るべき手について知るのは、行動したことだけだ。かれらは己を動かす力を見抜けない。発見者たちの粗暴について、スペインを非難はできない。本能に刺激され、かれらは海を渡った。その本能は、かれらが越えた深淵と同じく思慮を超えて古く、かれらはそれに、王やキリストといった名のもとに従った。そのあいだかれらは、つねに再生する**新たなもの**がかれらの前に奇蹟のように開くのを見た。耳目を圧倒されるかれらの前に。親しんだ水平線の彼方までかれらを駆り立てたものは、おそらく、アラブやムーアとの戦いに勝利した己の正しさを、さらに証すことだった。だがそれらは、表面にすぎない。背後には、いつものように、世界全体の悪があった。観念の炸裂に、煙のように続く永遠の失意だった。男たちの生の基底にある悪意の心であり、それに逆らえるものはない。テノチティトラン、野蛮な都市、その人民、どこに見つかるのであれその精髄は、人間が己の空虚に与えるぶざまな名前のために破壊された、という思いは悲痛だが、それは誰の過ちでもなかった。それは、死者たちが駆り立てる群衆の力だった。コルテスは邪悪でも愚かでも盲目でもなく、ほかの征服者のような征服者だった。ほとんど先例のないほど勇敢で、気が利き、不運なときも策略に溢れ、任務に最も適した天才だった。その手が触れたものは、かれの意図にかかわらず崩れた。かれは、多数のなかの一人だった。かれを送り出したキューバ総督のベラスケスは、一週間後に裏切り、背後から襲った。配下の指揮官たちでさえ、かれを見捨てかけた。かれに従うのはそれほど難しかった。だが、その企て自体は多年にわたり、消える瀬戸ぎわで、破壊され滅びる寸前で命を保った。その理由は、フォンセカ、ブルゴス司教、インド地域枢機会議長のうちに、じつに素朴に、謎めいて、偶然怒りが花開いたことだった。あの男、コルテスの最も強力な敵のうちに。その男は、コロンブスの見解を退けた執念深い悪意でも名高かった――事の論理は、一人でなく二人のフォンセカがいたなら理解しやすいだろう。キューバからの荒れた航海のあと、湾を渡り、コルテスはわずかの軍勢を土着の町センポアルの近く、現在のベラクルスの前に上陸させた［一五一九年四月二一日］。そこで、部下たちが前方の苦難を見て脱走しないように、かれは、もはや荒海に耐えないという口実で船を岸に上げ、破壊した。

モクテスマはただちに贈り物を送り、同時にスペイン人に奥地に来る危険を冒さないよう乞うた。黄金の首飾りは、七つの部分からなった。小さなルビーと百八十三のエメラルドと十の真珠等が嵌められ、二十七の小さな金の鈴が下がる。――二つの輪。一つは太陽に似て金製で、他方は月の像が刻まれ銀製で、薄板で作られ、周囲は手幅二十八の長さで、動物の像が浮き彫りで刻まれ、巧みな大いなる技で仕上げられた。――木と金の頭飾り。宝石で飾られ、二十五の小さな金の鈴が下がり、上の緑の鳥は、羽毛でなく金の眼と嘴と脚をもつ。――鹿革の靴。金糸で縫われ、底は色鮮やかな青や白の石。――木と革の盾。金の薄板で覆われ、小さな鈴が下がり、毛や羽が鮮やかに描かれるライオンとトラとタカとフクロウの四つの頭の中央に、戦さの神の像が刻まれる。――二十四の不思議な美しい盾。金と羽毛とごく小さな真珠からなる。四つの盾。羽毛と銀だけからなる。――金で鋳造された四匹の魚と、二羽のカモとその他の鳥。――金で装飾された大鏡と、多くの小さな鏡。――幾本かの大きな美しい羽根飾り。金と小さな真珠が装飾に嵌められる。――金と銀とを混ぜた数本の扇。他の扇は、種々の形と大きさの羽毛からなる。――木綿のさまざまな上着。あるものは純白、他のものは白と黒の斑、または赤、緑、黄色、青との斑。外側は目の粗い布で、内側は色も毳もない。――胴につける木綿の下着、手巾、寝台覆い、壁掛け、敷物。巧みな技により、元の素材より優れた仕上がりになる。――そしてものを書く滑らかな板からできた本。繫げると畳んだり、かなりの長さに延ばしたりできた。「そこに書かれる文字は何よりエジプトの神聖文字に似ていた」［以上の描写は失われた第一報告書翰からの転写による］。――だがコルテスに引き返す気はなく、それらは冒険の欲求をそそった。それ以上手間どらず、かれはみずからの王に書簡を送り［七月一六日発］、自分は王と真の教会の名によりこの土地を征服しに来て、生死を問わずモクテスマをすぐ捕らえるつもりだと知らせた。かれが信仰を受け入れ、みずからをスペイン王の臣下と認めないかぎり。

前進は、どんな同様の軍事作戦とも似ていた。それは、目的を達成した。あらゆる困難を克服し、コルテスは道を進み、静かなセンポアルの麦畑をすぎ、ポポカテペトルの煙る山頂をすぎ、数週間の苦闘のあと、大きな湖と、テノチティトラン自体に隣接する湖上の小都市群に到着した。モクテスマは、ほかに手はないと見てとり、使者たちを、三百人の戦士とともに送った。かれらは、湖の道を進むスペイン人に出会い、大いなる儀礼と友情の表明によって歓迎した。かれらのなかに、きわだって壮麗な容貌の若者がいて、輿から降り征服者に向けて歩いた。従者たちはその先を走り、道から石などの邪魔物を拾った。コルテスはいま最初の堤を渡り、周辺の湖上都市の一つに入った。それは、見事に切られた石で水面の上に作られていた。かれは驚きに圧倒された。家々は巧みに組み立てられ、布や木の彫刻や、金属細工などの美麗な文明の徴で装飾されていた。人びとはじつに優美だった。それと似たものを見ることも想像することもできない庭や、木々や、花々の部屋があった。昼夜歓待された家で、征服者はとくに石造りの池に注目した。石の階段が澄んだ水のなかへ降り、舗道に囲まれ、よい匂いの灌木や草や木が縁どっていた。かれはまた、多彩な品種を備える菜園に注目した。つぎの日正午に、かれは旅の目的に到達した。

そこにあった！　コルドバやセビリャほど大きく、すべて湖中にあり、陸から二マイル離れた、テノチティトラン。すべて人工の堤でできた四本の大通りが、つまり入り口が、そこに通じた。その最も東側の道を、キリスト教徒は前進した。道は、完璧に切り出され組まれた梁から作られ、槍二本の幅だった。この大通りは、都市の一方から他方へ抜け、同時にその主要な街路だった。コルテスは近づき、左右に壮麗な家々と寺院を見、それぞれの壁の近くに黒服の祭司たちの並行する列を見、かれらのあいだに、二人の従者を伴う徒歩のモクテスマを見た。コルテスは前に出たが、従者たちがあいだに入った。皇帝はそれから一人で前に進み、すぐれて飾りのない身振りで、黄金の鎖をキリスト教徒の首に掛けた。それからかれの手を取り、行列全体があとに従い、訪問者のために選ばれた場所に案内した。都市の中央の、宮廷に近い大きな建物。すべては前もって準備されていた。物質的な必要をすべて満たすとともに、従前どおりの高価な贈り物。貴金属、宝石、優美な男女の衣装、寝室の装飾掛け布、会館や寺院の綴れ織り、木綿と織り交ぜた羽毛の寝台覆い、その他多くの美しく珍奇な品々。それらは「豪勢な並はずれた職人技で作られ、その新奇さと驚くべき美を考えると値段の付けようがなかった」。その大きな建物で、モクテスマとコルテスはついに顔を合わせ座った。その広間は、それから最後までスペイン人たちの兵舎となった。モクテスマは語った。「世間は貴方に、私は黄金の壁の家をもち、神であるかみずからを神としたなどと語ったでしょう。貴方の見る家は石と石灰と木でできている」。それから衣服を開き、「貴方は、私が貴方のように肉と骨でできていること、死すべき身で手で触れることがわかる」。この微笑みながらの、丁重さと快活な皮肉に溢れた発言に対して、コルテスはなにも答えられなかった。ただちにその男はスペイン王の臣下であると宣告し、新たな権力への忠誠をそこですぐ公表するよう要求すること、を除けば。——そのアステカ人は、海岸から己の首都へコルテスがゆっくり前進した数週間になにを感じたにせよ、その瞬間、その貴族的な抑制を乱さなかった。かれは考え、決心していた。怒りも不安も性急さもなく、卑下も抵抗もなく、むしろ、急激に己の統御を離れつつある状況に必死に立ち向かう覚悟から生じる力をもって、かれは語り継いだ。自分の種族はその地の土着ではなく遠い昔に移住したが、いまスペイン王室を正統な世襲の主君として受け入れる結果となった、とかれは説明した。人民に然るべき公告と説明がなされたあと、コルテスは、カスティリャと真の教会の名のもとに、全土の摂政と認められた。

街路、広場、市場、寺院、宮殿。その都市は、新世界の大地に暗い命を開き、そこに根づき、その最も豊穣な美を体現したが、硬化させ保護を与える外部との接触からまったく切り離され、征服の息吹だけで消滅した。独自の連繫をもつ世界全体が地中へと沈み、ふたたび火を灯されることはけっして、**けっして**なかった。ただわずかに、その精神を除けば。捉えがたい、建設する、独立した、自然の豊穣な力をもつ精神。そう言えるなら、羽毛のように軽やかな。その土壌に溶け入った精神。その都市の信じがたい組織の諸要素のうちで、独自の、豊かな、繊細な知的活力を証さないものはほとんどない。なかばは陸、なかばは湖。水路はカヌーで行き来し、交差箇所には太い木橋が架けられ、その上を十頭の馬が並んで進んだ。水の供給のため、幅は二歩で、高さ五フィートの石造りの管が、陸から大通りの一つの上を走り、よい飲み水を運んだ。そうした給水管が二本並び、一方が使われるあいだ、他方は掃除された。公共の広場がいくつもあり、大きなものは柱廊で囲まれ、毎日六千人が、十二人の役人と多数の監督役の下で売り買いした。そこでは「世界が与えるすべて」が購入のため提供された。人夫や荷担ぎといった人力から、洗練をきわめた宝石まで。金、銀、鉛、真鍮、銅、錫。細工した石としない石。焼いた煉瓦と焼かない煉瓦。切り出した各種の材木と切られていない材木。あらゆる種類の獲物。ニワトリ、ウズラ、ヤマウズラ、ガン、オウム、ハト、ヨシキリ、スズメ、ワシ、タカ、フクロウ。また頭と嘴と羽と爪のついた猛禽。ウサギ、ノウサギ、シカ、食用に育てた子犬。豊富な薪と炭と、炭を燃す土製の焜炉。種々の敷物。あらゆる種類の緑野菜。とくにタマネギ、ネギ、クレソン、キンレンカ、スイバ、キクイモ、キバナアザミ。果物、魚、蜜。穀物――そのままか、粉か、棒状に焼いて。多彩な色の木綿糸。瓶と水差しと多種の容器。すべて粘土製で、たいていは釉薬をかけるか彩色してある。卵、焼き菓子、鶏や魚の練り物。リュウゼツランの酒。つまりその国に見られるすべてがそこで売られ、各種の商品はそれぞれ指定された通りや区画にあり、最高の秩序が保たれていた。香草の通りがあり、頭を剃って洗う店があり、食べ物と飲み物を一定の価格で商う料理店があった。

偉大なその都市には多くの寺院があったが、建築の壮大さと細部において、一つがきわ立った。高く精巧な四十の塔が聖なる境内に立ち、最大のものはきわめて堅い組成の石から刻まれ、その本体に至る五十の階段があった。セビリャの聖堂を凌ぐ偉容。驚くべき広さと高さをもつ三つの建物は、木と石に刻まれた姿で飾られ、主要な偶像を蔵した。それらから、きわめて小さな戸口が礼拝堂に通じた。そこに光は入らず、司祭以外の、一部の司祭以外の者は入れない。石には不思議な姿が刻まれ、木の浮き彫りの怪物は彩色され、敷石はなく、暗く血塗られていた。そこでこそ、キリスト教徒にあれほど衝撃を与えた宗教儀式が行なわれた。そこでは、遥かな源泉の永続性に遡る、ひとつの実在に向かう種族の深い感覚が、たしかに支配した。それは、かれらの理法の大地に向かう突入だった。血と大地。かれらと地面自体の、原初から継続する一体性の実現。そこですべては、闇のなかで定められる。黒い衣服の司祭たち。種族の男は、髪を切らず、梳かない。信仰のあらゆる場から女を排除する。女との交際から、司祭たちを締め出す。それは、命自体の深い、性のない衝動だった。他のあらゆる力の基盤にある飢えた動物を、儀礼により認めることだった。生存の神秘の謎であり、その残酷な美をかれら、生者たちは、死者たちから引き継ぐ。かれらの彫刻も、同じだ。怪物、奇怪な姿、人と混じる獣が真に意味するものは、過去の神秘であり――動物との優しい繋がりは夜の侵入により歪められる――、抑圧と恐怖とにかならず依存する卑小化された本能でなかった。大地は黒く、そこにある。ただ技芸だけが前進する。偶像自体は人間より大きく、材料は、意義深くも、潰した種子と、ふつう食物にするマメの挽いた葉と、血液とを混ぜて練ったものだった。その全体は、完成されると、生きた犠牲の心臓の血の海で聖化された。それらの偶像の主要なものを、コルテスは台座から落とし、神殿の階段に転がした。途方もなく大胆な行為。同時に神殿を清め、そこに聖母と聖人たちの像を立てた。そうした行為は、全員に最も深刻な結果をもたらしたにちがいない。もしモクテスマがまた、機転、自己抑制、変化する状況へのきわ立った理解を示さなかったら。新たな事態は受け入れられ、人間の犠牲は廃され、生じつつある出来事の秩序ある意味は公けに示された。みずから、主要な市民たちとともに、モクテスマは神殿の最後の浄化を助けた。弱さの現れであれ、最も深い忍耐の現れであれ、そのアステカ人の気質の静穏な柔軟さと、保たれた尊厳に類したものは、たしかにかつて記録されていない。たぶんこの男は、突然の大胆な一撃を加えれば、毎日、毎週、国の生活に深く入り込む身中の敵をとり除けただろう。たぶん恐怖が、この男を腑抜けにしたのだろう。たぶん、ぼくたちが忍耐と呼ぶものは、ただの臆病で、己の破壊をめざす抗いがたい力に直面して生じる、心を圧倒する苦悩だったのだろう。だが、そうであったにせよ、モクテスマは、記録に怯懦の痕跡を残していない。弱さにせよ天分にせよ、この野蛮な首長の慇懃な人格のうちに、その種族の最も生気ある、軽やかな気分が広がり花開いた。種族の認識の黒い永続性が、司祭職のうちに根づいたように。たぶんそのことの意識的な認知が、モクテスマの現在の行動を鼓舞した。

　たしかにどんな君主も、このアメリカの首長ほど高い地位を占め生きたことはなく、これからもないだろう。その人民の目覚めた渇望のすべてが、宗教的感覚とは別に、だがそれを完成させて、かれのうちに、かれだけのうちに現れたかのようだ。上方への、太陽と星々に向けての衝迫。かれは、かれらの飾られた夢のまさに体現だった。比類なく繊細で、プリズムのように多彩で、鈴の音の響くリズムに溢れ、発明に倦むことがない。あれほどの表層が、あの深く孤絶した野蛮な闇から立ち上がったことはない。モクテスマは衣服を日に四度代えたが、それらは別の四着で、つねに新しく、二度着ることはなかった、と知るのは喜ばしい。食事は、広い、よく掃き清められた、床に敷物のある部屋で給仕され、炭火で温める容器に入れられた。食事中かれは「革で巧緻に作られた」小さな座布団に座った。だがかれの地位において、美の純然たる力が、洗練と野蛮が絶妙に表現されたのは、とりわけいくつかの小宮殿と娯楽の場だった。「彼のような野蛮な王が、その領内のすべての物を、金銀貴石羽毛の模型で象らせていることは、何より驚くべきでしょう。金銀は世界のどの細工師も凌駕できない自然さで加工されている。石細工は完璧になされ、どんな道具を使うのか考えることも難しく、羽毛細工は蠟や刺繡で作る最高の物より優れている」。「他より小さい宮殿があり、美しい庭が付属し、その上に延びる露台は大理石の柱で支えられ、床には碧玉が優美に塡められている。十の池が付属し、国に見つかる種々の鳥が飼われ、すべて慣らされている。海鳥には塩水の池が、川鳥には真水の池がある。それぞれの種は、野生のときの餌が与えられる。池の上には通路と回廊があり、モクテスマはそこに赴き、鳥たちを眺め愉しむことができる」。「同じ宮殿の別の居室には、誕生時から顔、体、髪、睫、眉毛が白い男女と子供たちがいる」。「皇帝は別のきわめて美しい宮殿を持ち、大きな庭があり、チェス盤のように綺麗な板石が敷かれている。高さが約九フィートで、縦横は六歩の幅の檻がいくつもあり、なかばは瓦屋根で、残りは精巧な木の桟で覆われている。それぞれの檻にはあらゆる種類の猛禽がいる」。「同じ宮殿には一階に大きな部屋がいくつもあり、太い丸太で巧みに組まれた巨大な檻で一杯である。そこにはライオン、オオカミ、キツネ、ネコ科の多彩な動物が入れられる」。「これらの動物と鳥の世話は三百人の男に任されている」。毎日、皇帝の酒蔵と食料置場は、飲食を望む万人に開かれた。かれの食事は、かぎりなく多彩な皿を含み、三、四百人の若者により給仕された。実際、昼食や夕食の卓には、その国のあらゆる種類の魚、肉、果物、野菜が載せられた。食事の始めと終わりにはかならず手洗いの水が供され、そのとき出される布は二度と使われなかった。

それから、終局。コルテスは、はじめから黄金を要求した。かれを満足させるため、二人のスペイン人と二人のインディオの小隊が、然るべき権限を与えられ、ある場合は数百マイル離れたアステカ人の地域に派遣され、貢ぎ物を集めた。その遠出の一つで、二人のスペイン人が殺された。コルテスはただちに、モクテスマの身柄を、娘たち息子たちとともに押さえ、要塞に監禁した。そのときから、最後の破局にどう至るかは、ただ細部と時間の違いだった。事態は転変したが、五月に、スペイン人の最初の到着から七ヵ月後に、人びとは耐えがたい侵入者たちを襲撃し、厄介払いしようと決意した。中に囚われたモクテスマは、外からの叫びに応え、包囲された要塞の城壁に現れ、人びとに攻撃をやめるよう懇願した。返答として、かれは頭に石をぶつけられ、死んだ。広い土手道を渡ったあの記憶すべき退却では、馬と武器だけがキリスト教徒たちを救った。敵の大群のなか、己の軍勢の一部でも逃がそうとして、同時に捕虜と財宝を保とうとして、コルテスはすべてを失った。モクテスマの子供たちも、黄金も、すべてが、大通りで突破され包囲されて失われた。湖を渡る道を、スペイン人たちは一歩一歩退却したが、インディオの群れはたえまなくわが身を投じた。かれらは脱出した。数ヵ月後かれらは戻り、破壊を続けた。今度は意図して、計算づくの悪意をもって。テノチティトランは包囲され、水の供給は絶たれ、増強されたスペイン軍は侵入を始め、数週間の苛烈な試みののち、計画に成功した。インディオたちが最も怖れたのは馬だった。あるとき、かれらはコルテスの体をまさに手で摑んだが、従者たちに手首を切り落とされた。もはや、かれらを楽しませるものはない。いま事の意味を悟り、最後まで剛直に、不平を言わず、かれらは侵入者に抵抗した。用いられる圧倒的な手段も、周囲の友邦部族の裏切りも、水の欠乏も、飢餓も、恐怖を掻きたてる試みも、少しの印象も与えなかった。交渉の誘いの提示には、ひとつの答えしかない。否！　コルテスは落胆し、都市を奪うまえに敵の根絶が必要だと理解し、その推移に恐怖を覚え、躊躇しつつ、かれらに衝撃を与えるため、大きな広場の、モクテスマの鳥類舎だった高貴な建物を焼いた。「それは私を嘆かせましたが、敵をさらに嘆かせました」。毎日かれはミサを行ない、町に戻り、いまやほとんど飢えた住民に攻撃を加えた。かれらは市場に退却し、そこで持ちこたえた。あるときは突撃に成功し、スペイン人の馬の二頭を殺し気勢を上げ、その切り落とした頭を、使者を通じカヌーで周囲の部族に送り、救援を促した。だが一つの部族も決意しなかった。ほとんどはすでに、キリスト教徒の抗いがたい計画に加わっていた。だが、クアウテモック、モクテスマの若い甥は、屈服しなかった。飢えと欠乏により極限に追いつめられ、女たちと子供たちが街路を呆然と彷徨ったころ、スペイン人は最後の突撃をした。だがクアウテモックは、陸への脱出を試み、捕虜になったとき、まだ誇りと精神の高潔さを保っていた。できるすべてを行ない、敗北した。かれは、コルテスの短剣の束に手を置き、スペイン人にそれを抜き、心臓に突き刺すよう求めた。コルテスは拒絶した。のちに、征服者はその都市の再建を試みた。勝者ヨ生キヨ！〔スペイン語〕

4　永遠の若さの泉

フアン・ポンセ・デ・レオン（一四六〇—一五二一）は、コロンブスの第二次航海（一四九三）に加わり、プエルト・リコの総督となり（一五〇九）、永遠の若さの泉の伝説のあるビミニ島を求め探検し、フロリダを発見（一三）。フロリダへの第二次遠征を試み（二一）……

歴史、歴史！　ぼくたち馬鹿者は何を知り気にかける？　歴史は、ぼくたちにとって殺人と奴隷狩りで始まった。発見ではない。ぼくたちはインディオではないが、かれらの世界の人間だ。血はなにも意味しない。精神が、土地の霊が、ぼくたちの血のなかで動き、血を動かす。ぼくたちが裸で岸辺に走った。ぼくたちが「天の男たち！」と叫んだ。それらは、ぼくたちの魂に住まう。ぼくたちの殺された魂は横たわり……ああ。聞け！　言っておこう。スペインにとって、最初の船があの岸辺に着いたのは運がよかった。あのイタリア人が、舵がわずかに北に向きフロリダに上陸したら。あるいは少し南の島々に。尖らせた骨や魚の棘をもつヤマシー族や、毒矢をもつカリブ族のほうに。——事はまるで違って始まったかもしれない。

のちにポンセは、自分の農園は奴隷不足で不振だと知ったとき――プエルト・リコには（「美シノ港」とは！）もう捕まえるやつがいない、破滅だ――、まわりの島々で探すために王の特許状を得た。カリブ族を狩って捕獲する権利を許された。偉大な創造神が、空の穴から島々に落としたカリブ族。かれらの魂は、体のなかに生きる。多くの魂が、ひとつの体のなかに。かれらは敵と戦い、そいつを食べる。かれらの神々は生きる。マブヤは森に、ウメコンは海に――他の神々もいた――

やつの船はグアドループ島に入った――海に面した、硫黄の大きな円錐に。スペインから直接来て、大急ぎで黒いやつを探した。長旅で汚れた衣類がたくさんあり、洗濯女たちを上陸させた。護衛つきで。流れが海に入るのが見えた場所に。

そこは楽園だった。跳ね散る水の流れと、繁茂する草木。渓谷。本物のトンネルが、崖のあいだを上流へと続く。花咲く蔓草の茂みに覆われ、緑の光のなか、血の色のハチドリが杯から杯へと飛ぶ。だがカリブ族の魂は、木の葉のなかで警戒していた。遅すぎた。

獰猛に無慈悲に、ぼくたちはかれらを殺す。だがかれらの魂が、ぼくたちを支配する。ぼくたちという人間。その血統。だがかれらの精神が、主人だ。ぼくたちに入り込み、打倒し、己を押しつける。ぼくたちは現代人だ――パリの気違いだ――およそ潔白という根本の感覚を欠いている。それは、飛び出すカリブ族だ。火縄銃に面して。それを雷と考え、空を見上げる。雨がない！　雲もない！　第二斉射。仲間たちが血を流す。死ぬ。殺せ！　スペイン人でなく、かれらが河床に横たわる。ああ。ぼくには、岸辺の洗濯女たちの金切り声が聞こえる――あちこち走る。悪魔たちは女たちをしっかり捕まえた。老いぼれポンセよ、船尾のハンモックから身を乗り出せ。ほかのボートを岸に送れ。インディオたちは女たちを捕まえていた。三人の裸の野蛮人は、森に辿り着くまえに、後ろから胸を撃たれて転がる。抱えていた女を押さえる。喉に歯で噛みついて。あんなふうに捕まって、洗濯女の仕事は割に合うのか？　心理学の面白い実例だ。女たち。そして忌々しい猟犬のベレシエン。ポンセはもう酷い目にあった。インディオたちは、やつをカヌーで囲み、作戦を嘲い、鎖弾を胸に受け、だがまた戻る。やつを撃退した。とても巧みにやったので、やつは犬を、愛犬ベレシエンを忘れた。やつは犬を大事にした。犬とスペイン貴族の誇りを——人間より。猟犬は、やつらが怯えて逃げたとき取り残された。退却するボートのやつらは、犬が森から飛び出して、逃げるカリブ族を追うのを見た。聞いてくれ。インディオは泳ぎ出す。ボートのスペイン人たちは、獣のために戻る。犬は着実に犠牲者に迫る。だが、おお新世界の魂よ、その男は泳ぎながら弓と矢を抱えていた。ウィルソンに知らせてやれ［第二八代大統領の学者時代の一文は「泉」伝説を扱った］。男は止まり、振り向き、体を水から半分浮かせ、水を渡り、大矢を忌々しい犬の喉に打ち込んだ——それを鮫が飲み込んだ。それから岸辺へ。だが——安全なところまで駆けると——振り向いて口から鎖弾を吐き出すのを忘れない。キリスト教徒に嘲りの叫びを挙げて。

かれらは、女たちと犬を奪った。打倒したものをあとに残した——ぼくたちに向けて。

人間は魂を受け継ぐなら、これがぼくの魂の色だ。ぼくたちは、ほかの者でもある。かれらを考えろ！「キリストを担ぎ渡す者」［を意味する名の聖人クリストフォロスにコロンブスの名クリストフォロは由来］が発見したとき、おもな島々は、多くの平和な人びとに住まわれていた。だが続く血の狂宴について、だれも書いていない。ぼくたちは虐殺者だ。それが、ぼくたちの世界の拷問された魂だ。インディオに魂はない。そうだ。それが、やつらの言ったことだ。だがやつらは、嘘を言ってると知っていた——血の臭いが証拠だ。ポンセは、あの発見者の二回目の旅に一緒にいた。植民者になった。サトウキビはカナリア諸島から移され、トウモロコシはインディオの魂から取られた。だが収益は縮小する。だれも、娘たちの取引のほかは働かない場所。九歳の娘たち。あのイタリア人の日誌を読んでみろ。奴隷たち。魂のないインディオは、自由の意味を知っていた。スペイン人はかれらの王を殺し、女たち子供たちを売り渡し、犯し、殺した。山に追いやった。ポンセは、カサブランカ［プエルト・リコのサン・ファンの邸宅］に妻子がいたが、いちばん血に飢えていた。かれらを狩り集め、力ずくで働かせた。かれらには無理だった——洗礼を受けるようには生まれていない。精神が耳にするには、なんと狂おしい事柄か。——かれらの群れは森へ、自分たちの森へ向かい、木に首を吊った。ほかにどんな？　島々——楽園。海に囲まれ。どちらにも「天の男たち」がいて人殺しをする。法的な権利だ。二人の女と一人の男は、筏で百五十マイル海に出たが——それほどの船乗りだった——、またインディオの運は尽きる。捕まり、奴隷に戻される。カラベル船は夜、岸辺に忍び寄る。翌朝女たち子供たちが浜辺に漁に出ると——整った姿、まっすぐな黒髪、高い頬骨、ことば——やつらは捕まえ、集め歩かせ、気絶すると切り倒し、乳房や、腕を切り落とす——女たち、子供たち。はらわたを抜かれた魂たち——

かくして自由人はすべて奴隷にされるか、殺された。アブジュボ、サン・ファン島［プエルト・リコの別名］の最高首長は、絶望し岩だらけの高地に逃れた。ポンセはいまは総督で、全員を殺すことは経済を考えてあえてせず、出陣し、土地の女王に迎えられた。娘たちは踊った。伝説では、一人に黄金の十字架を与えた。二年後かれは茂みの下に、両手を切り落とされた女を見つけた。吐き気を催し、女のために剣で浅い墓を掘り、黄金の徴を、財布に押し入れた。かれは、ある首長と名を交換した。それは、インディオの信頼と友情の聖なる徴だった。のちに狩りたてた。わしはポンセ・デ・レオンだ！　と野蛮人は、追っ手の前に立ち上がり叫んだ——だが首を吊られた。猟犬ベレシエンは岩場に先に入り、後戻りして、倒れ、岩にぶつかり、額に口が開いた。ポンセは負かされ、苦々しく、葉と枝の担架に犬を乗せて船に運ばせた。

これらは、死ぬのか？　なにが生きるか知らない人間は、自分が死んでいる。心のなかに、生きているインディオがいる。かつて殺害され、穢された。——インディオは、また隠微なやり方でも生きる。五十二歳のポンセは富み、若い頃の殺戮戦で島を屈服させ——粗野な殺人への欲望は満たされていた。島はいずれにせよ、ほぼ征服されていた。

奴隷のなかのインディオの老女が、ポンセに、ある島、ビミニのことを語りはじめた。香り高い森の楽園で、あらゆる果物がある。中央に澄みきった泉があり、老人を若返らせる効能がある。考えてみろ！　その意味を思ってみろ——復讐として、皮肉として。消え去る美の痕跡として、蜃気楼として。だが現実が、破壊されたものが、微笑みを浮かべ戻る。耳を傾けるスペイン人を思ってみろ。黄金。黄金。富。その絶妙な正義を考えてみろ。老女。定まらない語り——定まらない剣——知恵。女の魂は悲しみでなかば体を離れた。カリブ族の男に捨てられていた。男は、ボリンケン［プエルト・リコのインディオ名〕は過大に評価されていると知り、故郷に戻った。子供たちは奴隷にされ――いた。

五十二歳の男は耳を傾けた。なにかが、かれを離れていた。金持ちで、怠惰で、総督職を解かれていた。船は、三隻。自費で整えた。十分な数の部下が昔の主人に仕えようと、旗印に駆けつけた。新総督には、有能な兵士を奪いすぎると不平を言わせておけ。ポンセは微笑んだ。奉公の期限が過ぎた者は、好きなようにする。

海ガ行クトコロニ
砂モ行カセルガヨイ〔スペイン語の諺〕

北に航海した。三月。風のなかに、なにが？　永遠の美。白砂、香りよい森、果物、富、真理！　海、永続性の故郷は、はてしなく遠くへ引き寄せる。ふたたび、新たなもの！　それを感じるか？　殺し、奴隷を狩り、恐怖を与え、美を破壊する者が、美に惹かれてきらめく熱帯の海を渡る――ドレーク以前に〔一六世紀イギリスの私略船長・提督〕、ガレオン船以前に〔一六世紀から使用〕。波のリズム、鳥、魚、最初のあの航海のときの海草。水を求めてグアナハニ島に立ち寄りさえした――コロンブスの最初の陸地。あのときは人びとに溢れ、歓迎した。いま荒れ果て、打ち負かされ、殺され――人間がいない。

三月！　春！　北へ。新世界の船団！　永遠の若さを求め。ビミニの島を求め。破壊者。もう十分なことをしたと諭され、それでも発見すべき第三の世界が浮かんだ。終わりはない――始まりから離れて――尻尾を追う者。

狼ノ肉ニハ
犬ノ歯［スペイン語］

やつは止まれない――終わりはない。アミーノ――コロンブスの最初の航海の準備を目撃し、第二の旅に参加した若者――がやつの水先案内人だとは、興味深い。海の泡。同じ者が、コルテスをメキシコに案内した。

行かせるがよい。やつらは、「殉教者たち」と呼んだ一群の白い島々だけ見つけた。捕獲した亀。トルトゥガス［亀の島々］。砂の海岸と、あちこちに流れる厄介な潮流。水場で襲撃する厄介なインディオ。――フラミンゴ、ペリカン、シラサギ、アオサギ――ルソーが描いたような。斑の葉の藪、闇から現れるシダ、シュロ、熱気、月、星々、沼の水たまりに映る太陽。魚が飛ぶ。水中にアザラシ。キューバに戻ろう。

いまや年老い、血を好んだ愛犬の死に心は重く、ポンセはカサブランカに戻り、三年鬱々とした。するとコルテスの勝利とモクテスマの富の知らせが訪れた。

ポンセ――
デ・レオン

ソノ名ト威力ニヨリ

——勝利者は、

いまは敗北しているが、また行動せねばならない。フロリダに戻る。すでに発見していたとようやく悟った大陸に、別のテワンテペック地峡［メキシコ南部］を見つけようと考えた。

だが今度はヤマシー族は、最初の上陸で矢をやつの腿に突き刺し——泉を枯らした。海岸に集まり、やつが部下の肩に担がれ運ばれるのを嘲った。死んでいる［実際はキューバ到着後に死去］。

5　デ・ソトと新世界

エルナンド・デ・ソト（一五〇〇頃―四二）は中央アメリカに渡り（一五一六）、ニカラグア征服に参加し（二三）、ピサロとともにペルーに赴く（三一―三六）。金銀財宝を求めフロリダに遠征し（三九）、現在の合衆国南部諸州を先住民と争いつつ行軍。

Wの用いた資料は、ソト遠征の生存者である「エルバスの騎士」（匿名）とデ・ビエドマによる記録の一九〇四年刊の英訳、*Narratives of the Career of Hernando De Soto* (Trans. Edward G. Bourne)。Wは、アメリカの大地を体現する神話的な「女」を設定して、ソトの運命を語らせる。

女――勇気が力――おまえは用心深く、分別があり、堅実だ。だが私は美しい――「穴をあけない真珠で一杯の、ペタカと呼ばれる籐の箱」のように。私は美しい。クスコ［インカ帝国首都］より大きな都市。黄金が、蜂の巣の蜜のように詰まった岩。信じなさい。おまえは私を追うのを止めない――アパラチで［現フロリダ州］、コフィタチェキで［現サウスカロライナ州］、マビラで［現アラバマ州］。海から内陸に向かいおまえが最後に私から受け取るものは、ない。――ただ長い抱擁だけ。大河が、おまえの素晴らしい死体の上を永遠に過ぎる。バルボアは中国の海の微笑に両目を失くした［一五一三年に太平洋沿岸に到達］。カベサ・デ・バカは過酷に生き多くを見た［二七年に当初フロリダをめざしたナルバエス遠征隊の生存者］。ピサロ、コルテス、コロナド［四〇年に現在のニューメキシコに遠征］――だがおまえ、エルナンド・デ・ソトは、四年間蛮地で先導し、逆境と闘った。「いかなる要塞や支援もなしに」。おまえは私のものだ、黒いジャスミン、私のもの。――

＊　＊　＊

金曜、五月三十日、一五三九年。キューバから直行した軍勢は、フロリダに上陸した。西岸のウシタという名のインディアンの首長の町から、二リーグの場所。土地はひどい沼地で、厚い藪と高木が遮る。

この場所、エスピリトゥ・サント［デ・ソトが命名］から、多難な旅が始まった。最初に、向かうべき根拠地を探すため北に分隊が派遣された。その帰還を待つ二ヵ月は「千年とも思われた」が、ようやく船がよい知らせを持ち帰った。デ・ソトは軍勢を分け、少数をキューバに戻し、若干を占拠した場所に守備隊として残した。残りとともに海岸と並行して、その年の冬を過ごすアパラチのアンハイカ［現フロリダ州］に向かった。北西への約百リーグの行進で――混沌とした地帯を抜けた。沼地の住民の村。カリケン、ナパテカ、フリパスクシ、パラコクシ、トカステ、カレ――異国の名。

＊　＊　＊

女――だれがそれらの名を認識する？　おまえ以外にない。ほかの者には輪郭もないが、おまえにとってそれぞれは独自で、繊細で、突然に意味を孕む。

道は困難だった。大きな沼地を越え、迷い、渡瀬で襲撃され、戦い、泳ぎ、一ヵ月ずっと飢え、わずかな乾いたトウモロコシが貴重だ。熟していず、穂軸まで生で食べる。仕方なく茎も。

＊ ＊ ＊

女――デ・ソト！ みなはどうにか前進する。だが私は先にいる。私の国だ。すべては私の望みどおりだ。八人が、裸で刺青をして藪から飛び出る。おまえの槍兵が立ち向かうと、一人が膝をつき叫ぶ。「殺すな、キリスト教徒だ！ フアン・オルティス、ナルバエスの軍勢の生き残りだ」。私はそいつを、おまえのために十二年優しく養い、土地の言葉を教えた。これが私の愛だ。だが私は、最も必要なとき、そいつを奪うだろう。――

＊ ＊ ＊

アパラチのアンハイカで冬じゅう、彼らは狩りの獲物と、住民から盗めるだけの蓄えで、惨めに辛うじて生き延びた。

水曜、三月三日、一五四〇年。総督はアパラチの冬営地を離れ、若い奴隷が語ったユパハを探しに向かった。昇る日の方角にあり、女に治められ、黄金が大量にある。

二年目が始まる。若者に導かれ、一隊は彼の言う地方をめざして北東に進みつづけた。数日、数週間、一ヵ月――食料はわずかで、肉と塩は不足し、各地で病んだ男は、「肉と塩がわずかでもあれば、こうして死ぬこともなかろう」と言った。だがインディアンは巧みな弓で、鹿や七面鳥や兎など獲物をたくさん得た。最後の九日の無理な進軍のあと、対岸の松林に入り込んだ。そこで方角をすべて見失い、「彼は道を探しにいき、絶望して戻った」。

総督は、十三頭の雌豚をフロリダに連れてきたが、三百頭に増えていた。トウモロコシが三日欠けたので、彼は、各人に豚肉半ポンドを与えるため毎日殺させた。人びとはそのわずかな割り当てと、煮た草で辛うじて生き延びた。

フロリダのアパラチから、海から進めば二日のサバンナ川沿いのコフィタチェキ［現サウスカロライナ州］に、大変な苦難のあと到着したが、北東にたぶん四百三十リーグ旅していた。みなは、そこに居留地を作ればよいと思った。だがソトは、ペルーの王アタワルパが所有したような財宝の発見を望み、留まる気はなかった。土地の住民は、前方に偉大な王はいるかと尋ねられ、そこから十二日の旅の先にコカの首長に従うチアハの地［現テネシー州］があると答えた。

そこで総督は軍勢を休ませてから、ただちにその国を探すと決めた。首長から得た相当量の真珠を持って。頑固で、寡黙で、他の者の意見を知る気はあったが、一度決めれば異論を好まず、つねによいと思うとおりに行動し、全員がその意志に従った。そこで彼らは北に向かい、秋まで行進を続け、静かな地域をうねり進んだ。

＊　＊　＊

女――おまえのために私は、道のおもな男たちとして現れた。桑の実の籠、蜂の巣、貂の皮、鹿の生皮を持ち、瓢箪に胡桃の油と熊の脂を入れて。脂はオリーブ油のように延ばされ、澄んでよい味がする。――

＊　＊　＊

そして？　沈黙、死、腐る木々。虫が「帆を黒く覆い、部下たちは朝にぶざまに腫れた互いの顔を見て、惨めな状況にもかかわらず思わず笑った」。鰐、爬虫類。野生の薔薇は「スペインの物に似るが、岩に育つので葉は少ない」。太陽、月、星々。雨、熱気、雪。何日間も首までの水。緑のパルメットヤシの葉のあいだに、青い蝶。地面の蔓に生える葡萄。紫と灰色の二種類のスモモは、大きさと形は胡桃に似て、三つか四つ種子がある。狼、鹿、山犬、兎、——

＊　＊　＊

女——おまえを孤独にして、私の愛撫に備えさせるためだ。

＊　＊　＊

「われわれは用心を欠いて、平穏な状況にあると信じ、一部は武器を荷物に入れ、素手で進んだ」。それから戦い！　マビラ、砦の町だ［現アラバマ州］。

＊　＊　＊

女——それは私、わが息子、タスカルーサだ［モビール族首長］。長身で、筋骨たくましく、痩せて、均整が取れている。すべてがおまえだ。私も、すべてだ。——それぞれの側に。部下、馬、豚——すべてが私の怒りのなか倒れる。おまえはいま私を感じる。何度もおまえを柵から追い返す。だがおまえはまた迫る。私にその欲望を鎮めることができる？——もしその欲望が溢れるなら、私はまったく敗北する。鎖に繋がれた荷物運びたちは品物を柵の近くに捨て、私の側の者たちは、それを背負い町に持ち帰る。こうしておまえを怒らせるため、私は荷物、衣類、真珠、おまえの得たすべてを奪い、炎のなかに失わせた。私は強い！　おまえをわが物にする。

ああ、だがそれは嘘だ。私は弱い。失敗だ。おまえは捕まらない。あの者たちはただの野蛮人だ――まったく無知だ。彼らはおまえを何度も傷つける。矢の棘はすべて、私からのキスだ。おまえの腿に、鎧のあいだに一本刺さる。おまえは門に達する前に、三度倒れた！　愚か者たち、狂人たち。矢は、私の肉体におまえより五十倍、百倍深く食い入り、私を殺す――だがおまえは、矢のせいで鞍に座れないが、鐙に立ち一日戦った。おまえを捕えるために、私は己を二つに分けた。私を傷つけたのは私だ。おまえの傷にさえ嫉妬した。おまえの肉の素晴らしい感触を熱望した。私の道具はそれを味わったが、私は――まだだ。すべてがおまえだ。若いシルベストレは退却中に失神した。ペドロ・モロンは矢の雨を受けて橋から飛び込み――泳いで逃げおおせた。ドン・カルロスは柵の所で馬から降り、馬の胸から矢を抜こうとして、自分が首を射貫かれ――ばたりと倒れた。

＊　＊　＊

部下と動物と持ち物にひどい損害を受けたが、彼の側は持ちこたえ、インディアンたちはすべて、二千五百人ほどが殺された。全員が、このうえなく勇敢に献身的に戦ったすえに。

総督はさて、フランシスコ・マルドナドが南に六日の旅程のオチュセの港で待つと知って、計画を邪魔されないため、フアン・オルティスに情報を隠させた。キューバに真珠を送り見せびらかし、その評判がフロリダに来る欲望をそそるはずだったが、その真珠を失ったので、彼は金銀ほかの貴重品が見つからないという噂が広まり、人員が不足でも誰も来ないことを怖れた。そこで彼は豊かな国を見つけるまで、自分の状況を知らせない決心をした。だからタスカルーサには、じつは、大きな勝利を認めるべきだ。

日曜、十一月十八日、病人も回復したので、総督はまた出発し西のチカカに向かった［現ミシシッピ州］。二十軒ほどの小さな町だが、トウモロコシの蓄えが多くあった。彼はそこで二度目の冬を越すと決めた。インディアンたちは従順で、しばしば七面鳥や兎等の食料を持ってきた——だがひそかに別のことを企んでいた。

突然、ある夜、藁屋根は炎に包まれる。歩哨と敵が一緒に町に入る。おそろしく混乱して、四列の人びとが一点に集中する。従順だったインディアンたちは、町を動きまわることを許され、その夜壺に火を隠して運び入れていた。すべてが燃えた。部下たちは寝床から裸で飛び出した。馬は逃れようとして、一部は成功した。豚は鳴き叫び死んだ。ソトともう一人だけが乗馬できた。彼はインディアンの一人に突進し串刺しにした。あわてて結んだ鐙が外れ、落馬した。誰が、その夜の混乱を乗り越えた？　誰が、裸で武器のない兵士たちを、煙と炎と騒音のなか集合させた？　総督が立ち上がり、可能なかぎり命令した。だが幸運にも蛮人たちは、煙のなかを疾走する馬を騎馬隊の突撃だと考え、怖れた。警戒して、彼らは柵から離れた。

＊　＊　＊

女——裸で、武器もなく、凍えておまえは撤退する。朝に、チカシジャに、できるだけ身を守り——剣に焼きを入れ直し、事態の展開を待つ。ある者は、藁の敷物しか身を覆うものがない。体を捩り、火に向け、必死に暖を取る。
そのために、部下たちはおまえを憎みはじめる。私の仕業だ。だがまた私の負けだ。おまえは、部下の安全など気にしない。黄金を見つけなければ、苦痛が増すだけだ。おまえは頑固で、説明しない。部下たちは理解できない。――おまえは、卑劣な連中に意地悪く比べられる。彼らの復讐だ。おまえを孤独にし――私の抱擁に向かわせる。

そして生き延びるため、おまえ自身がついに土着化するなら、その勝利は最も素晴らしい。のちにニルコ〔現アーカンソー州〕であの恐ろしい殺戮を引きおこした状況は、陰惨なものだ。おまえはすでに病んで、重大な危機にあり、部下のことを考えた。彼らには話させておけ。私のインディアンよ。おまえを慰めてやろう。おまえ、賢く勇敢な者だけが応えられる。

＊＊＊

チカシジャで冬の残りは終わり、彼らは元気を取りもどし西に出発し、三度目の夏を始めた。キスキスという町があった。そこで、多くの沼や深い森のある荒れ地と七日格闘したあと、彼らは大いなる川〔ミシシッピ川〕に遭遇した。

彼は、川を見にいった。流れは速く深く、濁り、上流からその力に押されて多くの木々と木材が運ばれた。

翌日その国の首長が到着した。

＊＊＊

女――私だ。

＊＊＊

男たちで一杯の二百艘のカヌー。体に黄土を塗り、白や多色の羽毛を身につけ、羽根のついた盾を手に持ち、その盾は両側の漕ぎ手を守った。戦士たちは船首から船尾まで直立し、弓矢を携えた。首長が乗る艀は、彼が座る船尾楼に屋根があった。その天蓋から、航路の指示と命令が伝えられた。全隊はいっせいに進み、川岸から石を投げるほどの距離に着いた。首長は、岸を部下たちと歩く総督に、自分は挨拶し、仕え、従うために来たと告げた。総督は満足の意を表し、さらに話すため上陸するよう求めた。だが首長は返答せず、三艘の艀に近づくよう命じた。そのなかには大量の魚と、果肉でできた煉瓦のようなパンがあった。ソトはそれを受け取り、感謝を述べ、上陸するようまた求めた。贈り物は、襲撃できるか調べる口実だったが、総督と部下の警戒を見てとり、首長は岸から遠ざかった。そのとき用意していた石弓兵が、大声を挙げインディアンたちに射かけ、五、六人を倒した。

＊＊＊

女——よくやった、スペイン人よ！　インディアンのようだ。では私の答えを受けるがよい。

＊＊＊

彼らは秩序を保ち撤退し、隣が倒れても一人も櫂を放さず、体を覆いながら退いた。立派な様子の男たちで、大柄で均整が取れ、日覆い、羽毛、盾、幟、船団の人数など、ガレー船の艦隊のように見えた。

そこで過ごした三十日のあいだ、四艘の平底船が作られ、ある朝、総督はその三艘に、夜明けの三時間前、それぞれ四人ずつ十二人の騎兵を乗り込ませた。彼が信頼をおく者たちで、土着民をものともせず血路を開き、さもなくば死ぬ男たちだった。だから、彼らが渡ると平底船は戻り、太陽が二時間昇ったとき、みなは渡り終えていた。その距離はほぼ半リーグで、岸辺に立つ男は、対岸からは人なのか違うのかわからなかった。

＊　＊　＊

女――いまおまえは越えた、私を股にかけた。これが私の中央。左から右。終わりは同じだ。だがここ中央で、私は負かされない。彷徨うがよい。アキクソ、カスキ、パカハ［現アーカンソー州］。好きなものを取れ。部下に服を着せろ。おまえは自分に服を着せるのでなく、私が着せる。私のやり方だ。彼らは苦しみ、ほとんど裸だ。パカハで、私が前もって準備してやった。

＊　＊　＊

肩掛け、鹿皮、クーガーや熊の皮、多くの猫類の皮が見つかった。ずっとひどい身なりだった大勢は、そこで体を覆った。肩掛けからマントと外套を作り、鹿皮から上着、シャツ、靴下、靴を作った。熊皮から、水を通さない良質の外套を作った。生の牛皮の盾を見つけ、そこから馬の鎧を作った。

＊　＊　＊

女――ソトよ、変身した軍勢を見ろ。――ここに四十日いて、最後に私はまたおまえといる。あの女、ドニャ・ジソベルはどこだ？　長年のキューバの伴侶は？

＊　＊　＊

パカハの首長は二人の妹を彼に与えた。女たちは友愛と思い出の徴であり、妻とするように言った。一人の名はマカノチェで、他方はモチラだった。女たちは均整が取れ、長身で、豊満だった。マカノチェは優しい顔つきで、風采と物腰は貴婦人だった。もう一人は頑健だった。

＊　＊　＊

女――流れの下腹に乗れ。小舟を作りすべてを渡せ。流れを計算しろ。小舟は自分のものでない力で動き、あちこちと、その女の上を滑る。女は彼らに、すべてを越えて、己を伝える。だがおまえが深さを計れないものがある。小舟の下に、冒険の下に。――それはあらゆるものに、流れを、波を、私の情熱のうねりを伝える。だから渡り終えるがよい。おまえが安全なら――私は憂鬱だ。

だがおまえは私のものだ。おまえを裸にしよう――おまえに触れるすべてが妬ましい。私のほうに降りてこい。――中に、下に、底に。砕かれていない、白い種子。炎――水の下で燃える炎。私には消せない。

私は、おまえが野獣であることを知らしめよう。ここは海に囲まれた島でも、湖上の都市でもない。来い、ここには偵察の余地がある。来い、黒髭の疲れを知らない乗り手よ。腿に矢を受けて。おまえを待とう――川の向こうで。私を追え――できるなら。私を追え。殿よ、おまえの国だ。おまえにやろう。取るがよい。ここには荷物運びの者たちが、寝床の女たちが、敵とするにふさわしい男たちがいる。おまえはすべてを打ち負かした。私の時が近づく。おまえは、彼らが柵を私のために守るのを見てきた。村の周りの地面に木を打ち込む。背の高い、痩せた、策略に長けた男たち。おまえに、裸で弓矢を持ち立ち向かう。櫂を漕ぎながら死ぬが、震える者はない。私は、勇者、賢者、勝者の味方だ。渡瀬で、家の戸口で、用心するがいい。

私が、おまえから逃げたやり方を考えてみろ。湖に飛び込み一晩震え、夜明けに溺れかけて姿を現す。額を百合の葉に隠して。おまえの小舟を見ると、その名を聞くと、村々は空になる。首長は姿を現さない。みなが上流の島に逃げ、荷物を運び去る。武装したおまえの部下の姿で、恐怖に襲われる。

川に飛び込み、小さな筏に持ち物を載せ、急いで逃れ川を下る。私は、逃げた男たちの一人だ。仲間と一緒だったが、おまえの猟犬が嗅ぎつけて引き倒した。

＊　＊　＊

今、変わりはじめた。アリマム［現ミシシッピ州、アウティアムケ（現アーカンソー州）の誤記か］で三度目の冬が過ぎ、四年目だ。

アリマムで、みなはインディアンの罠で兎を捕まえることを覚えたが、フアン・オルティスが死んだ。総督が大いに悔やんだ損失だった。通訳がなく、どこに旅するかわからず、ソトは迷うのを心配して、その地を進むことを恐れた。その死は、探索であれ撤退であれ行進を非常に妨げ、以前はインディアンから四語で聞けたことに、今は一日が必要となった。問いへの答えは頻繁に、正反対に理解された。だからしばしば、一日、二三日行進したあと、道を戻らねばならなかった。あちこち彷徨い、藪に迷って。

四日間、雪のため行進できなかった。降りやむと、三日荒野を旅したが、ひどい低地で、湖と難路だらけで、あるときは一日じゅう、あちこちで膝まで水に浸かり、別の所では鐙まで浸かった。ときおりは、わずかな歩幅の距離を泳ぐ必要があった。トゥテルピンコ［現アーカンソー州］に着いたが、そこには住民もトウモロコシも見あたらなかった。湖の近くで、水は激しくあの川に流れ込んでいた。

＊　＊　＊

女――近くへ、近くへ。

＊　＊　＊

カヤス〔現アーカンソー州〕、キガルタム〔現ミシシッピ州〕、ガチョヤ〔現アーカンソー州〕——あそこへ総督は数日で行き、海が近いか知ろうと決めた。動ける部下は三百人以下で、馬は四十頭もなかった。一部は足をひきずり、騎兵隊の形を作れるだけだった。

ガチョヤで彼は、フアン・デ・アナスコと八人の騎兵に川を下らせ、住民がいるか探させ、海について知ろうとした。部下が八日旅して戻り言うことには、そのあいだずっと十四か十五リーグしか進めなかった。その理由は川から続く巨大な沼地で、籐の茂みや分厚い藪が縁にあり、居住地は見あたらなかった。

川、川。

総督は、海への到達を阻む困難を知り落胆した。悪いことに、部下と馬は数が減り、救援なしではその国に留まれなかった。それを思うと、悩んだ。

だが藁の寝床に就く前に、キガルタム〔ミシシッピ川東岸〕の首長に使いを送った。自分は太陽の子であり、故郷では万人が従い貢ぎ物をするが、貴公の友情を重んじたいので、伺候するよう告げた。同じやり方で、インディアンの首長はこう答えた。

「貴公が太陽の子だという件については、貴公が太陽に大河を干涸らびさせるなら、信じよう。残りの件について、余には誰かを訪問する習慣はなく、むしろ余を聞き知った全員に余を訪問させている。望もうと望むまいと、余に仕えさせ従わせ、貢ぎ物をさせている。貴公が会いたいなら、余の前に来るがよい。平和のためなら、貴公を格別の好意で遇しよう。戦のためなら、余は町で待つ。だが貴公であれ誰であれ、余は一歩も引かない」。

使者が戻ったとき、総督はすでに熱病を病み、衰えていた。ただちに川を渡り、その高慢を砕けないことを嘆いた。だが川はすでに非常な力で流れ、半リーグほどの幅で、十六尋の深さで、勢いは猛烈で、両岸にインディアンがいた。彼の勢力はすでに強力でなく、優勢を無視して力ずくに進むことはできなかった。

毎日ガチョヤのインディアンたちは魚を持ってきたが、大量で、やがて町じゅうが魚だらけになった。

総督は、柵を修理して怯えているとインディアンたちに思われることを怖れ、彼らが蜂起しないように、ニルコ〔現アーカンソー州〕での虐殺を命じた。残りに恐怖を植えつけるためだった。

この世を去るときが近づいたと悟り、ソトは王の将校たちに集まるよう命じ、幹部や隊長たちに演説した。彼は、神の御前にまもなく参じ、己の過去の人生を弁明することになると告げた。神は最も価値なき僕である己をこのようなときに連れ去ってくださるので、心より感謝していると。彼は部下全員への深い感謝を表明した。苦難において証された資質と、彼への愛と忠誠について。彼は、部下たちが彼のために祈るよう乞うた。部下たちに、彼らへの指揮権と、彼らの貢献を受ける地位を解くことを求め、彼のもとでこうむった不正を、それが仮に存在したなら、許すよう求めた。起こりうる不和を防ぐため、部下たちが総督となるべき首領を選ぶこと、選ばれたなら、その者への忠誠を彼の前で誓うことを求めた。それは彼の苦痛をいくぶんでも和らげ、彼らを未知の国に残す不安を緩和するであろう。

バルタサル・デ・ガレゴスが全員を代表し答え、この世の生の短さを語り、慰めた。それは多くの労苦と悲嘆を伴い、神は早く召す者に、格段の恩恵を示すのである。状況にかなうその種のことを話したあと、彼らがいま理に外れることなく感ずる悲しみのなか、神が彼を召すことは御心であるので、彼においても彼らにおいても、その意志に従うことは必然でありふさわしい、と述べた。総督の地位については、閣下が指揮官に指名した誰にでも、彼らは従うと。そこで総督は、ルイス・デ・モスコスコ・デ・アルバラドを司令官に指名し、彼はただちにその場の全員により選任され、総督の宣誓をした。

翌日、高潔、高徳にして、勇敢な指揮官ドン・エルナンド・デ・ソト、キューバおよびフロリダ総督は、この世を去った。彼は運命により、しかるべく栄達を遂げたが、より深く落ちるためであった。彼は、病のとき慰めを得にくい土地と時節に死んだ。仲間たちは、消息不明となる恐れに直面し、みずからを憐れみ、そのため、他の場合のように彼に付き添わなかった。

ある者たちは、喜んだ。

事実を隠すことが決められた。インディアンたちは、恐れていた者がもはやいないと知れば、大胆に攻撃するかもしれない。

そこで死が訪れるや、遺体はひそかにある家に置かれ、三日留められた。それから夜に町の門に運ばれ、そこに埋められた。インディアンたちは病気の彼を見たが、もはや見ないので、理由を疑った。彼が下にいる場所を通り、緩んだ地面を見て周囲を観察し、噂した。ルイス・デ・モスコスコはこれを知ると、夜に死体を掘り出し、布に包み大量の砂を入れ、カヌーで運び出し、流れの中央に落とした。

下へ、下へ。一つの精子は、流体のなかへ。眠りの形のない、飽くことのない腹のなかへ。魚たちのあいだに。バグレという種は、三分の一が頭で、端から端まで鰓があり、側面に錐のような鋭く太い棘があった。川には、百から百五十ポンドのものがいた。バーベルの形の魚もいた。別の魚はタイに似て、メルルーサの頭をして、赤と茶のあいだの色だった。またピールフィッシュという種があり、鼻は長さが一腕尺で、上唇はシャベルの形だった。他の魚はアロサに似ていた。ペレオという種は、インディアンがときに持ってきたが、豚ほど大きく、上下に歯の列があった。

ルイス・デ・モスコスコは総督の所有物を競売するよう命じた。男の奴隷が二人と、女奴隷が三人。三頭の馬。七百匹の豚。それ以降、たいていの者は豚を所有し育てた。

6　ウォルター・ローリー卿

ウォルター・ローリー（一五五四—一六一八）は、廷臣、航海者、歴史家、詩人。北米に植民地を計画し、フロリダ北の地域を「処女王」エリザベス一世にちなみ「ヴァージニア」と命名（一五八四）。現ノースカロライナにロアノーク植民地を建設させるが移住者たちは姿を消した（八五—八七）。女王の死後スチュアート朝のジェームズ一世への陰謀の廉で死刑判決を受けるが、執行されずロンドン塔に監禁（一六〇三—一六）。南米のオリノコ川地域への遠征を許されるが、失敗し帰国し、彼地でのスペイン前哨地襲撃を断罪され、斬首される（一八）。

本章で引用される、ローリー家中のアーサー・バーロウによるロアノークの報告は、『大航海時代叢書第Ⅱ期18　イギリスの航海と植民　二』（岩波書店）に所収。

美の追究と、あとに残る抜け殻について。歪曲と過ちについて。真の姿が風に漂うあいだに、おお詩神よ歌え。ローリーについて。陛下［エリザベス一世］に愛され、欲望を新世界の肉体に突き刺した

——そして多くの死と、不運と、弾圧について。それらは押し寄せて、あの情熱を、敗北により証す。歌え！　それらの噂により、臆病者をさらに臆病に、勇者を自暴自棄にさせよ。記念碑など忘れろ。あれは、常識を狡猾に加工して祝福し、真実を知られないままにする。歌え！　そしてローリーを知らしめよ。彼は植民地の創設をめざした。彼のイングランドは、草を焼いた燃えかすの煙と化した。もし無数の束縛と、税と、法と、法を無効化する法に基づく諸国民は、記念碑をもたねばならぬなら、ここに仄めかすがよい。この秘められた歌を。この蛆虫を。それは偽りに食い入り、解き放つ——ローリーを。それが、不死の神々を喜ばせるなら。

彼の知恵を歌え、おお詩神よ。じつは諸国民は、いかに離れても、すべて理性を有する被造物であり、同じひとつの想像力と空想力をもち、それぞれの手段と素材に応じて、同じものを考案してきた。彼らはすべて、弓と矢を発明した。すべてが標的と木刀をもち、戦いを助ける道具をもつ。穀物を得ると擂り鉢で潰して延ばし、石の板の上で焼く。『聖書』やアリストテレス『政治学』の基盤なしに、すべてが種々の法を作り、それらにより統治される。すべてが敵の近くに住むと、襲撃から身を守るため、村を柵で囲む。そう、同じ発明に加え、すべてが同じ自然の衝動をもつ。彼らは、自然に従い多妻制を選ぶ。狼のような獰猛さをもち、人肉を食う者たちもいる。そう、彼らのほとんどは来世を信じ、すべてがなんらかの偶像崇拝者だ。

これらのことを咀嚼して、彼は吐き出した。無神論者としてクリストファー・マーロー［劇作家、酒場の喧嘩で刺殺されたが謀殺説も］とともに、彼は焼かれただろう。それが彼の流儀だった！　だから、海へ！　正気の分別も混じっていた——たとえば敵に大砲を売る。

だが、そうしたすべてによって、おお詩神よ、彼は女王へと侵入した、と語れ！

歌え！　おお詩神よ、そして語れ、彼はあまりに恋に狂い、明敏で、必死で、彼女は側近として重用しない。彼はイングランドではなく、彼女がそうだった。彼女は、彼を抑えた。だが抜け目ない女は、女としてそうしたと知っていた。彼女、女王。それは、ある要素を残す。彼は陛下により作られ砕かれた、と語れ。あの献身を経験し、あの知恵を味わい、賢くなりすぎた――そして女は眼力と知恵そのものとなり、見透かし、やがて彼女の男、ローリーは薄弱になり軽くなり、精神になる。彼は刺激する者、女王を通じて命を与える者だった――だが深い傷を受けた。この決死の状況で、意志をなくし、霊感を受け、女の道具となり、燃え、落ち、上昇させられ、女を豊かにするため己を盗まれ、捕えられ、派遣され、出発し、また止められ、与え、また迷走して出口を探した。それは、あの女そのものだった。だが、おお詩神よ、ローリー、あの誇り高き男は？

語れ、最初に、彼は女王の息吹だった――数年間は。また語れ、彼は彼女を知る前から大いに旅した［一五八一年廷臣となる］。熱帯を目撃し［七八年］、オリノコ川を百マイル探検した［九五年］。そして語れ、おお詩神よ、いま彼は己を遠くに見る。彼はなる――アメリカに！　完成した状態で始まる旅を構想する――ふたたび新しいイングランドを発見するため。植民地を創設するため［八四年と八七年の北米ロアノーク入植地］。外へ突出し、探索する。だがそれは、女王の肉体の上の旅だと判明した。イングランド、エリザベス――ヴァージニア［「処女王」エリザベスにちなみ命名］！

彼は植民者たちを送った、彼女は、彼自身を行かせない。何も成功しない。それは、貴婦人の曲げた指のなかの冒険だった。指さし、つぎに曲げる。ヴァージニア？　その指の爪だった。おおローリーよ！　どこにもいず、どこにもいて――無だ。明言せよ、おお詩神よ、公平に、彼はイギリス艦隊を率いスペインを討つため旅立ち、彼女は呼び戻した［九二年］――陛下よ、貴方はお分かりにならないのか、貴方は⁉　これらの女たちは私そのものです。おまえは何をしようとした［九一年に女官の一人と秘密結婚］。私の指図なしに、私の物をわが物にする？　この女と結婚するとは！

歌え、おお詩神よ、心地よい声で。彼女、エリザベス、彼女、イングランド、彼女、女王は――彼を捨てた。レスター［寵臣］の代わりにローリー。ローリーの代わりに今エセックス［寵臣］。彼女は、彼が友としたエドマンド・スペンサー［詩人］。彼女は「妖精女王」［スペンサーの長篇寓意詩、女王に献呈］。彼女は、ギアナ。ヴァージニア。無神論者。彼女は「わが友マーロー」。彼女は、地代、報酬、名誉、影響、名声。彼女は「人知の根本法則」［フランシス・ベーコンのことば］。彼女は、牢獄［秘密結婚後の九二―九三年に投獄された］。彼女は、タバコ、アイルランドの地へのジャガイモの導入［ローリーの企図の結果アメリカから伝来］。その鋤が刺激したのは女王の肉体だ――今すべてが取り去られる。

おお詩神よ、貴方が住まう静かな牧場で、落ちる水音もほとんど聞こえず蟋蟀や小鳥がかすかに鳴く場所で、漂い去るヴァージニアを歌え。ローリーの砕けた破片を。女王は死んだ［一六〇三年］。

おおヴァージニア！　ローリーがおまえを引き寄せたように、誰がおまえをまた引き寄せる？　科学、知恵、愛、絶望。おおアメリカ、彼の息子の死に場所！［一六年南米で戦死］　それはローリー、熱帯に反する者だ。冷たい北方だ。また氷のなかで燃え上がる。

彼は何を知り、見ただろうか、おお詩神よ？　――われわれが甘い強い匂いを嗅いだ浅瀬の水。心地よい庭のなかのようだ。しっかり見張り、だが帆は緩ませて――われわれは岸に着いた。土地は葡萄に満ち溢れ、打ち寄せる波のうねりも葡萄に届いた。あれほどの豊穣が、そこに、あらゆる場所に、砂の上に、丘の緑が覆う土の上に、あらゆる低木に、杉の木の高い頂点に向けて這った。思うに、世界のどこにもこれほどの豊かさは見つかるまい。そして丘の下からは、あれほどの鶴の群れが、ほとんどは白で、あれほどの鳴き声で飛び立ち、あたかも人間の軍勢がいっせいに叫んだかのようだ。彼は、王の兄弟、銅の帽子を被るグランガニモを見たかもしれない〔ロアノークで〕。端正にはにかむその妻が、船を訪れたかもしれない。彼女の額は、白珊瑚の紐で結ばれる。あるいは彼は走り出て、彼らをとても快活に迎える。ロアノークで、靴下を脱ぎ、温かい水に足を洗い。人びとは、優しく、愛情深く、忠実で、偽りも欺きもない。大きな、白い、素晴らしい土器と、木製の素晴らしい材質の大皿。

歌え、おお詩神よ語れ、アメリカにはローリーを求める霊があった。地中に、空中に、水中に、上に下に。ローリーを、失われた男を。挫折した先見の人、一度も植民しなかった植民者、作品の質は疑わしい詩人、指揮権のない指導者、斥けられた寵臣――だが、女王のために、彼のイングランドのために、ある岸辺に称号を与えた。彼はそこを見なかったが、その天才で掠め通った。

彼に地獄で問いただせ、おお詩神よ。彼はそこに行った。答えがあるときは、歌い、あの最後の事件について彼の理由を明らかにせよ。なぜ彼は己でなく息子を、あの熱帯の密林に、危険な任務〔スペイン前哨地襲撃〕に送った？　若者が死んだとき、なぜ己も死ななかった？　なぜイングランドに戻り、新王〔ジェームズ一世〕に約束を守ることを強いて、己を斬首させた？〔一八年〕

7　メイフラワー号の旅

ピューリタンとは、一六―一七世紀に英国国教会の純化をめざした勢力であるが、一六二〇年にメイフラワー号で大西洋を渡った少人数のピルグリム・ファーザーズ（巡礼始祖）は、国教会のなかからの純化を断念した「分離派」。一度オランダに亡命したあと、宗教的共同体の建設を目標に、だがあくまで国王から特許を得た植民事業として、現マサチューセッツ州にプリマス植民地を作った。その指導者ウィリアム・ブラッドフォードの日誌を、Wは引用する。他方一六三〇年にマサチューセッツ湾に渡ったより大規模なピューリタン集団は「非分離派」。Wは、おもにプリマス植民地について語るが、広義の「ピューリタン」をも論じる。プリマス植民地はのちにマサチューセッツ植民地に吸収された（九一）。

ピルグリムたちは、チューダー朝イングランド［一六〇三年エリザベス一世死去まで］の強壮な花の種子だった。あの頂点の華麗な力は、費やされ、かれらのなかで硬く小さくなった。その種の人びとにおいて、あの花びらの脆い豊かさは、閉所のなかで安泰に沈み、横たわり夢見、漂った。余所では王政復古［ピューリタン革命体制瓦解後の一六六〇―八八年］が栄えた。温室の蒸し暑い孤立。冬の寒気に囲まれていたが。

それらの小さな種子は、太陽がたしかに天底に達するように、天底に到達した。そこに、北アメリカの始まりの性質が存在した。豊かさを剝がれた粒子であり、苦行を行ない苦痛に苛まれ、「説教者」［フランス語］であり、苦しむ用意があり、かれらは、神が追いやった野蛮な大陸にとって完璧な芽生えだった。だがピューリタンたちは「純粋」と呼ばれたとして、それは、肯定的な美質によるのでなく、内面に充足するものがないからだった。

まさにその空虚によって、かれらは、新世界にヨーロッパ的生活を確立する戦いで、最も強烈な力となった。己に発する欲求に従い集団として渡った最初の人びとであり、最初のアメリカの民主的社会だった［上陸後メイフラワー盟約を結んだ］――最後にはかれらが、すべてをみずからのように変えることに成功した。だれもかれらを導かなかった。だれも。指導者たちは、かれらにとって、故国にいて前から無縁になっていた――指導者がいたとして。――そしてまだ故国にいる人びとは、さらに遠くなった［一度オランダに亡命し、ついで大西洋を渡った］。剝奪され小さく、かれらは、その固く閉ざした心の秘密の熱気のほかに、頼る権威がなかった。だが不幸にして、かれら自身も、ほかのだれも、そこに侵入し、なにが隠されているか見なかった。かれらの空虚は、かれらを十分に恐怖させ、その先を見させなかった。かれらの神に関する語りは、自分たちを柵のなかに囲うための言葉遣いだった。かれらは弱さを訴え、たえまなく助けを呼び（その間ずっとみずからの手で抜け目なく働き）、保護を求めた。――だが真の助けは、自分たちを小さくし、小さく別個にすることだった。別個のそれぞれが、己の「魂」の殻。そして「魂」？　追憶（または約束）、切られた花――無。

かれらの秘密は、お伽噺のものだった。「魂」は絵に描ける小ささに下降する。子どもたち、こびと、妖精。卑しい人びとの縮んだ欲望。その向かう先を――かれらはほとんど知らない。ピルグリムたちの「神」は、そうした謎を示す。かれらの怖れ、無力、己の力への不安――すべてが、そうしたお話の特質を示す。かれらを罵った乱暴な水夫と、その男の顚末を哀れに細々と語る一節は、その雰囲気に強く合致する。それはまた、卑しい人びとによく見られる、運命に関する集団的な感覚を示す。

はじめからかれらは困難を抱えたが、物語は続く［のちのプリマス植民地総督ウィリアム・ブラッドフォードの日誌から］――「それら困難は吹き払われ、今やみなが一隻に集まり、彼らは幸先よい風とともに出帆し、それは数日続き、彼らにいくぶんの励ましを与えた。だが常の習いで多くが船酔いに苦しんだ。余はここで、神の摂理の特別の業を省くべきでなかろう。一人の高慢で不敬な若者、水夫たちの一人がいたが、強健な体をもちいっそう傲慢であった。男は病んだ憐れな人びとをつねに罵り、日々に酷い悪罵を浴びせ、旅の終りまでに半分を海に投げ込み持ち物をわが物にしたい、と述べることを躊躇しなかった。穏やかに非難する者があると、男はいっそう激しく罵倒した。だが海をなかば旅する前に、この若者を酷い病で打ち倒すことが、神の御心にかなった。男はそのため悲惨なありさまで死に、最初に船から投げられる者となった。かくして男の呪いは己の頭上に落ち、男の仲間全員が驚いた。彼らはそれを、男に対する神の正義の手と知ったからである」。

恐ろしく、また興味深いことに、人びとは剝奪され何ももたないと、己がもたぬものを最も望み、そのため、己の空虚の強烈さゆえに己は充溢すると想像し、みずからと世界の剝奪された人びとすべてを、かれらの憐れな信仰へと欺く。それは、かれらのなかに存在しない魂であり、かれらの夢のなかに存在するよう強いられる。ピルグリムたち、かれら、種子は、成長するのでなく、世界を暗い眼で見つめその完璧を呪い、己のなかの零を誉め讃えた。ゴシック的なカルヴァンの倒錯だ［一六世紀の宗教改革者、その教義はピューリタニズムの根幹］。

ピューリタンたちにはある衰退が存在したが、それを知らないのが、かれらの哀れな運命だった。その間、聖なる呪文を唱えたが。かれらは魂の偉大な花でなかった。厳しい経験により浄化されたがった。(そこから白い鳩が飛びたつ疲弊した肉体)、かれらは、自分たちやぼくたちが想像するようには、すべてが魂でなかった。肉体の苦しみは、むしろ緩和であり、かれらを慈悲深くも盲目にする気散じだった。かれらは花を得ないように呪われていた。みずからを低く蒔き、他の者たちがのちに結末を知る。各人は、自分を周囲から引き離すだろう想像力に怯えた。

そこでかれらは「魂」を強調した――ほかになにができただろう?――そしてその魂とは地上的な慢心であり、それをかれら、慢心をもたないはずのものたちは、天国とつぎの世界に差し向けた。そしてそのことで、ぼくたちはかれらを賞賛する。かれらのなかの価値ある唯一のものについてでなく。つまり、その頑丈な小ささと、寒さを乗りきる大勢の力である。その破綻でなく、つまり、かれらがその種子であった偉大な花を前方に進めたことだ。

ピルグリムたちは、行なったことについて過たなかった。己の手と頭を使い、厳しく働いた。かれらはむしろ、己の暖かさであると想像したものについて過った。それ以外にはありえなかった。だが、ひとつの豊かな世界が無気力にあとに従ったことは、惨めだった。かれらの悲惨は悪しき亡霊となり、ぼくたちみなを卑しめる。かれらが「魂」を発明したにちがいない。だが倒錯は、その空虚、夢、青ざめた否定性がその場所を奪ったことだ。それを、かれらはまさに継続するよう定められていた。

肉体に対する魂のこの強調は、開花が不可能な種族を生んだ。かれらが占めた地域で、真の魂は、ピューリタンゆえに死んだ。強烈な反抗の場合を除いて。かれらは害毒であり、旗竿でなかった。かれらの宗教的な熱意は、太陽に向かう突出と誤解されたが、内に、内に向かう動きだった——発芽でなく、墓穴の監禁に向かう動き。

すべてが、かれらの剝奪された状況を証言する。各人への哀れっぽい気遣い。共通の富に関するお喋り（全員に等しく共通で、だれかの誇り高い所有物ではない）。教会——美のあの密かな転倒。新世界での、かれらの行き迷った境遇そのもの。寒さ、病気、飢え——説明できない、避けられない困難。かれらは計画に身を委ねたのでなく、大洋に神の種子として浮かび出た——波と風に——信頼して。水漏れする船で。これを美と考えるのは、ぼくたちのなかの弱虫だ。かれらのことば自体の低劣さも、同様だ。日誌のひどい綴り字。つきあった最低の連中にも軽蔑され、低く評価されたので誰も金を貸そうとせず、「彼らは穴を塞ぐため糧食の一部を売らざるをえなかった」。たえまなく表明されるお互いへの愛情。「愛する友よ、貴方に手紙を書く機会があること自体が残念です」、等々。

「かくして彼らはみずからを神の意志に委ね、進むことを決意した。いくつもの嵐のあいだ海は荒れ波は高く、彼らは帆で一ノットも進むことができず、数日帆を畳み漂うことを強いられた。強い嵐の一つのあいだそのように漂ったとき、ある力強い若者（名はジョン・ハウランド）が昇降口の簀子の外に出て、船の揺れにより海中に投げ出された。だが神の御心により、彼は中檣帆の動索を摑めた。それは甲板から外へ相当の長さ流されていたが、彼はそれに摑まり（水中で数尋沈んだが）、やがてその綱で水面まで引き上げられ、小舟の鉤や他の手段でまた船に戻され、命を救われた。そしてそのため病気になったが、その後何年も生き、教会と共同体の有益な一員となった」。

この一節は完璧だ。その一員が、海で、神の慈悲深い加護のもと、（にもかかわらず流され）、みずからの手足と力でみずからを救い、自分に似た仲間により救い出される。細部への入念な注意。のちの病気の記載。だが、最後には教訓。

その教訓？　歪曲されたイソップと同様に、教訓とは、もはや成功しない成功の思い出だ。だが、かれらが霊または魂として犠牲にした欲望の享受、隠された花は、興味深い結果をもたらす。根本では摂理により剝奪されるが、北の種族の意固地さでしがみつく。冷たく、密集し、鈍い。かれらは、かれらをあらしめる種類の重圧のある場所を除けば、不適切になる。固い、抑圧的な、開拓地の精神の土壌。かれらは、みずからを救うために活発な偽善に頼ったはずであり——まさにそうした。だがそれを、かれらは敬えなかった。

もしかれらのなかの「ピューリタン」が新世界への参入とともに終わり、成長の微妙な変化がただちに始まったら（コットン・マザー『不可視の世界の驚異』序文を見よ〔本書一〇章参照〕）、すべては違っただろう。だが土地の性質は有利でなかった。かれらはもっと南に上陸しようとした。

恐怖のなか導きもなく、現実の世界に行き迷い、あとにはかれらだけが、セーレムで、あれほどまで逸脱した［一六九二年の魔女狩り］。病的に炎を求め――あの恐ろしい、未知の偶像に、かれらもまた人間の肉の犠牲を捧げた。それはまさにあの空虚、嫌悪、あらゆる時代の恐怖であり、炎のなかに――真実の投影ではあるが――行き迷い絶望する人びとが崇拝するものを見いだした。そして今日でもやはり、怯えて世界の喉首を締めつづけるのは、ピューリタンだ。かれの正体が暴かれないように――空虚であると。

そのように、新世界はなっていった。かれらの力がそうさせた。だがなぜ、なぜその低い地点に留まる過ちが永続する？　それは、魂が、かれらのなかで死につつ、死によって解放されず、だが死んで――悲しむからだ。

ピルグリムたちのあの勇敢な出発の結果は、阻害し破壊する先祖返りだった。苦悶する魂は、未発達の頭脳をもつ白痴としてあとに続き、その強力な筋肉で支配し、死んだ歳月の文書をぺちゃくちゃ喋る。ここで魂は惨めに滅びるか、あるいは逃れて、暴力と絶望のグロテスクな企みに向かう。それは、人間にはすでに強力すぎた大陸に投げ込まれたさらなる力だった。ひとは、このイングランドの種子がまさに原始的なものに偽装して、それと婚姻するとは予想もしなかった。まさに植民者たちの腸わたに這い入って、みずからに背くようにさせ、新世界を汚した。

それは、「文明世界でもっとも無法な国」［禁酒法時代を一判事が評したことば］、殺人と、倒錯と、統御されない力のパノラマとなり、それを赦しうる理由は、その機械のぞっとさせる美だけだ。今日それは、粗野な無知を誇る世代、麻痺したジャングルの呻きのように聖歌が立ち昇る黒ずんだ教会の世代であり、永続的な諸価値（貴族階級の願い）を、その場かぎりの物質的利益に熱心に代える世代だ。

己が服従するものを憎む世代だ。

なにが正常な発達を妨げたのか？　イングランドか、北の血筋か、上陸した土地の性質か？　かれらの精神の状態を有利なものとしたのは、もちろん、野生の大陸の重圧の全体であり、その再生産を強いた。それだけだった。

8　ケベックの創設

サミュエル・ド・シャンプラン（一五六七頃―一六三五）は、フランスの探検家・植民者。現カナダのケベック植民地を創設（一六〇八）。現ニューヨーク州北部から五大湖にいたる地域を探検（〇九―一五）。Wの叙述は、その『旅行記』の一八七八年刊の英訳、*Voyages of Samuel de Champlain* (Ed. Edmund F. Slafter, Trans. Charles Pomeroy Otis) に基づいている。

なぜぼくはここで愛情に満ちて静かに座り、あのもっとも喜ばしい男、シャンプランのことを考えられないのか、きみを怒らせずに？　サミュエル・ド・シャンプラン、ブルアージュの、ビスケー湾の。きみも覚えているだろう。かれの父は、ナヴァルのアンリ［フランス王、在位一五八九―一六一〇年］の海軍の提督だった。ここに男がいた。ここに、ぼくの心にかなう男がいる。本のなかだけか？　ぼくもそうだ、本のなかにいるだけだ。わかるか？　少なくともここに、ぼくは愛するものを見つける。つまり、ここにまさに本物が「いる」。正確にぼく自身の世界が、息をし歩きまわり生きる世界が

——きみが示すものに対抗して。いや、いや！　ぼくは強調する。ぼくたちは別の世界に生きている。マキアヴェッリは著作のある箇所で［フランチェスコ・ヴェットーリ宛書簡］、夕暮れに疲れて埃だらけで野原から戻ると、外出着を脱ぎ、新しい役割のための衣服を着け、書斎に入り王侯になる、と述べた。それはひどく珍しい感覚でなく、少なくともぼくは理解できる。ぼくは大した読書家ではない。すぐ本に疲れる。本ほど疲れるものがあるか？　だがぼくにとって、このシャンプランは、ぼくたちがここで持たないものの完成だ。そしてときに、わかるだろう、そう——読書は天の賜物だ——かれのような人を扱う本なら。

フランシス・パークマンは言う、「シャンプランは任務と目的のための男であり、自分のためのものはなかった」［『新世界におけるフランス人先駆者』、一八六五年］。なんてことだ。こうした歴史家は！　つまりぼくは、書かれていることの正反対を理解する。すべてが自分のためだった男——穏やかで、愛情に満ち、忍耐強いが、自分のやり方が少しでも邪魔されるのは我慢できない。かれは、シャンプランを知り、すべてについてシャンプランを追った。ぼくが間違っているか、見てみよう。

ぼくが話している時期に［一六〇八年］、かれはすでに北アメリカで三年をすごし、創設するだろう都市の場所まで入り込んだ。交易をし、地図を作り、海岸を測量し、あらゆるものの彩色画を描いた。いまフランスで、かれは真の企てをする気だ。自分の企画を支えるため、王からひとつの恩顧だけ求めた。毛皮交易の三年間の独占。よろしい！　後援者ポン・グラヴェを得て、適切な期間内に、二艘の船で新フランスに出帆した。ほとんどかれの頭脳だけから発明された国、と言ってよい。

最初に海。セントローレンス岬に向かう二艘の船は互いを見失い、ポン・グラヴェのほうが、のちにわかったが先にいた。そして北の岸辺。今やたしかに十分に新世界だ。土壌のあまりない高山、樅や樺で覆われた岩と砂、凍りつく風、激しい海流と油断できない潮流。だがまもなくタドゥサックの停泊地［現ケベック州］、合流場所に着いた。その外で嵐のなか錨を降ろした。

だがなにが起きた？　ポン・グラヴェと船はどこにいる？　新世界が、ぼくたちみなに迫る。それは終わりがないようだ——始まりもない。かれにとっても同じだ。船のボートが来るのが見えた。そう、ポン・グラヴェは停泊地に着いていた。結構。だが小舟には見知らぬ男がいる。バスク人。問題が起きていた。

ぼくには、ただそのフランス人、シャンプランを見ることが無量の喜びだ。周囲のだれにも似ず、じっと見つめ、ほとんど女性的に優しく、ものを己のなかに十全に保つ——細部に向かうあれほどの精力をもち——精確な細部への愛——その氷の湾の小さなボートが近づくのを見る。これが、ぼくの認める関心だ。この男。これ——ぼく。このアメリカ人。ぼくたちみなに火花を送る一種の無線送信機だ。

そう、ここにボート。なにが起きた？　ああ、ポン・グラヴェはもちろんここにいる。それで？　湾には、すでにバスク人の船がいて、王の命令で毛皮取引をやめるのを拒否した。短い戦闘。ポン・グラヴェは負傷。ぼくたちといるこのバスク人は、休戦をしに来た。シャンプランは「大いに不興を覚えた」、とかれの記録は言う［『旅行記』］。事のはじめに。大いに不興を覚えた！　これは貴重でないか？

そう、どうする？　なにをする？　そう、最初になにを？　この年に植民地を始める、この年に、わかるだろう。ほかのすべては――脇に置く。はじめに、ポン・グラヴェに会わねばならない。負傷したが回復するだろう。バスク人は、時間を稼げれば満足だ。休戦になる。大工は仕事を始め、船は川には大きすぎて小さな帆船が作られる。それに乗り、二隻目を待たず、シャンプラン、紳士、冒険家、熱中家、彩色画家――は出発し、ケベックの町を創設するつもりだ。

それは弱さだろうか？　その男をその場で殺すか、自分が死ぬか選ばなかったことは。そう、ドレークは違っただろう。ローリーも。コロンブスは、同じだっただろう。そう、それはぼくが思うに一種の弱さだった――あの時代のあの場所では値のつけようのない、奇跡的なものだった。それは誇りであり、凡俗とは隔絶して――そう、そうしたものは値がかかる。

それがなにを帰結するか見よう。なぜなら、それはひとりの男に現れるからだ。その男が導く、導くかぎり、だれが気にするか？　ぼくが言うのは、ここに卓越した活力があり、カナダ、寒気、孤立、野蛮人、に侵入したことだ。だがその卓越はすべて個人的だった。すべて炎であり、揺れ動くものであり――船、水夫たち、任務自体には無用だった。それは事態を掻き乱し、混乱させ、掘り崩した。それは、成功に向かう素晴らしい障害だった。きみは知ることになる。

川を遡り、かれらは選んだ場所に着いた。ここにケベックは建てられる。だがかれは道中なんと注意深く、すべての島々を、ほとんどすべての木々を、見つめたことか。かれの想像力は、インディアンたちの話とともに西に南に北に走り、いつの日か発見すべき部族と、山々と、湖とを予測した。最大の正確さで。なんという注意を払い、細心に苦心して、議論の余地なく、ジャック・カルティエ［一六世紀前半の探検家］が以前越冬した正確な場所を確定したことか。それは一般の誤解により想定された場所でなく、別の場所だったことを。――科学的な疑いの可能性を超えて。これがシャンプランだ。

　だがぼくを誤解しないでくれ。これは偉大な冒険家、途方もない活力であり、ぼくたちの大陸の第一級の植民者のひとりだ。かれは、北アメリカの海岸を端から端まで知っていた。ボストン湾に行って、島々と、そこに育つ木々を見たこともある。プリマスにも――それが存在することになる場所に――行った。ピルグリムたちより十五年前に。つけ加えれば、もう言ったが、海図と地図と彩色画を残した。それらはいま値のつけようもない。

　きみは覚えているだろうが、かれはポン・グラヴェをタドゥサックに療養のために残し、あのバスク人も一緒にいた。ひとりが他方を監視し、その間かれは帆船で、都市に選んだ場所まで川を遡った。かれはただちに部下たちを働かせ、あるものは地下室を掘り、あるものは丸太を挽き板を作り、あるものは建築をした。かれは、部下たちの精力と活力を語り、その優れた協力により、資材はまもなく屋根の下に置かれるだろうと述べた。だがいま第二の帆船が、川を補給とともにやって来た。どんな悪魔がこの土地にいる？　どんな特別の地獄が、この土地を領地にした？

「私は、整備しつつあった庭にいた」とかれは書いている。庭に！　ぼくには、これは素晴らしい。かれが庭にいたとき、二隻目の帆船の水先案内人がやって来て話をした――内密に。シャンプランは男を小さな林に連れ出し、そこで話を聞いた。フランスを出発した日から、どうやら、少なくとも一人はかれを殺そうとしていた。ケベックはそのように創設された。最初の日から。そうした運命を引き寄せるのは、シャンプランのような男の天分だ。錠前師のジャン・ド・ヴァルがおもな犯人だったが、そのときはほとんど全員が誘い込まれていた。二隻目の船の予想外の到着だけが、首領をその夜の死から救った。仲間の一人が自白していた。

これは明快そのものでないだろうか？　その男は仕事に没入し、熱心に計画を進める——運命はかれを後ろから犬のように追う。

だがいまかれは覚醒した。なにをする？　なにを？　面白すぎる！　わかるか、かれは命の危険に晒されている。かれは情報源の水先案内人に命じ、四人の主犯を、二隻目の船に載っていたワインの瓶二本で誘った。かれらの友のバスク人からの贈り物だ。その夜、船での夕食に来ないか？

かれらはもちろん来て、かれは四人を捕えた。それから？　だがまずかれは、その企みを最初に知らせた男と会見していた。ぼくには当惑した顔が思い浮かぶ。なぜ？　なぜ？　なぜ、かれらは自分、シャンプランを殺そうとする？　みなを赦そう。あの四人を除いて。もしその動機がわかるなら。なんでもない。ただかれらは、その場所をバスク人とスペイン人に明け渡せばみなが金持ちになれると想像し、フランスに戻りたくなかっただけだ。

単純な答えとして、これはどうだ？　シャンプランがそれについて思ったにちがいないことを、考えてみろ。海に育った男、フランス人。フランスから離れ、独力で生き、己の頭で考え、荒野に好奇心に満ち入り込むときほど、自分自身であることはない。今シャンプランは、かれら、四人を捕えたが、つぎを想像してみろ。かれはみずから帆船で川を下り、四人をタドゥサックまで連行し、会議を開いた。ポン・グラヴェ、船長、外科医、航海士、乗組員たち——かれ自身。このひとには、かなわない。

かれらは、ジャン・ド・ヴァル一人を殺せば、辺りにうろつくスペイン人を脅すのに十分だと決めた。他の三人は裁判のためフランスに戻されるべきだ。そこでかれらはド・ヴァルを絞殺し吊るし、首を杭に刺した。ぼくには事件全体が素晴らしいと思える――終始一貫して。

それから、かれ、シャンプランはまた川を上り、悪党どもがひどく無駄にした糧食を点検し、町作りを続けた。

（かれの友が答える。）

うんざりだ。フランスのために絵を集める――あるいは科学の――技芸のために。それが新世界のためになんになる？　いや。きみの言うことはわかる。諦念の精神。文学。書物――図書館。では、お休み。それはきみでない。**きみ**！

それが、フランスがここでけっして成功しなかった理由だ。ラテン的、いやゲール的、ケルト的な歴史の連続性の感覚だ。戻るがいい、ローマ、ギリシャ、フェニキア、エジプト、アラブ――ユダヤ。世界のあらゆる文化に根をもち、戻るがいい。中国。それがきみたちフランス人の弱点だ――きみたちの貴重な血の一滴を荒野で異国の血管に注ぎ、その追加が、かれらをフランス人にすると想像する――それが荒野を改宗させる！　文明化され、鎖の新たな輪になる。否。きみたちの願いがどんなに大きくとも。

反逆、野蛮。ある力が跳ね上がり、きみを居場所から引き離し、その一部になるよう強いる。その場所。絶対的に新しいもの。根源の血のほかに、法はない。そこでは野蛮人が兄弟となる。それは寛大だ。開いている。突破だ。

シャンプランは、できなかった。その場所は（粗野な連中はその力を自分の体で感じとった）、憤慨した。つまり――きみが正しければ――きみは正しいとぼくは思う。男たちは、的はずれなかれに襲いかかった。かれは地図を持ち、フランスと、科学と、文明の側にいた――温和さ、夢中。ぼくは、それを素晴らしいと言おう――きみが望むなら。だが新世界に対しては――考えられないものだ。

それはきみを要求する、きみを！　きみが仕事を辞めたのは――歴史のためだ。まったく、きみに言わせれば。

その土地！　きみは感じないか？　それはきみに、まず外に出て、死んだインディアンたちを墓場から優しく掘り出し、かれらから盗みたいと思わせないか？　――その死骸にさえ付着する――真正な何かを。何かを――

ここで。あそこでなく。

9　メリー・マウントのメイポール

トーマス・モートン（一五九〇頃―一六四七頃）はデヴォン出身、北米入植事業に参加し（一六二四）、現マサチューセッツ州クインシーに「メリー・マウント」入植地を作った。インディアンと交易し、プリマス植民地と衝突。逮捕されイギリスに送還され（二八と三〇）、諷刺的な『ニューイングランドのカナン』を出版（三七）。

ぼくたちがアメリカ史を読んでひどく困惑させられることは、ほぼ一般に見られる尺度の欠如だ。そうした偏狭性は、トーマス・モートンの『ニューイングランドのカナン』――メリー・マウントでのメイポールの事件を語る――へのチャールズ・フランシス・アダムズ〔二世、一八三五―一九一五年、二人の大統領等を輩出したアダムズ一族の一人〕による序文の、偏りのない発言によって助長される〔一八八三年刊〕。アダムズは、その「俗悪な王党派の不道徳家」モートンと、プリマス植民地のピューリタンたちを、あまりに近づけて比べる。その時代を、近くから見すぎる。かれは、モートンのプリマス近郊でのたんなる偶然の居住を、顕著な事実として受け入れ、それに精神を傾け、生身で争う一方と他方を考量して――ついに双方は、ぼくたちの目には見分けのつかない、取るに足らない存在へと摩耗する。「俗悪な王党派の不道徳家で、偶然によりピューリタンの共同体のただなかに投げ込まれ、きわめて向こう見ずだが、たいへん愉快な老放蕩家にして酒飲み」という描写は、あの環境に取り囲まれ生きたモートンを描くには、不適切だ。その調子は、ロンドンのクラブ会員には妥当だろうが、荒野で運試しをした新世界の開拓者には違う。それは、尺度を欠いている。

アダムズのつまらぬ学者風のユーモアは、人を苛立たせる。「モートンがヴァージニアかニューヨークの近くにさえ住んでいたら、注目されなかっただろう」。なんだって？　かれはヴァージニアやニューヨークに住むことはなく、注目された。だからかれは『カナン』を書くにいたり、ぼくたちにまで伝わり、ぼくたちは認知する。かれの運命と争う代わりに、アダムズはよりよい説明をすべきだった。少しの重要性しかもたない作品の序文に、関連する事実の簡単な説明以上を期待するとか、すべきだとか言うわけではない。だがトーマス・モートンはぼくたちの歴史で独自であり、アダムズはその本の再評価をめざすのだから、歴史において「少しの重要性」をもつものの保存は――より困難であり著作家の責務であるから――勝者の擁護より価値がある、と理解しなかったのは残念だ。モートンを、上位の人びとと命取りのぶざまな争いをしたと見なして、陰険に嘲りつつ提示することは、よい歴史でない。かれをその時代の押しつけから解放し、その軽やかさ、本質的な性格を強調することが、よい歴史である。それはピューリタン自身を、欠損のある存在として暴露する。そのことは、かれらの生存に有利だったが、その対極を――歪んだやり方で、だがひとつのやり方で――モートンは示している。

モートンを、その環境ゆえにピューリタンと結びつけることは無益だ。かれとその本は、主として別の点、新世界のより一般的な状況、先住民との関係について評価されるべきだ——そのことにピューリタンは暴力的に反対した。そしてアダムズは、かれらはその点でじつに正しかった、とぼくたちを説得する。モートンが「メア・マウント」〔メリー・マウントの別名〕で維持したような場所、乱暴な無法者が年ごとに集まり、酒と火器を蛮人に売る場所は、「散らばって暮らし、どこでも優勢でなかったピューリタンには、恐怖だった」。モートンが——インディアンには銃と酒が大事なことを見てとり——ほかの入植者には許されない交易をすることは、不当だった。これは、入植地からその男を除去したいという望みの実際的側面だった。だが白人は火器で武装し酒をもっていたのだから、歴史の目から見て、モートンがそれらを交易したのは悪かったか？　この厚かましい男へのピューリタンの嫌悪の別の側面は、インディアン娘たちとつきあうという道徳上のことだった。第一のものでなく、その理由で、かれらは最後には襲撃を決意した。

ビーバーの上着の娘たちよ来るがよい
汝等は昼も夜も大歓迎なり〔『カナン』中の歌〕

ニューイングランドのインディアンについて初期の著作家の一部は、その女たちの慎みについて語っている。たとえばウィリアム・ウッドは『展望』〔一六三四年〕で、ジョン・ジョスリンは『二つの旅』〔一六七四年〕の二番目で。「モートンは、重要なことだがこの点には沈黙する。インディアンの精神における女性の貞潔の観念は、それが存在した稀な場合にも、まったく曖昧にしか記述できないものだったようだ。モートンは、潔癖な男であったはずもなく、「ビーバーの上着の娘たち」への言及は、多くを示唆している」。これは、アダムズが事実の十分な記述に少しでも近づいた限界である。

パークマンの『北アメリカのイエズス会士』（四章）［一八六七年］は、宣教師ル・ジュヌによる、アルゴンキン族のあいだでの経験のきわめて迫真的な記述を含む。それは、冬の夕暮れのテントの内部を描く。「息が詰まるほど熱く、呪術師は、裸体にかぎりなく近い格好で、仰向けに寝て、右膝を立て、そこに左足を載せて、仲間に饒舌に語っていた。仲間もまた、礼節から離れることでは劣らぬ姿勢で聞いていた」。ル・ジュヌが言うには、「娘タチト若イ女タチハ外デハ堅苦シク衣服ヲ纏ッタガ、自分タチノアイダデノ会話ハ汚物溜メノヨウニ不潔デアッタ」［フランス語］。

パークマンが言うには、女性の貞潔は多くの部族で美徳として認められた。ニューイングランドのインディアンについて、ロジャー・ウィリアムズ［マサチューセッツ植民地を批判しプロヴィデンス植民地を創設］はこう述べる。「独身者の性行為を彼らは罪と数えなかったが、結婚後はどちらの側の欺瞞も悪徳と見なした」［『北アメリカの言語への鍵』、一六四三年］。だがモートンが言及する出来事によれば、不貞は、彼が住んだ付近のインディアンのあいだでは、非常に重大な罪とは見られなかったようだ。「彼らの目は一般に黒いので、ある蛮人は、自分の赤子の灰色の目を私に示して、イギリス人の目だと言った。私は父親に、息子はナン・ウィーテオつまり私生児だと言った。彼はティタ・チェシェトゥエ・スクアーと答えた。つまり、たしかでないが妻は売女の振舞をしたようだと。父親はその子がイギリス人の名前をもつことを望んだ。その目の色の薄さのためで、父親はそれを、部族では珍奇だったゆえに大いに賞賛した」。

ウィリアム・ストレーチーの『歴史』（六五頁）は、ヴァージニアの部族についてこう述べる［一七世紀初頭の草稿］。「彼らの若い娘は、十一か十二齢がめぐるまでは、仲間内では覆われず（服を着ず）、それを恥としない。そこで前述のポカホンタス、ポウハタンの娘は、見目よいが放埒な娘だったが、十一か十二の齢にはときどきわれわれの砦に来て、少年たちと一緒に市場に入り、彼らに手を付き足を上げ体を回転させた。自分もそのあとを追って、裸のまま、砦中で体を回転させた。だが十二の齢を越えると彼女たちは、腹の前をなかば覆う一種の革の腰巻きを着け、裸を見られると非常に恥じた」。「——結婚前は浮気者、その後は家の雑役婦である彼女らがその観念（女性の貞淑）をもつかはきわめて疑問である」［アダムズが引用するパークマンの意見］。多くの矛盾した報告からして、女性の貞淑に関する事情はおおむね個人の性癖によった、というのが真実らしい。生まれつきにより、あるいはそのときその場の趨勢が許すかぎりで、ある者は貞淑となり別の者は放埒となった。妻があまりに露骨に不貞を犯せば、その女を望む夫はなく、おのずと然るべき状態に収まった。

そして「モートンの騒々しい歓楽への性向は、ついにあの行為で頂点に至り、プリマスの長老たちを激高させ、歴史の一齣となった」［アダムズ序文から］。『ニューイングランドのカナン』第三巻、十四章は、それをつぎのように記す。「パソナゲシットの住民は居住地を古い蛮人の名からメア・マウントに改名していて、その名を後世の記憶に残すことを決心し、それを自分たちで厳粛に実現するため工夫した。古きイングランドの習わしに従い、お祭りや浮れ騒ぎを伴って。（彼らは）ピリポとヤコブの祭日（一六二七年）にメイポールを立てる準備をし、それゆえ上質なビール一樽を醸造し、その日訪れる者たちがほかの愉しみとともに享受できるように、幾箱もの瓶を用意した。そして形式を整えるために彼らは、時と機会にかなう歌も準備した。メイデーには決めた場所に、メイポールと、場にふさわしい太鼓、銃、拳銃等の道具を運んだ。そしてわれらの祭りの様子を見にきた蛮人たちの助けを得て、そこにポールを立てた。八十フィートの立派な松の木で、天辺にはどうにか一対の鹿の角を付けた。それは、立派な海の標識のように、わが主催するメア・マウントへの道を示した［メアには「海」の意がある］」。

ウィリアム・ブラッドフォード［プリマス植民地総督］の説明はまるで違う――「彼らはまたメイポールを立て、付近で何日も飲み踊り、相手としてインディアン女たちを呼んだ。飲み騒ぎ（多数の妖精か魔女のように）さらによからぬ振舞もした。あたかも古代ローマの女神フローラ祭であるか、狂乱するバッカス信徒を復活させ祝福するかのように。モートンは同様に（詩才を見せるため）種々の詩歌を作り、その或るものは猥褻に向かい、別のものは人物たちの非難中傷に向かった。彼はそれらを、無益にして偶像崇拝のメイポールに貼った」。

緑地での跳ねまわりは、事態を激しい対決に至らせた。アダムズが言うように、銃の販売という重大な件が背後になければ、それだけではピューリタンの長老たちは行動しなかったろうが――まさにその理由で、マイルズ・スタンディッシュは八人の男と出向き、モートンを逮捕した。かれは捕まり、農場は壊され、立派な約束事として「インディアンたちを満足させるため」、かれ自身は晒し台に縛られた。インディアンたちはなにが起きたか見にきて、その姿に大いに驚いた。

モートンは、監禁者により恥知らずに虐待され、イングランドに裁判のため移送された船では食事も与えられず、死にかけた。だが、アダムズが微笑みつつ述べるように、ぼくたちの歴史のその後の西の辺境でなら、即座に射殺されただろう。イングランドで、マーメイド亭でベン・ジョンソン〔一六―一七世紀の劇作家〕ほかを知っていたモートンは、本を書いた。さほどの文学的業績ではなく、おおむねは些末で晦渋だが、アメリカ史上の一作品としては独特の味わいをもつ。アダムズがそれを強調せず不鮮明にしたことは――残念だ。

アダムズは、モートンの論述の意味を明確に理解できないようだ。「この若者たちの無害な歓楽は(彼らは妻が彼らに送られることを望むが、それは妻を得るために旅する労苦を省くはずであった)、堅苦しい分離派たちに大いに嫌われた――あのモグラたちに〔プリマス植民地は英国国教会からの分離を唱えた一派〕……だが結婚と絞首は(言われるように)運命とスコーガンの選択によるので、まったくないのが(それゆえ)よい。プロテウス〔変幻自在な神〕を(プリアポス〔男根神〕の助けで)演じる者は、諺の言うように、世間の鼻をあかす――」

つまり、スコーガン(エドワード四世の宮廷付きの有名な道化)は、絞首刑を課されたが木を選ぶ特権を与えられ、好みの木を見つけられず死刑を逃れた――多くを試したすえに。そのようにモートンと仲間は、イングランドからの妻を待ったが、寝床に連れていくインディアン娘たち(プリアポス)をつぎつぎ換えて(プロテウス)結婚を逃れた。

これを、その単純さにおいて語る精気をピューリタンは欠いていた。精気を欠いて、それゆえ世界に関する己の判断を据える根拠をもたず、その豊穣に触れるのを怖れて、ある裂け目が自然な口に取って代わった。――かれらにはすべてが倒錯となった。モートンの微罪に強いられ、かれらは度外れな暴力で対抗した——また若干の計算もあった——ビーバーの毛皮交易が念頭にあった。

それから、かれら自身の真の倒錯が入り込む。なぜなら「法への無知は弁護せず」。モートンはその手を、荒っぽく、だがおそらく愛して、インディアンの伴侶たちの肉に置いた。ピューリタンはその手を、悪意と嫉妬により、狂ったように、モートンに置いた。かれだけでなく——一事は他を導く——無害なクエーカーたちに。

人間的な経験を信頼せず、なにを考えるべきか知らず、かれらは狂い、すべて方向を見失った。マザーは、魔女の迫害を弁護した。

10　コットン・マザーの不可視の世界の驚異

マサチューセッツ植民地セーレムでの魔女狩り裁判事件は一六九二年。牧師一家の少女たちの魔術騒動から始まり、魔女裁判の被告たちが有罪とされ処刑されていくと、セーレムと周辺の村々は告発の連鎖が止まらない事態に陥った。法廷での「証拠」の扱い方への批判が高まり裁判が十月に中止された時点で、一五〇人以上が告発され、十九人が処刑されていた（獄中での死亡者等を除く）。コットン・マザー（一六六三―一七二八）は、ボストンの指導的なピューリタン聖職者の家に生まれた牧師・著作家。魔女を示す証拠の扱いについては慎重さを求めていたが、裁判への批判が高まるなか、植民地体制の聖俗の権威を守る意図もあり、魔女裁判を正当化する著書『不可視の世界の驚異』を公刊した（一六九三）。本章は全体がその書物からの引用であり、マザーの魔女論と裁判記録からなる。

一

今を去ることはるか昔の一六三七年、英国国教会の牧師エドワード・サイモンズ氏は、のちに印刷された説教にて、かく考えを述べた。「ニューイングランドには安逸の陽光が兆し、栄光の昼の星が現れはじめた。ダガノチニハ別ノ時代ガ訪レルデアロウ〔ラテン語、セネカ『メデア』から〕――のちには暗雲が空を翳らす時が来るであろう。今そこで多くの者は、幸福の継続のみを己に約束し、神の慈悲によりしばらくは、それを享受するであろう。私もそれが永からんことを祈る。だがこの世界に永遠の幸福はない」。これこそ今や惨めにもわれらにおいて証された所見、否、霊感と呼ぶべきものである！　ニューイングランドを熟知する人びとが言明したように、世界はニューイングランドに対し大いなる不正をなす、もし世界がその住民に関して、同様の規模の他の住民に見られる以上の信仰、忠実、廉直、勤勉を認めないなら。私が数年前に、この国にて犯された若干の記憶すべき魔女の業に触れた本『記憶すべき摂理』、一六八九年〕を出版したとき、卓越せるリチャード・バクスター〔イギリスのピューリタン聖職者〕はその本の二版〔ロンドン版〕を好意ある序文で飾ってくださったが、かく述べる理由を認めた。もしニューイングランドを、天が下に知られたいかなる土地にも劣らず、真剣に敬虔なる土地を、魔女が悩ますことに人が驚愕するなら、私はそれを驚くべきでないと考える。悪魔は己が憎まれ、憎む場所にこそ、最大の悪意を示すであろう。神に敬虔なるこの師の表した恩情に、この国が今も値し応えることを私は願う。この荒野を旅する者は誰でも、福音の教会が豊かに鏤められ、その牧師たちは信徒たちの神聖、有能、細心な監督者であり、生彩ある説教者であり、有徳な生活者であることを目にする。……思うにこの世界で、神を蔑ろにする放蕩や低劣な悪徳をここより免れた国はなく、私たちは今も幸せである。人びとの気風によって今までは、呪詛や安息日の違反や売春や泥酔等は、俗世間の目に、紳士でなく怪物や悪鬼を示す。これらすべてにかかわらず、神に向け謙虚に告白せねばならぬが、われらは、先人たちの最初の愛から惨めにも堕落した。人びとがわれらを侮りに来てわれらが、およそ人が誇りをもつかぎり（われらは愚かに語る）、われらも誇りをもつ［コリントの信徒への手紙二、一一：二一の変形］とあえて言うとき、われらはいささか増長している。これらの植民地の最初の入植者たちは選ばれた世代であり、至上に純粋で、他の場所で、改革が要ると考えた多くのことを喜ばなかった。だがさらに、このうえなく平和を好んだゆえに、その同胞たちと安楽に暮らすより、不潔で恐るべきアメリカの荒れ野に自発的に亡命した。それらの善良な人びとは、子孫たちを、冒瀆や迷信がけっして侵入せぬ土地に残したと想像した。そしてここより戻ったさる高名な人物は、議会での説教で、かく述べることができた。私はある国に七年いたが、その間そこで一人の泥酔する男を見たことも、呪詛を聞いたことも、通りで乞食を目撃したこともない。ギョーム・ビュデ［一五一一六世紀フランスの人文主義者］ほかの偉大な人びとは、トーマス・モア卿の『ユートピア』［一五一六年］を実在の国と誤解して、さる聖職者たちに、そこへの旅を惜しまず企てるよう促したが、この場合はたしかに過ちのうちに真実を見いだしたであろう。ニューイングランドは真のユートピアであった。だが、悲しいかな、それら古の植民者たちの子孫と使用人は、多くの堕落した作物をも容認する必要があり、われらのヨシュアたちや続く長老たちとは異なった習いの、多くの人間が今や育った。あれら二つのこと、われらの聖なる父祖と幸福なる境遇は、努力を不要とするほどのものであり、余所の世界全体を悩ますような魂の混乱でさえ、われらにおいては、他の場所で犯される極悪の所行ほどの憤激を誘う。そして神の牧師たちはそれゆえ、その証言において辛辣である。だが詮ずるに、福音の枢要、すなわちこの辺境の地に向かったわれらの父祖の使命は、邪悪の極には陥らなかった大衆においても、あまりに長く軽んじられ繰り延べされ、優れた教育の達成は蔑ろにされた。そして一部の者、とりわけわれらの若者たちは、課せられた抑制から外国で抜け出ると、極度に禍々しく悪徳に耽る。かくして、ニューイングランドの幸せは、予言されたように一時のことにすぎず、われらが望んだように長続きできなかった。種々の災難が長いこと、この植民地を襲っている。われらは、それを幾重もの背教に対する天の叱責に帰すべき理由を、想像しうるかぎりすべて有する。われらは、われらの災難を正しく用いなかった。それならば、われらが何処から堕落したかを想起し、後悔し、初めの行ないをなせ［ヨハネ黙示録、二：五］。だがわれらへのさらなる審判ゆえに、われらへの災厄が来たるかも知れぬ。われらの災厄のさらなる原因があり、その代価は、神に与えられねばならぬ。

二

ニューイングランド人は神の民であり、かつては悪魔の領土であった場所に植民した。われらの祝福されしイエスになされた古の約束、彼は最果ての地をも己がものとするであろう［ルカ、四：六への言及か、語句自体は詩篇二から］が、かくのごとき民により成就されたと知ったとき、悪魔がこのうえなく動揺したことは、想像に難くない。エフェソス人たちに福音が最初に伝えられたときも［使徒行伝、一九］、福音の銀の喇叭がここで歓喜の響きを奏でたときに、空中の悪霊どもが立てたほどの（そのあとをあのエフェソス人たちは歩いた)、騒音を起こさなかった。悪魔はかく苛立ち、この哀れな植民地を覆すべくあらゆる手段をただちに試みた。そして荒れ野へと逃れた教会は、蛇がそれを流し去るため口から洪水を吐く［黙示録、一二：一四―一五］のを、ただちに見た。私は信じるがかつて日の下で、ある民を追い出すために、神の植えし葡萄の木を根絶やすためにここで用いられたほど、悪魔の企みが行なわれたことはない。神は、異教徒を追放し、その木のために場所を作り、深く根を張らせ、その地を満たした。それゆえその枝は東の大西洋岸に広がり、小枝は西のコネティカット川に伸び、丘々はその陰に覆われた［詩篇八〇の変形］。地獄の企みはすべてこれまでは挫かれ、多くの神助を謝する岩［サムエル記Ⅰ、七：一二］が、神の賛美に向け、哀れな民によって建てられた。そして、神の助けを得て、われらは今日まで存続している［使徒行伝、二六：二二］。だが悪魔は今、われらに対して別の企みをなす。その企みは、これまで遭遇したものより御しがたく、驚愕させ、理解しえない手管に満ちている。きわ立った危急存亡の企みであり、われらはそれを乗りきるなら、地獄の獣どもを足下に踏みつけ、まもなく静穏な日々を享受するであろう。悪魔は、その受肉せし軍勢がわれらを迫害することを望んでいる。神の民が、他の半球で迫害されたように。悪魔はそれゆえ、より霊的な配下たちを呼び寄せ、われらを攻撃させる。存命中の信頼すべきキリスト教徒たちによって、われらは助言されたが、魔女の業および殺人で告発され、四十年以上前に処刑されたある下手人は、恐るべき**陰謀**を知らせたと云う。それはこの国に敵対する**魔女の業**であり、そのとき据えられた魔女の業は、然るべきときに発見されないならおそらく勃発し、この国の教会すべてを倒すであろう。そしてわれらは恐怖とともに、今やそのような魔女の業の摘発を目にした！　悪魔の軍勢が、われらイギリス人の植民地の中心に、いわば初子の場所に恐るべきことに襲いかかり、善き民の家々は、子供たちや使用人たちの哀れな叫びに満ちている。彼らは目に見えぬ手により、およそ超自然の拷問により苦しめられている。

……………………

Ⅱ　ブリジェット・ビショップ、別名オリヴァーの裁判、聴聞審理法廷において、セーレムにおいて、一六九二年、六月二日開廷。

一　彼女は近隣の数人の者たちに魔術をかけた廉で、こうした裁判に通例の形式で告発された。無罪を申し立て、何人かの人びとが召喚されたが、彼らは多くの被害に長いこと苦しんだ。それらは、超自然的に加えられる恐るべき魔女の業に一般に帰されるものであった。魔女の業の立証にあまり時間は費やされなかった。それはすべての目撃者に明らかで、おぞましいものであったから。さてその魔女の業を法廷の被告に帰するために、最初に用いられたものは、魔術をかけられた者たちの証言であった。すると何人かが、被告の姿が耐えがたく彼らをねじり、喉を締め、噛み、苦しめたと証言した。またその姿は、われらの本と呼ぶものに、彼らの名を記すよう促した。その一人のさらなる証言では、その被告の姿は、別の姿とともに、ある日彼女を水車から川岸へと連れ去り、先述の本に署名せねば溺死させると脅した。だが彼女はそれを拒んだ。別の者たちの証言によれば、先述の姿は、その脅しのなかで数人の人びとを殺したと自慢し、その名を挙げた。また同様に名を挙げたある男を苦しめたと言った。別の証言によれば、亡霊たちの現れがビショップの生き霊に対して、おまえがわれらを殺した！　と叫んだ。このことの真実については事実の問題として、あまりに多くの疑いがある。

二　証言によれば、判事の前での被告の審問において、魔術をかけられた人びとははなはだしく苦しんだ。彼女が視線を向けるだけで、彼らはただちに倒れたが、その件に関する共謀など、ありえないやり方においてであった。だが彼女の手が触れると、気絶していた彼らはただちに正気づいた。他の誰の手でも無駄であった。さらに彼女の体の特別な動き、手を振ることや目を動かすことで、彼らはただちに苦しみ、同様の姿勢になった。そして同様の多くの出来事が、彼女が法廷にいるあいだに起こったが、一人の証言では、彼女は被害者がどう苦しめられようと気にかけないと言った。

三　同様に提出された証言では、魔術をかけられた者がビショップの姿が立っていると言う場所を、ある男が叩くと、その魔術をかけられた者は貴方は女の上着を破ったと叫び、そのさい、その箇所を特定した。そしてその女の上着は、まさにその箇所で破れていることが発見された。

四　デリヴァランス・ホッブズなる者は、魔女であると自白したが、自白によれば今は、生き霊により苦しめられた。彼女の証言では、このビショップは、彼女にあの本にまた署名し、自白を否認するよう誘った。彼女の言明では、この被告の姿は、彼女を鉄の棒で打ち、かく行なうよう強いた。彼女の言明では、ビショップはセーレム村の野原の悪魔の集会にいて、そこでパンと葡萄酒を用いる悪魔の聖餐に参加した。

五　この法廷の被告が魔女の業に真に携わることに、疑問の余地をなくすために、彼女の犯した他の魔女の業の証拠が示された。たとえばジョン・クックの証言では、五六年前のある朝、夜明けに、彼は自室でこの被告の姿により襲撃された。それは彼を見て、にやりと笑い、頭の側部を打撃し酷く傷つけた。また同日、昼頃、同じ姿が彼のいた部屋に歩いて入り、一つの林檎が不思議にも彼の手から、六から八フィート離れた母の膝へと飛んだ。

六　サミュエル・グレーの証言では、およそ十四年前、夜目覚めると、寝ていた部屋は光に満ちていた。そして揺り籠と寝台のあいだにある女を明らかに見て、女は彼を見つめた。彼が立ち上がるとそれは消えた。だが確かめると戸は堅く閉じられていた。入り口の戸を見ると、彼はまた同じ服の女を見つけ、神かけて訊くが何をしにきたと言った。彼は寝台に戻ったがまた、同じ女に襲われた。揺り籠の赤子は大きな金切り声を上げ、女は消えた。子供を鎮めるには時間がかかった。だが憔悴し、数ヵ月後に哀れな状態で死んだ。彼はビショップもその名も知らなかったが、その後彼女を見たとき、顔つきと衣服と状況全体から、彼をあのように苦しめたのはこのビショップの現れだとわかった。

七　ジョン・ブライと妻の証言では、彼はエドワード・ビショップ、被告の夫から雌豚を買い、相手に合意した値段を払おうとした。被告は、自分が金額を決めるのを妨げられたことに立腹して、ブライと口論した。その後すぐ雌豚は奇怪な発作に襲われ、跳び上がり、柵に頭をぶつけた。目が見えず耳も聞こえないようで、食べもせず乳をやりもしなかった。これについてある隣人は、豚は魔女の業をかけられたと信じると述べた。そして種々の他の状況が合わさって、供述人に、ビショップがそれに魔女の業をかけたと信じさせた。

八　リチャード・コーヴァンの証言では、八年前に寝床で目覚めて、灯りも燃えていたとき、このビショップの現れにより悩まされた。彼の見知らぬさらに二人がいて、同様に彼を押さえ、身動きもできず他の者を起こすこともできなかった。つぎの夜も同様に苦しめられた。件のビショップは彼の喉を摑み、寝台から引きずり落とすほどだった。親族の一人はそのため、彼と泊まることを申し出た。その夜彼らが目覚めて話していると、このコーヴァンは、以前に災いを起こした訪問者たちに襲われた。親族の者も同様に話せなくなり、手も足も動かせなかった。彼は剣を傍らに置いていたが、この忌まわしい生き霊たちは、彼からもぎ取ろうとした。ただ彼は彼らより強く握っていた。それから彼は、家の者たちを呼べるようになった。だが彼らは声を聞いたが身動きしたり話す力はなかった。ようやく家人の一人が何事だ？　と叫ぶと、生き霊たちはみな消えた。

九　サミュエル・シャタックの証言では、一六八〇年にこのブリジェット・ビショップは、彼の家に頻々と些細な用事で来て、女はじつは悪意ある目的で来ると彼らは疑った。するとまもなく彼の長男は、その年齢の子にふさわしい前途ある健康と判断力をもっていたが、ひどく衰えはじめた。ビショップが家に来ると、それだけ子供は悪くなった。その子が戸口に立っていると、見えない手により岩に投げつけられ傷つけられた。同様なやり方で顔を家の壁にぶつけられ、哀れに傷ついた。その後このビショップは彼に染めるものを持ってきたが、使い道を想像できなかった。そして女が彼に金を支払ったとき、財布と金は不可解にも、鍵をかけた箱から持ち去られ、二度と見つからなかった。すると子供はただちに恐ろしい発作に襲われ、友人たちは子供が死ぬだろうと考えた。実際子供は数ヵ月も泣いて眠ることとしかせず、ついに理解力は完全に奪われた。かけられた魔術の症状の一つは、庭には板があったが、その上を子供が歩くことで、他のどんな誘いも引き離せなかった。一七、八年後にシャタックの家を余所者が訪れたが、その子を見てこの哀れな子は魔女の業をかけられている、おまえからあまり遠くない隣人が魔女だと言った。またその隣人はおまえの妻と仲違いをした、その者は心中で、おまえの妻は高慢な女だから子供への誇りを砕いてやろうと言った、とつけ加えた。男は、子供が病気になる少し前に、ビショップが脅しの言葉を呟いて妻から立ち去ったことを思い出した。前述の余所者はぜひにと、魔女の業をかけられた子をビショップの家に、サイダーの壺を買う口実で連れていった。女は、男を怒り狂った様子で迎え、その子を襲い顔を血が出るまで引っ掻き、悪党め、なぜ儂を苦しめるためにこれを連れてきたと言った。かねて、男は出かける前に、女の血を取ってくると言ったようである。それ以来子供は、悲惨な発作に襲われ、医者たちも一様に魔女の業の所為だとした。彼はつねに見守られていないと、火や水に投げ込まれた。そしてビショップがまさにその原因だと信じられた。

十　ジョン・ラウダーの証言では、ビショップと彼女の鶏について些細な口論をしたあと、寝床につくと、月明かりに目覚め、女の似姿が耐えがたく彼にのしかかるさまを、明瞭に見た。女は、彼を惨めな状態に押さえつけ、彼をひどく脅した。夜明け近くまで逃げられなかった。彼はビショップにこのことを話したが、女は否定し、彼をひどく脅した。その直後安息日に家にいると、戸を閉めていたのに黒豚が近づくのが見えた。蹴ろうとすると姿が消えた。その直後に座ると、黒い物が窓から飛び込み彼の前に立つのが見えた。体は猿、足は鶏、顔は人のようだった。彼は、極度に怯え口を利けなかった。化け物は彼に話し言った、儂はおまえに送られた使いで、おまえは心に悩みがあるようだが、儂が導けばこの世に欠けるものはない。彼はそれを手で摑もうとしたが、なんの実体も感じられず、また窓から飛び出した。だがすぐに戸口から、戸を締めていたのに入ってきて、儂の助言を聞くほうがよいぞと言った。彼はそれを棒で打ったが、敷居を打っただけで棒は折れた。動かした腕はすぐに利かなくなり、それは消えた。彼はすぐに裏の戸から出て、果樹園にいて家に戻るビショップを見た。だが女に向けて、一歩進む力もなかった。そこで家に向かうとすぐに、先に見た怪物に声をかけられた。その悪鬼はいま彼に飛びかかり、彼は神の鎧のすべてでよわれを守れ！　と言った。するとそれは跳ねて退き、林檎の木の上を飛んだ。飛んださいに多くの林檎が揺れ落ちた。跳ねたときにそれは足で土を男の腹に蹴飛ばし、すると男は口が利けなくなり、三日そのままだった。この証言に対しビショップは、供述人を知っていたことを否定した。だが彼ら二人の果樹園は隣接し、何年も小さな争いをしていた。

十一　ウィリアム・ステーシーの証言では、自分のした仕事でこのビショップから金を受け取り、女から三ロッド［一ロッドは約五メートル］離れただけで金を見ると、説明できないことになくなっていた。いくらか後にビショップは、彼に、父親は女の穀物を碾くつもりがあるか尋ねた。彼が理由を訊くと女は、みなは儂を魔女と呼んでいると答えた。彼はおまえのために碾くことに間違いないと答えたが、それから女から六ロッド離れると、わずかな荷を積んでいた馬車の、右の車輪が急に立往生して、平らな地面で穴に嵌まった。そこで供述人は、車輪を直すのに助けを求める必要があった。だが後戻りして災難の元の穴を探すと、何も見つからなかった。いくらか後に彼は夜目覚めたが、昼のように明るく、部屋のなかに彼を悩ますビショップの姿を明らかに認めた。女が出ていくと、すべてはまた暗くなった。彼がこのことでのちにビショップを責めると、女はそれを否定せず、だが非常に怒った。その直後、供述人はビショップに脅されていたが、暗い夜納屋に行くと、急に地面から攫われ、あるいは持ち上げられ、石の壁に投げつけられた。その後彼はまた持ち上げられ、家の端の土手に投げ込まれた。その後またこのビショップとすれ違うと、彼の馬はわずかな荷を引いていたが、引こうと踏んばると、引き具はすべて壊れて荷車が倒れた。そこで供述人は、二ブッシェル［一ブッシェルは約三五リットル］ほどの穀物袋を持ち上げることを試みたが、全力でも動かせなかった。

このビショップの他の多くの悪戯を、供述人は証言する用意があった。別の証言では彼は、このビショップが娘のプリシラの死の原因だとまさに信じていて、その嫌疑について豊富な理由を示した。

十二　すべての頂点として、ジョン・ブライとウィリアム・ブライの証言では、ブリジェット・ビショップに雇われ、女が以前住んだ家の地下室の壁をとり壊す助けをしたとき、彼らはその古い壁の中に、襤褸と豚の剛毛でできた人形を見つけた。頭のない錨が中にあり、先端は外向きだった。これに関し女は、理にかなない、受け入れうるいかなる説明もできなかった。

十三　被告に対し不利とされたひとつのことは、己の立場を訴えたさい、法廷で露骨な嘘をつくと何度も明白に断罪されたことだった。だがこのほかに、女の陪審員たちはビショップの体に超自然の乳首を見つけた。だが三、四時間後の第二の検査では、そうしたものは見られなかった。またこの女が苦しめた他の人びとの話もあった。さらに多くの者が、もし求められれば出ただろう。だがその必要はなかった。

十四　法廷が新たに経験した、あるきわめて奇怪な出来事があった。この女が警護されてセーレムの大きく広い公会堂の前を通ったとき、女は公会堂を一瞥した。するとただちに悪魔が目に見えず公会堂に入り、その一部を壊した。それゆえ、誰一人そこで目撃されていないのに、人びとが物音で駆け込むと、何本もの釘で強く留められていた板が、建物の別の部分に動かされているのを見つけた。

＊　＊　＊

スザンナ・マーティンの裁判、聴聞審理法廷において、延期によりセーレムにおいて、一六九二年、

六月二九日開廷。

一　スザンナ・マーティンは、彼女に対する魔女の業の告発に対し無罪を主張したが、耐えがたい業をきわめて明白にかけられた多くの人びとの証言が提出された。彼らはみな法廷の被告を、その不幸の原因と信じて告発した。そして今、他の裁判でと同様に、魔女の業の途方もない企みが勃発し、哀れな犠牲者たちは、耐えがたい頻繁な発作により告発を行なうのを妨げられた。法廷はそれを得るのに大いに待ち、それを求めて大きな忍耐を強いられた。

二　治安判事たちの以前の予備審問で起きた事態の記録も存在する。女の眼の視線は、そのとき被害者たちを地面に倒したが、彼らが視線を見ようと否と同じだった。判事たちと被審問者のやりとりのなかに以下がある。

判事。さて、何があの人びとを苦しめる？
マーティン。存じません。
判事。だがおまえは、何があれらを苦しめると思うか？
マーティン。それに関し、私の判断をしたいと思いません。
判事。おまえは、あれらは魔女の業をかけられたと思わないか？
マーティン。いや、そうは思いません。
判事。ではあれらについて、おまえの考えを述べよ。

マーティン。いや、私の考えることは私のものです。あれらが中にあるあいだは。だがあれらは外に出ると、別の者の持物です。あれらの主人――

判事。あれらの主人？　おまえは、誰があれらの主人だと思うのか？

マーティン。もしあれらが黒い術に携わるなら、貴方も私と同様にご存じでしょう。

判事。そう、おまえはこれに対し何をしたのか？

マーティン。何もしていません。

判事。なぜだ、それはおまえか、おまえの現れだ。

マーティン。私はそれをどうにもできません。

判事。それはおまえの主人でないのか？　どうしておまえの姿が、あれらを傷つける？

マーティン。どうして私にわかるでしょう？　栄光の聖者であるサムエルの姿で現れた者は、誰の姿をしても現れることができたでしょう［サムエル記I、二八への言及、サウルは死せるサムエルのことばを知るため霊媒女を用いた］。

その女においても観察されたが、同類の者の場合と同じく、被害者は、女に近づくと地面に打ち倒された。理由を尋ねられると女は、存じません、おそらく悪魔は私に他の者より悪意をもつのでしょうと述べた。

三　法廷は、これらのことに警戒し、被告の発言をさらに審査することに取りかかった。告発をさらに信憑性のあるものにするため、何が起こりうるか調べた。するとソールズベリのジョン・アレンが証言したが、彼が、雄牛の弱さのため、このマーティンの石を荷車で運ぶ頼みを拒んだとき、女は不快を示し、したほうがよかったぞ雄牛はもはやおまえに役立つはずがないと言った。すると供述人は儂を脅すか、老いぼれ魔女よ。おまえを川に投げ込んでやると言った。それを避けるため、女は橋の上を走り逃げた。だが男が家に向かうと、雄牛たちの一頭は疲れ、家に連れ帰るためには頸木を外さざるをえなかった。男はつぎに、雄牛たちを他の牛とともにソールズベリの海岸に連れていった。そこで牛たちは肉を増やしていた。数日の内に牛たちはすべて、足跡によればメリマック川の河口に逃げて、戻らぬことが判明した。だが翌日それらはプラム島の岸で見つかった。探した者たちは、考えうるかぎり優しく呼びかけたが、それらはやはりまったく悪魔のような猛々しさで逃げ、やがてメリマック川の河口に来た。それらはすぐ海に入り、目路の果てまで泳いでいった。一頭は、見る者を驚かす速度で泳ぎ戻り、彼らは、その疲れた体を捕まえ助けようとしたが、獣は島を猛然と駆け上り、それから沼地を抜けニューベリの町に行き、さらに森に逃げた。そしてしばらくあと、エームズベリの近くで見つかった。かくして、十四頭の優れた雄牛のうち、この一頭のみ救われた。残りはみな、あるものはある所に、別のものは別の所に、溺れて打ち上げられた。

四　ジョン・アトキンソンの証言では、彼は雌牛をスザンナ・マーティンの息子から入手したが、女はぶつぶつ言い、渡したがらなかった。雌牛を取りにいき、膝腱を切り、頭絡を付けたが、穏やかな性質なのに猛り狂いほとんど動かせなかった。牛は結ばれた縄をすべて切り、木に縛られていたのに逃げ、さらに面倒を起こし、彼らはそれを、魔女の業以外に帰すことができなかった。

五　バーナード・ピーチの証言では、安息日の夜に寝床にいると窓を掻く音が聞こえ、スザンナ・マーティンが入ってきて床に飛び降りるのが見えた。女はこの供述人の足を押さえ体を固め、その上に二時間近く乗った。そのあいだ男は、話しも身動きもできなかった。ようやく動けるようになると男は、女の手を摑み口に運び、三本の指を、彼の考えでは骨まで噛んだ。すると女は部屋から出ていき、階段から戸の外に出た。供述人はそこで家の者たちを呼び、何が起きたかを知らせ、自分は追いかけた。人びとは女を見なかったが、戸の左にはバケツがあり、そこに一滴血があった。あたりの新雪にも血があった。敷居のすぐ外には女の両足の跡があった。だがそれ以上の足跡はなかった。

別のときにこの供述人は被告から、女の家での玉蜀黍の皮剥きに来るよう望まれた。女は、来ないと後悔するぞと言った。男が行かないとつぎの夜、彼の考えではスザンナ・マーティンともう一人が向かってきた。一人はやつはここにいるぞと言ったが、男は六尺棒を持っていたので、二人に向け打ちつけた。打撃は納屋の天井に当たったが、窓ぎわまで追って、さらに打撃を与え打ち倒した。だが二人は立ち上がり逃げ、男は見失った。

このころ、町の噂では、マーティンは頭の骨を折っていたが、供述人はそれについては何も言えなかった。

このピーチはまた、マーティンが癇癪を起こし、家畜を死なせた魔女の業を証言した。

六　ロバート・ダウナーの証言では、被告は数年前に法廷で魔女だと告発されていたが、男は女におまえが魔女だと信じているぞと言った。すると女は怒って、誰か女の魔物がすぐおまえを連れ去るぞ！　と言った。この言葉は、彼にも周りの人びとにも聞こえた。つぎの夜、寝床で寝ていると、猫に似たものが男に飛びかかり、喉をきつく摑み、長いあいだ彼の上に乗って、ほとんど殺される寸前になった。ついに男は、スザンナ・マーティンが前日脅したことを思い出し、必死の力でやめろ、魔物よ！　父と子と聖霊の名にかけてやめろ！　と叫んだ。するとそれは、男を離し、床に跳ね降り、窓から飛んだ。

またいくつかの証言によれば、ダウナーがこの件について何か言う前に、スザンナ・マーティンと家族は、このダウナーがいかに扱われたか語っていた。

七　ジョン・ケンボルの証言では、スザンナ・マーティンは、理由の判らぬ怒りのために、この男の雌牛についておまえの役には立たぬと脅したが、そのとおりになった。なぜなら直後に雌牛は乾いた地面で頓死した状態で見つかり、特段の急病も判別できなかった。続いて家畜の多くに不思議な死が起こり、一春に三十ポンドを失った。このジョン・ケンボルには、被告に対するさらなる証言があり、それはじつにおぞましいものであった。

犬を入手したいと望み彼は、子犬のある雌犬をもつマーティンの家から、一匹を買おうとした。だが女は彼に好みのものを選ばせず、彼が言うには、彼はブレズデルの所で入手すると決めた。ブレズデルの所である子犬に目をつけ、彼は被告の夫のジョージ・マーティンに道で会ったが、家内の子犬の一匹を買わぬのかと尋ねられ、買わぬと答えた。同日、エドマンド・エリオットなる者はマーティンの家にいて、ジョージ・マーティンが、ケンボルがどこにいて何を言ったか語るのを聞いた。するとスザンナ・マーティンは、儂は生きているかぎりやつにたっぷり子犬を呉れてやる！　と答えた。数日後にこのケンボルが森から出ると、北西に小さな黒雲が起こり、ケンボルはただちに、ある力に襲われるのを感じた。そのため彼は、前に広い平らな荷車道があるのに、木の切株にぶつかるのを避けられなかった。彼は肩に斧を載せていて、倒れるのは危なかったが、道を逸れて躓いてしまった。集会所の下に来ると、暗い色の小さな子犬のようなものが現れ、彼の足の下を前後に駆けた。勇気を奮い、それを斧で打とうとできるかぎりしたが、当たらなかった。子犬は跳ね飛び、彼には地面のなかと思えるほうに行った。少し先に行くと、最初のものよりいくらか大きい黒い子犬が現れたが、石炭のように黒かった。その動きは、彼の斧より速かった。彼の腹に飛びつき、離れ、それから喉に、また片方の肩に、ついで反対側に来た。今や彼は息が切れ、犬に喉を食いちぎられると思った。だが彼はわれに返り、絶望のなか神に呼びかけた。イエス・キリストの名を呼ぶと、それはただちに消えた。供述人は、妻を恐怖させることを怖れて、この事件について何も言わなかった。だが翌日エドマンド・エリオットがマーティンの家に行くと、女はケンボルはどこにいるか尋ねた。彼は、俺が知るかぎり家で床に着いていると答えた。女は、やつは昨夜怖い目にあったとみな言ってると返した。エリオットは、何でと尋ねた。女は、子犬でと答えた。エリオットは、どこで聞いた、俺は何も聞いてないと尋ねた。女は、町でと返した。だがケンボルはそのことを、生きている誰にも話していなかった。

八　ウィリアム・ブラウンの証言では、天の祝福により彼は最も敬虔にして貞淑な妻を恵まれたが、ある日妻はスザンナ・マーティンに出会った。だが妻が女にまさに近づくと、マーティンは視界から消え、妻を極度に怯えさせた。それ以降このマーティンはしばしば妻に現れ、少なからざる被害を与えた。女が来ると、妻は鳥に襲われ、はなはだしく啄まれ傷つけられた。ときには雌鳥の卵のような塊が、妻の喉で膨らみ、窒息させようとした。ついに妻は魔女よ、私を窒息させはしないぞ！　と叫んだ。この善き女が苦境にあったとき、教会は女のために祈りの日を定めた。すると女の災いはやみ、以前のようにはマーティンを見なくなった。教会は断食の代わりに、女の解放のための感謝を捧げた。だがだいぶ経ったあと、女がこのマーティンに対し法廷で証言するため召喚されると、直後にマーティンは、雌牛の乳を絞る女の背後に来て、法廷で儂の名誉を汚したからには、おまえを世界で最も惨めな者にしてやると言った。その直後女は不思議な急病にかかり、恐ろしく錯乱して、どんな理性的行動もできなくなった。医者は、女の急病は超自然のものであり、なんらかの悪魔がたしかに女に魔女の業をかけたと述べた。今も女は、その状態に留まっている。

九　サラ・アトキンソンの証言では、スザンナ・マーティンはエームズベリからニューベリの彼らの家に、誰にとっても旅に適さない特別な季節に来た。女は（アトキンソンに言ったところでは）その長い距離を徒歩で来た。女は自慢し、自分が濡れていないことを見せた。靴の裏さえ濡れているとは見えなかった。アトキンソンは驚き、もし自分がこの遠くまで来たら、膝まで濡れただろうと認めた。だがマーティンは儂は泥だらけになることなど馬鹿にする！　と答えた。裁判では、この証言は女を非常に混乱させたことが観察された。

十　ジョン・プレッシーの証言では、ある夕暮マーティンの畑の近くで、彼はじつに説明しがたく混乱し、魔術をかけられたように元の場所に何度も戻ったが、ついに驚くべき光を見た。半ブッシェルほどの大きさで、道から二ロッド近く離れていた。彼はそれに近づき棒で打ち、力のかぎり叩いた。四十回ほども打ち、触ることができる実体を感じた。だがそこを離れると、踵を叩かれ仰向けに地面に倒され、彼が思うに穴に滑り落ちた。彼はそこから草を摑んで元に戻った。だがあとには、そこにそのような穴は見つからなかった。動けるようになり、五、六ロッド進むと彼は左側に、光があったところに立つスザンナ・マーティンを見たが、彼らは言葉を交さなかった。彼は、わが家を見つけられないほどだったが、ついに極度に怯えて戻った。翌日、様子を探るとわかったが、マーティンは体の痛みと傷で惨めな状態にあった。

この供述人のさらなる証言では、何年も前にスザンナ・マーティンに対し証言をしたあと、女はそれについて彼を罵り、おまえはけっして栄えることがないぞ、とくにおまえはけっして二頭以上の雌牛を持つことがないぞ、今はさらに持つ見込みがあるが、持つことはないと言った。そしてまさにその日から今日まで、すなわち二十年のあいだ、彼はその数を越えることがなかった。何か不思議な出来事が、彼がさらに得ることを妨げた。

十一　ジャーヴィス・リングの証言では、約七年前彼はしばしば夜惨めに苛まれたが、誰が悩ませるかわからなかった。ついにある夜、完全に目覚めて横たわっていると、スザンナ・マーティンが近づくのが明らかに見えた。女は近づき、力まかせに彼の指を噛んだ。だからその噛跡は、ずっとのちの今も彼に残っている。

十二　だがこれらすべての証言のほかに、ジョーゼフ・リングなる者の、この機会になされた驚くべき話があった。

この男は、悪魔たちによって、ある魔女の集会から別のものへと、ほとんど二年にわたって奇怪にも連れまわされた。この期間の四分の一ほどのあいだ、彼らはこの男を唖にし、そのままにした。ただし彼は、今はまた話せる。T・Hなる者がいて、案ずるに、このジョーゼフ・リングを悪魔の行ないの罠に陥れようと謀り、リングを、自分に二シリングの借りがある状態にしようと企んだ。

その後この哀れな男は、見知らぬ姿たちに襲われ、そのT・Hがときに彼らのなかにいた。彼らは男を未知の場所に連れ去り、男はそこで会合、祝祭、舞踏を見たが、彼らが男に空を飛ばせ、急ぎ戻らせたあとは、隣人たちに、自分が実際そのように運ばれたことを示した。男がこれら地獄の会合に運ばれたとき、彼らが最初にしたことは、背中に一撃を加えることであり、それにより彼は鎖に繋がれたようになり、彼らが解放するまで、その場所から動けなかった。彼の話では、しばしばある男が現れ、彼にある本を示し、手を置かせようとした。望むものは何でも得られると約束し、想像できるかぎりの愉しい物や人や場所を示した。だが彼が拒むと、事態は恐ろしい姿や騒音や金切り声とともに終わり、彼の正気をほとんど失わせた。一度は本とともに、ペンが彼に示され、血のように見える液体のインク壺もあった。だが彼は、それに触れることを拒んだ。

この男がいま断言するところでは、彼はそれらの地獄の会合で、被告を何度か見ていた。銘記せよ、この女は世界で最も厚顔で、下劣で、邪悪な者の一人だった。そして女は、この裁判の全体を通じてみずからがそうした者であることを暴露した。だが女はみずからのために言うべきことは何かと尋ねられると、そのおもな訴えは自分は最も有徳で聖なる人生を送ってきたと言うことであった。

Ⅲ　珍奇な事ども

課された務めをここまで果たして、私は、われらに加えられた魔女の業が示した、無比の珍奇な事どもを若干語ることで、さらに務めを全うしたい。私が報告するすべてはよき典拠を持つものであり、私は、わが読者すべてを、それが新鮮であるうちに、過ちが見いだされぬか精査するよう招きたい。それらは、意図せず犯されたものであるゆえに、進んで撤回されるであろう。

一　第一の珍奇な事

神聖な事どもの不敬かつ不埒な模倣が、悪魔により、いくつものことについて、猿真似でなされることは、じつに注目すべきである。われらの魔女たちの告白と犠牲者たちの苦難は、これについてわれらに知らしめた。

敬虔にして卓越せし人物、ジョン・ヒギンソン氏［セーレムの牧師］は私との会話でかつて、つぎの省察へと私を招いた。すなわち遠くからメキシコのあたりに定住したインディアンたちは、悪魔の導きにより、じつに不思議にも、祝福されし神が荒野でイスラエルに与えたものを模倣した。

ホセ・デ・アコスタ［一六世紀のイエズス会士・博物学者］がそれに関するわれらの著者だが、彼らの偶像ウィツィロポチトリ［アステカの太陽と戦いの神］の内なる悪魔は、その強力な民を支配した。それは、彼らに国を去ることを命じ、インディアンの他の六つの民が所有する土地の支配者となることと、あらゆる貴重なものに溢れる地を与えることとを約束した。彼らは出発し、四人の主たる祭司の支える葦の櫃の内に、彼らの偶像を運んだ。それは、祭司たちになお密かに語りかけ、道中の幸運と不運を明かした。それは、彼らにいつ行進し、いつ止まるかを助言し、その命令がなければ彼らは進まなかった。彼らがどこに着いても最初にすることは、その偽りの神のために幕屋を建てることであった。彼らは、それをつねに陣の中央に据え、櫃を祭壇に置いた。彼らが苦難に疲れ、旅の途中で到達したある安楽な場所より先に進まないと語ったとき、この悪魔はある夜、その話を始めた者たちを、心臓を抉ることで残虐に殺した。そして彼らはメキシコに着くまで進んだ。

彼処で旧約の教会の物を真似した悪魔は、今われらのあいだで、新約の教会の物事を真似しようとする。魔女たちの言うところでは、彼らは、会衆派教会のやり方で結合し、浸礼と聖餐と彼らの聖職者を持ち、それらはわれらの主の物どもに、穢しくも似ている。

だが魔女たちの告白を受け入れるなら、これら忌わしい模倣にはさらに多くがある。だがそれは、私は認めるが、非常な用心とともに行なうべきである。

彼らが激しい視線により打ち倒すとは、何か。手で触り苦しむ者たちを立ち上がらせるとは、何か。空中の移動とは、何か。肉体が忘我の状態で霊となり旅をする、とは何か。家畜を狂わせ走らせ滅ぼすとは、何か。本に署名するとは、何か。喇叭の音で諸処から集まるとは、何か。光や火をまとい現れるとは、何か。みずからとその道具とを不可視性にて覆う、とは何か。それらは、われらが主とその預言者たち、また神の国の聖徒たちについて記録された物事の、冒瀆的な模倣にほかならぬ。

二　第二の珍奇な事

われらを今嘆かわしく悩ます魔女の業のうちで、魔女たちがみずからとその道具とを不可視にする業ほど、説明できぬものがあるか、私は知らない。魔女の業とは、世界にある成形する霊［物質をみずからの周囲に成形する霊］を、邪悪な霊との連合によって、無法な目的のために適用する技術と思われる。だが邪悪な霊自身がいかにして事物を、とくに密な物体を不可視化できるのか、人はいぶかるであろう。私は、いかに人が不可視で歩けるかの方法を示したと称する、古の著作家の名を挙げることができるし、その方法を破ったと称する、別の古の著作家の名を挙げることもできる。だが私は、不注意にわが読者たちの一部を害さないように、あまりに明白に語ることは控えよう。それは、敬虔なるニコラス・ヘミング［一六世紀デンマークの神学者］が、瘧を癒すと伝えられた呪文を気散じに唱えたときに、生徒の一人になしたことであった。私は、つぎのことのみを言おう。既知の自然の手段によって不可視性を獲得するという観念は、私が信じるに、純然たる**プリニウス的臆見**である［その『博物誌』

は不正確な情報も含む」。いかなる程度に魔術的聖礼によってそれを獲得できるかは、それを試みた危険な悪党たちがよく知るところである。だがわれらの魔女たちはその秘訣を知るようだ。そしてこれは、魔女の業は、世界に一人の魔女もいなくなるまで十分に理解されることがなかろう、と私に考えさせる理由の一つである。

これらのことについて非常に独断的な人びとがいるが、私は彼らにただ、三つの議論のもとを与えよう。

第一に、魔女の業をかけられた者の一人は、ある生き霊によって残酷に襲われたが、彼女が言うには、それは紡錘を持って彼女を襲った。だが部屋の他の誰も、生き霊をも紡錘をも見ることができなかった。その災いのなか、ついに彼女は生き霊を摑み、紡錘をもぎ取った。彼女の手に入るやいなや、そこにいた他の人びとも、それが現実の、本物の、鉄の、彼らが持ち主を知る紡錘であることを見てとった。彼らはそれを厳重に鍵のかかる所に入れたが、にもかかわらず悪魔たちは、さらなる悪行のため、説明できぬやり方でそれを盗んだ。

第二に、魔女の業をかけられた者の一人は、最も極悪の生き霊にとり憑かれたが、彼女が言うには、それは、布を纏って来た。この生き霊の悪行により大いに苛まれたあと、彼女は、それが纏った布を荒々しく摑んだ。彼女がその端を破り取ると、それは彼女の手中で即座に、部屋を満たす観察者たちに可視の、触知できる布の端になった。彼女の父は、今まで彼女を押さえていたが、娘がかくも奇怪に摑んだそれを残そうと握った。だが目に見えぬ生き霊は、それを彼からもぎ取ろうと試み、手から外そうとした。だが彼はそれを握りつづけ、私が思うに、今も持っていて見せることができる。この事件が起きたのは、マンチェスター［ボストン北東二〇マイルほどの港町］のピットマンなる一家で、すなわちこの十月の始め、数時間前のことである。

第三に、ある若者は、魔女の業の嫌疑で拘留されている両親から、証言を得ることを依頼されて、それに手間どっていたが、ただちに奇怪な障害に襲われた。就中あるとき、一人の役人が、この一家の物だが借金のために差し押える雌牛たちの角に、焼印を押しにきた。だが彼は、哀れな一家の生活のために、彼らの持ち物のままにするつもりであった。その若者は、かく焼印を押される雌牛たちを押さえる助けをした。最初の三頭の雌牛の角を、彼はうまく押さえた。だが焼印が角のあいだに入ったとき、まさに類似した燃える焼印が、彼自身の腿に当てられた。彼は、見たいと望む者に、そこに残った跡を示してきた。

これらの事どもの謎を解け……然レバ汝ハ我ニハ偉大ナあぽろんナリ［ラテン語、ウェルギリウス『牧歌』第三歌、一〇四行］。

11　セバスチャン・ラル神父

セバスチャン・ラル（一六五七―一七二四）はフランス人のイエズス会士。現メーン州のケネベック川上流でインディアンに布教し、英仏の勢力圏抗争ではフランス側で戦わせた。ラルの『教化書簡』には英訳があったが、Wはフランス語原文を入手して使用。本章では、Wが医業を一年休み後半ヨーロッパに滞在したさいの、一九二四年パリでのヴァレリー・ラルボーとの対話が、ラルを語る枠組みになっている。ラルボー（一八八一―一九五七）は、『A・O・バルナブース全集』（岩波文庫）などの邦訳があるフランス作家だが、卓越した教養人・読書家で英語圏の文学にも造詣が深かった。Wのこのヨーロッパ滞在については、『自叙伝』（アスフォデルの会訳、思潮社）の三二―三五章が詳しい。

ピカソ（振り返り見る、微笑んで）、ブラック（茶色の木綿）、ガートルード・スタイン（原稿の戸棚を開く）、ツァラ（にやにや笑って）、アンドレ・ジェルマン［文人］（戸口を塞いで）、ファン・デル・ピル［不詳］（聖クラウドの話をして）、ボブ・チャンドラー［不詳］（マルセルをつついて）、マルセル〔・デュシャン〕（叫んで）、アンドレ・サルモン〔詩人・美術批評家〕（隅で）、そしてわがよき友フィリップ・スーポー〔詩人〕夫妻。ダオメー公〔現ベニンの王族、フランスで知識人として活動〕、クライブ・ベル〔イギリス人美術批評家〕（正装で）、ナンシー〔・キュナード、著作家、イギリス富豪の娘、多くの芸術家と交流〕、シルヴィア〔・ビーチ、アメリカ人だがパリで書店主・出版者〕、クロティルド〔・ヴェール、歌手〕、サリー〔・バード、出版者ビル・バードの妻〕、キティ〔詩人スキップ・キャネルの元妻〕、ミナ〔・ロイ、イギリス生れの詩人〕と二人のかわいい娘。ジェームズとノラ・ジョイス（エトワール広場のタクシーで）、ロバート・マッカルモン〔アメリカ人作家〕、ジョージ・アンタイル〔アメリカ人作曲家〕、ブライアー〔本名アニー・ウィニフレッド・エラーマン、作家、イギリス富豪の娘、マッカルモンと結婚したがレズビアン〕、H・D〔本名ヒルダ・ドゥーリトル、アメリカ詩人、ブライアーと愛人関係〕と、親愛なるエズラ〔・パウンド〕。かれらはぼくをレジェ〔画家〕との会話に連れていった。そして最後にアドリエンヌ・モニエ〔書店主、多くの文人と交流〕――これらが、ぼくのパリの六週間だった。アドリエンヌが最後なのは、あの走り、語り、見る日々のうち、彼女が強く言って、最良の時のひとつを用意してくれたから。ぼくの日に焼けた感官は適応しようと努力した――その世界の状況と流行のまんなかに。そこには全世界がときおり、神経の疲れをとるため訪れた。――ニューヨーク近辺で、ボイラー製造業者より大声で話そうと二十年間苦闘して、ぼくは自分を無感覚にしていた。そこでじつに危うげに、ぼくは文学的経歴に乗り出していた。

ぼくはあのときアンテナを十分伸ばしたが、なにも生じなかった。自分のなかの抵抗する本性の核心が、了解されまた目覚めただけだ。長いこと、それに支えを求めるよう駆り立てられてきた。ぼくは強烈に、この旧世界の文化の中心で、解放されたのでなく跳ね返されたと感じた。そこでは誰もが自分の肉を引き裂き、油断なく新参者を意識して、だがまったく探求心を欠き――知る欲求はない。かれらは供されてきた。ぼくは展覧会を見て、あちこちのテーブルに座った。「ゲート」［滞在した地中海沿いペンションのメイド］は、水夫の恋人のことを話し、もしかれがほんとうに言うとおりに大都市の出身だとわかったら、結婚すると言った。ブランクーシ［彫刻家］は、ぼくたちを火のそばに座らせ、羊は近くで眠っていたが、たえまなく指で擦って、杖の曲がりの形を整えていた。気分を楽にしてくれて、お伽話のようだった。ぼくはあまり酔えなかった。見るには数週間しかなかった。ぼくはバレーを、ドラン［画家］を楽しんだが――活気づいた不機嫌の一種だった。その中央で叫べたら。己を緩めてこの廻る、叫ぶ、ざわめく、色鮮やかなものを抱き締められたら、ぼくの精神は和らいだだろう。そうできなかった。自分は子猫で木から落ちる、と想像するナンシーになれたら。できなかった。そのことで、ぼくの卑小さは激昂した。つまりは、虚栄心と無力さか？　ぼくたちはこれをし、あれをし、リッツのバーで飲んだ。ぼくはなにをあえてする？　その問いは、ぼくを内気にした。マルセルはニューヨークを知っている、とぼくは言った。かれが酔うときの流し目を研究してやろう。

アドリエンヌ・モニエはシガールで特等席を指さした。ご覧なさい、と言った、なんて面白いんでしょう。いまパリのどこでもあれが見られます。ご覧なさい！　議員の一人がいます、法律家が、科学者が、コクトーが、数人の美女と二三人の男色家が。愉しくないですか？　わたしたちは堅実だと、わたしはまた信じられてきました。H・Dは耳を澄ませた。アドリエンヌ・モニエはぼくの気分を刺激しているように思えた。彼女こそが、戦争の暗い日々に、自分の本を借りるか買うようにみなを招いたのだ。読むために。ぼくたちに作ってくれた夕食で、彼女が台所の戸を閉めきり秘密の作業に籠もると、とびきりの風味が生まれた。鶏肉に味をつける——アドリエンヌ・モニエ風。パリの技芸の純粋な伝統。食べ、飲む。各種のワイン、甘美な肉体、詩人たち——世界のあらゆるよきもの——これらの愉しみを、わたしたちは学びなおさなければ。彼女は本とのかかわりを望まなければ、喜んで屠殺人になっただろう。豚を殺し、鳴き声を聞く。いいいいいい。ブライアーの眼は暗く瞬いた。ぼくたちはブリューゲルの版画を見た。大きな魚が開かれ、切られた腹は他の魚を溢れさせ、それぞれがまた切られて小さな魚を溢れさせ、最小の魚まで続く。彼女は浮かれて笑う。ひそかにぼくの心臓は強く脈打つ。そこに招待があった。つぎに来られたら、と言った、「人里離レタ所」に案内しましょう。ヴァレリー・ラルボーと話さなければなりません、と言った。あなたに会いたがっています。なぜぼくが？　あなたは行くべきです。

ぼくの頭脳の鍋からすでに、料理の匂いが上がりはじめていた。それは、先に進むよう促した。ある午後ぼくはバスに乗り、雨のなか進むにまかせた。労働者たちが外套をキオスクから受け取り、着ようとしていた。年少の一人が手に鏡をもち、年長の者に掲げた。その男は、われあらず笑った。恥ずかしそうに、少年のように、自分の滑稽な顔に当惑して。このラルボーという人は、何者か？　偉ぶらずに、ぼくと話したいなんて。ぼくの胸の塊りは硬化した。アステカの石の暦のように。司祭たちはそれを容易に砕けず、埋めたが、のちに無傷で掘り出された。少なくともぼくはそのように感じて、自尊心を確かめた。だが少しあとには、その人自身に会い、予想がはずれて混乱した。かれは研究者で、ぼくは塊りだとわかった。すぐに見てとれた。かれは、ぼくの世界について書かれたものをはるかによく知っていた。かれは研究者で、ぼくは——粗野な物自体だった。

路地の奥に、その先は古びた回廊のような中庭だったが、渡されたカードに記された番号の戸口があった。小さな部屋で、大きなテーブルがほとんど塞いでいた。かれはしばらく、ご婦人をバスまで送りに席を外した。ぼくたちは座り、おたがいを観察する。その小さな部屋に、閉ざされた中庭に、その人と座るのは喜びだった。かれのトーテムは河馬だった。——椅子に沈みこみ、微笑んで見つめる。かれは、ぼくが試みた作品を知っていた。ほとんどすぐ、かれは、ぼくが想像したように話しはじめた。あまりに多くを想定していた。ぼくは研究者ではない。まもなく、ぼくが答えられない質問を始めるだろう！　ボリバルについて話して（偉大なベネズエラの愛国者にして解放者、に関する論文を執筆していた）、その主題を扱うスペイン史の分厚い四巻を、本箱から取り出し見せ、積み重ねた。ぼくは怯んだが、それでも元気が戻ってくる。——イギリス人は新世界を、あまりにけちくさく値踏みしました。腹の要求のために、部分を切り取る死骸にすぎません。植民地。いささか軽蔑すべき場所でした。倹約する、けちなピューリタンの流儀で与えただけです。だがスペイン人は、壮麗に与えました。寛大に大規模に、可能ならいつでも。（新世界の豊穣と符合して、とぼくは自分に言った。）そこを、真に新しいスペインにしようとしました。壮麗な大聖堂を建て、大学を創立し、偉大な荘園を創設して。そのことで、かれらが好きです、とかれは言った。かれらは、王自身から発したかのように到来して、貴顕と、学問と、洗練を一度に運びました。——ヴァレリー・ラルボーは、ぼくに親密な大地を、巧みな手で耕そうとしていた。優美な身振りで（その大地は、自分の影のもとでは見失われる、とぼくは考えた）。ここには、この世界に属する人物が少なくとも一人いて、他の存在に出会おうとする（その存在は、ぼくの閉じこめる肋骨のなかで解放を求める）、――理解するというより、たぶん、その新鮮さを味わうことを望んで――新鮮さ！

――それが存在するなら！（ジョン・バリモア［アメリカ俳優］の『ハムレット』はロンドン初演で喝采を得る。）証拠の大群が、ぼくの脳内を、よろめき走るバッファローのように移動した。ヘラジカの毛を編んだ装飾品！　インディアンは存在する。ぼくたちは、存在しない。ぼくたちとは、だれだ？　堕落した白人で、己の恐怖という車に乗って市場に急ぐが、そこではすべては偶然でひとつのことだけが確かだ。太るにつれ、鈍くなる。間抜けに笑う嫌悪感だけが（首の折れた鶏は、つつけない餌を狙い、狙えない餌をつつくが、どこも豚のように飽食しているので餓死はしない）、可能かもしれない新鮮さへの接触を示す。――だがそれも、ただ倒錯によるだけだ。安ぴかでない、見るに耐えるものを、示せないのか？　パブローヴァのロシア・バレー団への選抜者。モンクレアやサクラメントから［合衆国の地方都市］。代役だ。多くのものが――いる。いるのはエディソンだ。いるのは――ぼくは機関車のように吠えるか、なにも話さないか、選ばなければいけないか？　譫言が出るほど熱い日は、きみの涼しい隠れ家を出て、苦しむ人を急いで探し、氷を届ける。騒音のなかぼくたちは死ぬ――雑誌と新聞のなかで腐り果てる――そして数百万の本――無数の本。ぼくたちは本に言及していた。ぼくたちに本はありません、とぼくは言った。

それは間違いです。二、三冊で十分です、始まりを示すには。あなた自身が、内実があることを示していませんか――

そう（するとかれはぼくが企図したものを読んでいる！）、初期の記録。――見つけようとするなら——なにかを、新鮮さを。それが存在するなら。

ぼくは言った。途方もない現象は、アメリカ人は、ぼくたちは、今の状態へと形成されたのに、現在のあり方は国の過去のあり方に起源をもつ、という感覚を失ったことです。ぼくたちが考え行なうすべては、**アメリカ**のなかに起源をもつのに。道徳は食べ物に影響し、食べ物は骨格に影響します。要するにぼくたちは、道徳がなにを意味するか観念をもちません。ぼくたちは、どんな地面も自分のものとして認めないからです——この無神経さはすべて、ぼくたちの始まりが検討されない状況に基づきます。ぼくたちはみずからの問題を意識しないなら、無自覚な豚の囲いや油田にすぎません。それにつけ込むのは、もっと有能で、すり寄ってくる連中です。ぼくたちには防備がありません。ここ、新世界に初期に来た者たちに、どんな変化が加えられたか、知的に検討しないからです。書物や、記録の検討です。露骨な孤立や、抑止や、壁や、船や、要塞を除けば、防備がありません。——そして無知な恐怖のあらゆる頑迷さ。それは、たしかでない自由を、ぼくたちが行使して守ることを妨げます。存在するすべては、みずからが立つ地面を宣言しないなら、価値がありません。道徳的に、美的にアメリカで価値あるものは、特定の発見できる地面に基づきます。だが連中はそれを、空中や川から、グランドバンクス〔大西洋カナダ沖の大陸棚〕あたりから得ると考えます。人の口のことばや、ぼくたちの本のなかの記録でなく。——美的に、道徳的に、ぼくたちは、読まないなら奇形です。

あなたの言うのはコットン・マザーの『マグナリア』〔「アメリカにおけるキリストの大いなる御業」を意味するラテン語書名の冒頭〕のような本ですか。なんと！　驚かされ、だが喜びに興奮して、ぼくはかれが『マグナリア』を読んだと知った。いや。**かれ**は読んだ。ぼくは本を見てなにか確認しようとページをめくっただけだ。偉大ナ説教師〔フランス語〕。**これ**をパリで。うんざりでした、ぼくには、と言った。そう、かれは同意した。でもとても力強く、現実的です。（ぼくのフランス語は勢いを得た。春にはじめて流れ出す泉のようだった。苔と錆と、剝がれた泥と砂が、水とともに放出される——自分の欲望の醜悪な姿が流れ去るのが見えた——ぼくは強烈な喜びのなか、自分を笑った。）

かれは、ぼくの喜びを見てとり、同様に微笑んだ。海中植物ノ何トイウ貪欲ナ笑イダロウ！〔フランス語〕かれは『インディア・クリスティアナ』〔「キリスト教のインド」を意味するラテン語書名、インディアン改宗を扱う〕を読んでいた。そこでは、二本の銀の喇叭が「楽しげな音色」を響かせる。「アメリカの蛮人たちを悪魔が（アジア経由で）移したのは、聖櫃から福音の到来を告げた、二本の銀の喇叭の音が始まったときであった」〔正確な引用ではない〕。

それはピューリタンです。——

宗教の力だけでかれらは、あらゆる問題を乗り越えました。今日科学は、そうした問題のなかに、またわたしたちを陥れます。かれらは、すべてを説明しました。明晰に、区別して。それは堅実で、確固としていました。理性をその真の地位に据えました。事実の表面の下に沈ませるのでなく、上方へと、澄んだ大気のなかへと、怖れることなく。最良の科学と同じです。少数の精神の場合ですが。わたしたちの感覚には、それはたぶん異様です。その説明は——だが堅実です。そこには活力があります——そこからはまた、美が。

まったく本当です、とぼくは言った。ありあまる活力でした。だがかれらにとって、そこ、アメリカは、「邪悪な考えの者たちの居場所」〔同前〕でした。蛮人たちは、悪魔の森に行き迷い、見捨てられ悲惨で、簡単に言えば、呪われていました。ぼくは、火のような分子、ピューリタンたち、と言い、かれに、ぼくの強固な説を紹介した。エリザベス朝の活力の産んだ種子。荒野に対する少数。あなたが賞賛するかれらの堅実さは、硬い束縛された小ささから生じ、それは堅実ではあれ、今日ぼくを憤慨させます。かれらの賞賛すべき勇気を説明するのは、その小ささです。その勇気は、奇跡的なものに近づきますが。あの最初の十二月、雨と寒気のなか小さなボートでケープコッド湾を、攻撃を受けつつ進んだことは、見事でした。あのとき砂に埋められた穀物を見つけなければ、春に蒔く種がなかったでしょう。場所から場所へと移動し、拠点を探し、溺れ、凍りつき、蛮人たちの叫びに目覚め、夜明けの襲撃に、火縄銃を求めてボートに急ぎ、垂れ下がる外套に矢を受け、偶然と風になぶられ、かれら自身がぼくが言う穀物でした。かれらがしたことは、最高でした。だが、十分な知識を欠いたから可能なものでした。もし、耐えることを強いられなければ、忍耐を越えただろう恐ろしい出来事でした。

遭遇した新世界の十分な知識に恵まれていたら、かれらの勇気は、巨大な荒野に直面して維持できなかったでしょう。だからそれは、ここへの移植という謎めいた過程のために、ある形態を取りました。つまり、教義をもつ宗教という形であり、固定したもので――小さかったのです。神が実行を定めた偉大な責務のために、かれらは精神を刈り取られ、裸にされ、肉体的必要だけが残りました。かれらが、己の感覚が外に出ることを許せなかったのは、仲間の一人が教会の周囲から離れることを許せなかったのと同じでした。ボストンからカスコ湾〔現メーン州〕であっても、**俗世間の利益のため**なら。それを、かれらの公式は断罪しました。そのためにハンナ・スウォントン〔「スウォートン」表記も〕

は、罰せられました。虜囚と、ケベックのカトリック教徒のあいだでの**誘惑**によって［一六九〇年インディアン虜囚となったが、マザーはマサチューセッツ教会から離れた「罪」への罰と捉えた］。――ぼくは言いたい、この形態は、この**形自体**は、ぼくたちの唇にのぼるこの宗教は、じつは経済的、生物的な基盤をもつとはいえ、やはり暴力性と、非人間性と、残酷な四肢切断から生まれたのです。そして**これ**がその道徳的な効果の総計なのです。あなたは、マザーの著書の話をしましたね？――そう、あれはあの宗教、あの非理性的な代物の花です。かれらはその**純粋さ**を誇りましたが、つまり硬直した明晰さ、非人間的な明晰さであって、孤立した各人の心から、装飾や緩和なしにエホバの聖櫃に直接に向かう、鋼のような突進です。堅実さは、その美であり、簡素に見えますが清澄です。その美点は、各人を一人で立たせ、主の濃密さに取り囲ませることです。殻のなかの種子です。神の国。邪悪な悪魔は魂を奪おうと争う。聖なる犠牲、キリスト。導き、聖書。使徒、教会。こんなふうです。簡潔に、剝き出しに、**純粋**に。あらゆる偶然に目を閉ざし、インディアンと、子どもと、女性を同じ安全な型のなかで潰します。

かれらは、全世界を閉め出したにちがいありません。それを強いたのは、かれらの責務の巨大さでした。新世界への好奇心も、驚きも、己のなかにもたず――つまり公式的には――、かれらが知っていたのは、目を盲目にし、舌を口の中にしかるべく置き、耳を自分の賛美歌の単調さで停止させ、肉体を堅苦しい衣服で覆うことでした。アメリカ（その伝統を継承しました）以外のどこに、夫が二十年経って妻の体を首と足首以外知らず、その忠実を証す四人の子供がいるような国があるでしょう？そこでは結婚する女に、一度でもその状態を愉しむことを己に許せば、娼婦より低く身を貶めると助言する本が、書かれ読まれています。この精神の中絶、純粋さの根強さは、それほどのものです。それが、数が少なく、危険と恐怖に囲まれた人びとの生き方でした。かれらは、あえて考えようとしません。インディアンや超自然に脅かされると、震えて、信仰の名のもとに、恐るべき残虐行為を犯します。空虚の代償です。かれらが己の生き方の正体だと気づいたものは、すべて否認されました。そしてこのことは見過ごされています。

その当時、かれらを攻撃する本が書かれました。『主の魂により裁かれるニューイングランド』〔ジョージ・ビショップ著〕と言い、一六五六年の最初の到着から六〇年までの、ニューイングランドのクエーカーの物語です。そこには、無実の男女がただ良心のためにこうむった無慈悲な鞭打ち、鎖に繋がれたこと、罰金、監禁、飢餓、手を焼かれること、耳削ぎ、死罪、その他の残虐行為が描かれています。ニューイングランドのクエーカーの悲惨な血まみれの苦難のさらなる物語は、一六六〇年から六五年まで続き、その最初はウィリアム・レッドラの受難で、かれは殺害されました。コットン・マザーを攻撃する補遺もあります。

アメリカ人がそうした重要なことを話すのを、なぜもっと聞かないのですか？　馬鹿者たちは、自分は何かから生じた、骨も、思想も、行動も、と信じないからです。自分の存在がそれらの根の上に育つことを、知りません。かれらは見ません。問うことなく漂う。かれらには、自分の歴史は謎です。

卓越した美です！　すべての歴史のように、巨人たちで始まったのです――残酷だが、巨大で、人食いで。巨人なのです。

いや、いや。かれらはたしかに立派な論理をもっていたが、規模においては極微でした――華麗に壮大な野蛮に比べれば。その不均衡は、当時のピューリタンの想像力には現れません。ピューリタンは、「永遠」のなかでだけ花咲くよう定められた世界にいて、一つと別のものに違いを見ず、すべては「魂」であり、それゆえここは「空虚」であり、インディアンを**見る**ことを妨げられました。かれらは、まだその形にならない**ピューリタン**として以外は、少しもインディアンを理解しなかった。そうした観念の不道徳性、その非人間性、かれら自身の精神を、**魂**を野蛮化する効果――それに、かれらは気づきませんでした。

そしてマザー、鎧を着た花は、非人間的で――

――熊を刺す蜂。盲目の種子。ぼくの言うように、その宗教の有毒な美に満ちていました。**不道徳**な源泉であり――

ともあれひとつの源泉でした、不道徳にせよ道徳にせよ、宗教、おおむねは盲目の激情でした。かれらは種子で、偉大な美質の燃える集約でした――矮小になりましたが。種類は、卵では識別できません。その隠れた、認知されない偏りが（かれらがエリザベス朝人であったことが）、かれらの力で**ある**のです。その激烈な偏りは、極度の挫折という刺激があれば、かれらをさらに変化させ成長させたでしょう。だが方向、目標は**新たなもの**の堆積のなかで失われました。

かれらは一度も、インディアンを断罪することは邪悪な欺瞞となる、欺瞞**である**ことを理解しませんでした。かれらこそ、インディアンの足元の地面を、その存在さえ認めずに、掘り崩したのに。ぼくは言いたいが、そうした態度の不道徳性は、かれらにはけっして見えなかった。ああ、ある程度は。

かれらは露骨に盗む代わりに土地を買い、二つの部分の境界を示す柵を立てました。法廷を作りました——だがそれら自体は、石ころにすぎない。かれらは、柵を立てる行為の神聖さの名のもとに、首長の母の墓を穢すことを気にしなかった。土着の人びとの崇敬の感覚には、衝撃でした。だが、それを時代のせいとは言えない。というのも、北方にはあるフランス人、イエズス会士〔ラル神父〕がいて、別の理解をもっていました。ピューリタンのなかには蛆虫がいた。かれらの信仰です。

その**代物**とその効果は、マザーのうちに見られます。マザーの場合は、学問と非寛容の奇怪な混合物であり、つぎの発言で例証されます。「伝え聞くにプトレマイオスがアレクサンドリアに建てた図書館には二十万冊があったが、それを真に**学識**ある図書館にしたのは聖書の追加であった」。「学識ある」ということばのひねりは、かれらの詭弁のまさに表れです。

ピューリタン、とぼくたちは呼びますが、道徳的特質からそう名づけたのではない。厳格だが正しい世界の把握により、その名を恵まれたのではない。そう呼ばれたのは、四つの腐蝕しない鎖の輪、切り詰められた教義からです〔通常カルヴァン主義の教義は五項目に要約される〕。かれらはそれを、荒廃し遺棄された己と、神とのあいだの救済の結びつきと考えました。

ラルボーは微笑み、イングランドからの粗野な開拓者たちと、かれらに不均等にとり憑いたはずの理論的教義とを、頭のなかで区別するよう、ぼくに求めた。そのどれだけが、個々の人間の一部となっていたかさえ、疑わしいから。だがそれこそが問題です、とぼくは答えた。まさにそれが、ぼくがあえて試みることです。それを分離し特定することです。それは、アメリカ**である**ところの不道徳性です。それは、ここで始まりました。原因はおわかりでしょう。築くべき地面がなかった。かれらの周囲では地面が花咲いていたのに――かれらの鼻先で。かれらの主張は、未開拓の土地の占有でした――なにも感じない風や波や火の占有。ぼくは、その**代物**を引きずり出し、滅ぼしたい。かれは答えた、それはできません。できます、とぼくは強調した。する**必要がある**。あなたはアメリカを知らない。ある「ピューリタニズム」が存在して――もちろんお聞きでしょうが、周囲一面にその悪臭を感じたことはない――過去からぼくたちに至るまで、残存している。極悪の代物で、尾の代わりに死骸がついた一種の人魚です。それは、部屋の悪臭として残っている。その**代物**は奇妙で、非人間的で、強力で、忌まわしい習俗をもつ死滅した種族の遺物のようです。

だが遺物は美しいものです、とかれは答えた、時には。わたしは書物を楽しみます。

かれの見解に対し、ぼくはくり返し抗議した。自分をこの亡霊じみた瘴気から切り離せません、とぼくは言った。それはぼくを捕えています。マザーは一種の真珠であるかのように、ただ本だけを語れません。わが友の教養ある寛容に、かれが見る美に、ぼくは我慢できなくなった。認めましょう、とぼくは言った、あの時代の人びとは、狭隘な信仰の悪臭に、あまりに密接に結びつけられてきました。だがそれなら、それを取り出し、切り離し、必要ならかれらを犠牲にする必要がいっそうあるのです。その「もの」を分離するためです。

いいでしょう、とかれは同意した、あなたはその場所から来ました。悪臭に捕えられています。あなたがそれを評価しようと奮闘するのは、結構です。先をどうぞ。マザー。なんという力でしょう、まだあなたの関心を引くとは。賞賛すべきです。でもわたしはあなたの関心は「トテモ理論的」「フランス語」だと思います。

なんと！　ぼくは叫んだ。待ってください。それらの人びとしか当時いなかったわけではありません。

わたしたちが話しているのは書物についてです。

あなたに話したいのは書物についてです。

では、それら、書物はまだ生きているのですね？

ぼくはかれに、生きていると確言できなかった。マザーのあれらの本。本としては違います、とかれに言った。だがそれらが含むものは、生きていて、あの地で隠れています。巣穴にいて、そこからときおり出現して、土地に恐怖をもたらします。

あなたは聖ゲオルギウス〔竜を退治した〕になるのですか？　人びとはアメリカでそんなひどい状態なのですか？　沼地にはまって？　わたしは考えましたが――

いつものように、ぼくはかれに答えた。その竜の燃える息は、ぼくたちには生きたものです。荒野へのぼくたちの抵抗は、強すぎました。その結果ぼくたちは、反‐アメリカで、反‐文学です。獰猛な「ピューリタニズム」として、それはまだ息をしています。あれらの本のなかに、その種子があります。ぼくはあなたと、こんなふうにマザーを論じられません！　ぼくは怒るべきです。動揺すべきです。それは潜んでいて、道徳性への始まりを妨げます。コットン・マザーの本は、あなたには魅力的な気散じ、珍しい対象でしょうが、ぼくには、落ち着きを乱すものを吐き出す容器であり、安心を与えません。壊れた、不具の、不潔なもので、――世間はそれをすばらしい、**純粋**だと言います。

わたしの興味を大いに引くのは、見たところ、あなた自身が溢れていることです――あなた、あなた自身が――いま話している三つのものに。ピューリタン的な秩序の感覚。イエズス会士のような実践的な神秘主義。そしてあなたの国で、最初の二つにより打倒された、野蛮人たちの特質の総体。わたしには、それら三つがまだあなたの心のなかで争うのが見えます。それは、わたしの関心を大いに引きます――そして、あなたが書物への愛をやはり示すことは、最も喜ばしい。わたしは自問しますが、これは、あなたの国の新しい力を示すのでしょうか？　あなた方は今日、新しい何かを、その特質がなんであれ一人物を示すのでしょうか？　高みへの到達をいま始めたが、まだ暖かさを残す人物です。すべての偉大さが懐胎される瞬間です。それは一瞬にすぎない。世界への文明的な関心が、誕生します。

　いや、いや、いや、ぼくは叫んだ。ぼくは源泉について話しているだけです。自分を圧迫する混迷を、切り離したいだけです。根本まで突きとめ、根絶やしにするために――

　続けて、とかれは言った。微笑みながらつけ加える、あなたは歴史を根絶やしにしたいのですね、ソルボンヌの若者たちのように。

　いや、ぼくは歴史の支えを求めて、それを正しく理解したい。その正体をみずから**示させる**ためです。

　続けて、続けて。

　北には、別の勢力、ピューリタンと対等だが、反対の性質のフランス人イエズス会士がいました。二つの党派のあいだに、インディアンがいた。二つの対立する源泉です。
だが最初に、とかれは割って入った、わたしを啓蒙してください。あいだには何がいたのですか？

あなたが話すインディアンとは、どんな人たちでした？　どんな種類の？　その特質は何でした？
いいでしょう、とぼくは言った。ではブルックフィールド［マサチューセッツ内陸の町］を例に取りましょう。一六七五年の有名な虐殺［インディアンによる］の舞台です。歴史（それをぼくたちは知りませんが）の言うところでは、はじめ白人と先住民は、その美しい肥沃な谷間で平和に並び合い、耕作し家畜を育て暮らしました。インディアンに、白人の側の偽りの証拠がくり返し明らかになったあと――つまり「平和的手段」によって土地を押さえ占有し、――かれらにとって代わる――インディアンは徐々に退き、のちに攻撃しました。己の土地のための、正々堂々とした戦いです。ともあれ、そのすべての帰結において「フィリップ王」［ワンパノアグ族首長メタコムの英語名、七六年戦死］は誤っていたと認めるとしても、それでも、それはインディアンの側の公明正大な戦いであり、しかるべき手順で始められ、しかるべく行なわれました。――白人の側の蛮行がなければ。部族の不満をもつ男、女、子供を絶滅する決意がなければ、――平和な協約で終わったでしょう。ピューリタンの銃弾ではなく、虐殺が、フィリップ王の人びとを多く殺しました。衝撃的な場面が起りました。裸で地面に倒れたインディアン女たちは、首を切り落とされ杭に刺された。「悪い」蛮人を絶滅しようとする無慈悲な欲望です――かれらが、白人は平和のとき欺いたと信じて戦ったからです。それは真実でした。

またフランスの影響下にあった、ボマシン首長の部族の者たちの捕獲の話もあります［一六九六年］。捕虜としてボストンに連行され、かれらは、イギリスの聖職者と会えないか尋ねました。フランス人がなにを教えたか尋ねられて、インディアンが答えたその教えは、主イエス・キリストはフランス人であり、母処女マリアはフランス女で、主を殺したのはイギリス人で、主は死から復活し昇天したが、その好意を得るには、可能なかぎりイギリス人に復讐せねばならない、というものでした。

それは違うと言われると、インディアンたちは、フランス人の教えが嘘なら、イギリス人は代わりにどんなよいことを与えるのか、尋ねました。

牧師［マザー］は、談話で多くの比喩を使うかれらの習慣を知っていて、適切な対象を探しました。かれの目は、食卓にあった飲み物のジョッキに止まり、言いました。キリストがわれわれに与えた宗教は、食卓の器のよい飲み物に喩えられる。われわれがそのよい飲み物を心に入れれば、それはわれわれによいことをして、死から守ってくれる。その器とは、神の書物、聖書である。フランス人は、よい飲み物の器をもつが、それに毒を入れ、インディアンに毒の飲み物を与えた。それゆえかれらは狂い、イギリス人を殺しはじめた。

イギリス人が毒を入れないことは、明らかである。器を開いて、万人を招くからだ、つまり聖書をインディアンのことばに翻訳した。だがフランス人は器を閉ざし、聖書をわからないことば、ラテン語のままにする。インディアンに口から飲ませるとき、手で目を塞いでいる。

するとインディアンは、器のよい飲み物とは何か、フランス人が入れた毒とは何か、示すよう求めました。

牧師は、キリスト教のおもな信仰箇条を明確に、「プロテスタントの単純さと誠実さを尽くして」述べました。箇条ごとに、「これは主の命の器のよい飲み物です」とつけ加えて。かれはさらに、ローマ法王の輩は「偶像崇拝の法王主義により」、その箇条のすべてを、かれらの発明した下劣な要素で堕落させたことを示しました。箇条ごとに、これはフランス人が器に加えた毒です、とつけ加えて。

おまえたちは主だけに罪を告白せねばならず、主だけがおまえたちを赦せる、と牧師は言いました。おまえの罪を司祭に告白して、司祭の命じる改悛にしたがう——その儀式の必要はない。それはフランス人の毒にほかならない。すべてが。

インディアンは、「罪への赦し」をビーバーの毛皮なしに得られる道を示してくれた人を知って、賞賛と驚きで夢中になり、跪き、牧師の手を取って、非常な愛情とともに接吻しはじめました。だが牧師は、その態度をはっきり嫌って、振りほどきました。

牧師は、改悛したインディアンがかれに手を置くことを、北のカトリックの神父のように、我慢する気はありませんでした。代わりに後ずさりし、神のほうだけを向くように告げました。ああ、素晴らしい、とあなたは言うでしょう。だが、これはとても醜い。そしてこれが存続してきたのです。さわることへの恐怖！　だが日々に情熱と必要はそれを強いるので——悪魔のような欺瞞がぼくたちみなを捉えました。

ご存じですか、とぼくは尋ねた。ほかの手段が与えられないと、ピューリタンは**公式**の性的過剰に頼りました——長い冬のあいだに。男が七人も妻をもつのは普通でした。三人以下のものはほとんどいません。女たちは、子供を産む重圧で死にました。出産の圧迫と事故で虫けらのように。**さらに**原始的な労働の厳しさです。水や薪を運びます。餓鬼どもを苦労して抱えて。

これに非公式の性的快楽への逆上を加えれば、女たちの苦境は大いに示されます。残酷な体制の衰退の始まりを見るのは、楽しいことです。つまり数年後に、グロートン〔マサチューセッツ北東部の町〕でだったと思いますが、——その記録を発掘した女性はシカゴに住んでいます——女たちは、それまで飾りのなかった帽子にリボンを着けはじめました。長老たちは厳粛に密議を行ない、その習慣を禁じましたが、女たちは別の教会に集まり、同じく厳粛に、要するに「黙りなさい！」と言いました。女たちは、リボンを着けつづけました。当時ある若い女性は、自分の結婚式に行くのに、白馬に跨り、緋色のサテンのドレスを着て、紫のベルベットの肩掛けを纏いました。彼女の知られざる誇りに、祝福がありますように。

そうした素朴な力がそれほど重みと活力をもつとは、なんと素晴らしい国でしょう。——でも、あなたはインディアンの話をしていましたね。

ええ、でもぼくはそれについて、北の「恐ろしい司祭たち」の物語とともに話しましょう。イギリス人はかれらをひどく怖れ、そのあらゆる悪徳を非難しました。かれら自身こそ偽善と、狂信と、侵略と、偽りと、暴力と、流血に加担していたのに。「われらは戦うときは撃退されたが、平和が戻ったときに数を増した」〔『マグナリア』から〕。

ラル神父がいました。豊かな、花開く、寛大な精神であり、与え、受け取り、感性は豊かで、鼻、舌、笑い、持続力をもち、善行において己を忘れ——新世界の新しい精神でした。

新しいアメリカはすべて、反ピューリタンとなるでしょう。別の根をもつでしょう。北の、ラルの心から発するでしょう。フランス人神父たちは、善良な人も悪い人も、そこに、境界地メーンに入り込みました。南のイギリス人と、カナダのフランス人の係争地でした。インディアンは、二つの党派、カトリックとプロテスタントの対立に巻き込まれました。イギリス人は河口にいました。カスコ湾のハンナ・スウォントンのように。ラル神父は内陸にいて、「愛スル群レ」〔フランス語、以下同〕と一緒でした。ぼくが語るのは、『教化書簡』からです。

イギリス人とは対照的に、ラルは新世界を認知しました。それは、かれの語るすべてに顕著です。生きた炎でした。かれらの死んだ灰に比べて。

だがピューリタンは、神父たちの進出に激怒し、「カトリックの狂信の真の性格」について、「メーンの最初の入植者がこの精神から受ける危険」について声を荒らげました〔『マグナリア』から〕。

ラルは、一六八九年十月十三日から一七二三年十月十二日まで三十四年間、愛する蛮人たちのあいだで暮らし、その美質を蜜のように引き出し、毎日かれらに**さわり**ました〔ラルの死は二四年〕。

カトリックでありイエズス会士であるラルのような人間において、論理の真髄は麗しくも、それが属する場所に付託される――天国に。正しく推論される神秘に、論理は委ねられる。それゆえ、ぼくたちはそのすべてを脇に置こう。教会は残る。教義の争いから解放され、司祭は、新たな精神で新世界に目と心を開いた。

なにも、無視されない。すべてが、包含される。世界は教会の一部であるので、あらゆる木の葉、木の葉の筋、こめかみの脈打ちは、あの神秘の花に属する。ここに豊かさ、色彩、形態がある。その香りがあらゆる蜂を引き寄せるローマの現世の花に、己の信条を委ね、ラルは、かれらがその庭を知るために働いた。乾いて引き裂くプロテスタントの行為と対比的に、ラル神父は、その優しさ、献身、洞察、観察の細部においてきわ立つ。それは甘美な果実だ。その行為は人道のためだ――情熱によって新世界の奴隷となり、かれは、その本性を探った。

かれは偉大な**人間**でした。手紙を読むなら、それは、ぼくたちに甘い水を届ける川です。**それ**は、検討されていない道徳的源泉であり、土着のものの抱擁において、とりわけ繊細で大胆です。繊細な精神。すべてに向け、その優れた感性は花開き、生育し、開き、再生させ——閉ざさず——調律されました。インディアンの言語と格闘し、その特有の美しさを語っています。「ソノえねるぎーガドレホドカ私ハ知リマセン」。かれは、その速さを、特徴的な形態を、活気と賞賛と寛大さをもって取り上げます。すでに花は花弁をもたげました。これこそ道徳的です。肯定的であり、特有であり、たしかに寛大であり、勇敢で——**婚姻**し、さわるのです——己が**もつ**から与える。もたない、からでなく。そして**もつ**人に与える。その人は、加わり、作り、受精させ、あなた自身に似ることになる。創造し、雑種化し、他家受粉する——不妊化し、後退し、怖れ、乾き、腐るのでなく。それは太陽です。ラルにおいて、東の海岸部の理解から孤立した莢のうちに、**インディアン**が現れるのを感じ取れます。かれは**インディアン**として解き放たれる。かれはいる。存在する——それはひとつの**肯定**であり、生きています。ラル神父は、初期の事故の結果しばしば呪われたように苦痛を味わったが——両腿の骨折が適切に治療されなかった——かれの村とともに生きました。——ひとりで、かれらに没入して、そこに**消えて**、飲み込まれていた。堅いイースト菌として——

イギリス人入植地への襲撃に関する、インディアンの側の見方の提示だけについても、かれの手紙は無比のものです。ピューリタンは蛮人を怖れたとして——戦士としてのかれらの長所に対するラルの賞賛すべき熱中は、じつに素晴らしい。「彼らが戦争をするやり方は、わずかな戦士たちを、二、三千人のヨーロッパの軍団より恐るべきものとする」。戦争のあいだかれらは、イギリス人が住む全地域を荒廃させました。それは、かれの心を捉え熱中させました。ぼくは、損害は気にしません。

あなたは、アメリカ人にそれを理解させたい、あなたが寛大な精神と呼ぶものを理解させたいのですね？　ではフランスに来て、わたしたちに理解させてください！　――かれは笑った。

（土着する段階へのこの衝撃の特質が、ぼくの言う道徳の源泉**である**のだ。アメリカを形成した源泉の一つで、そう認められるべきだ。）

当時のメーンのインディアンは、数千人にすぎません。アブナキ族です。生活は厳しかった。ときに食料はほとんどなく、季節によっては、なしでした。ハンナ・スウォントンが捕獲されて耐えた苦難は、移動するどのインディアン女とも同じだった。速度、速度、さもなくば破滅。歩くか、死ぬか。彼女らも同じです。歩き、運び、戦い、さもなくば死ぬ。野生の世界と、つねに衣服の下で触れていた。彼女は、重い荷物を担ぐ苦難を語ります。沼地の丸太の上を、一時間ずっと一、二フィート跳ねて走りました。この旅でかれらは、数日ほとんど食べ物なしだった。あるとき彼女は、かれらが殺した亀の一部を手に入れた。あるときは、ヘラジカの肝臓の一片をもらった。あるときは、川の中州にインディアンの女主人といて、女たちがたくさん乗る一艘のカヌーを呼び停めると、彼女の状況を見てとり、焼いた鰻をくれた。ベリーの実や、根や、団栗が彼女の食事で、「または捕れた場合は魚であった」。それが、蛮人の生活でした。それはまた、ラルの慣わし、学舎だった。かれは、それにより完成され、酷薄になった。負傷したものは殺された。拷問を平静に受け入れるのは、美質の証しだった。技と勇気は賞賛された。

これらを、ラル神父は受け入れ共有しました。最初ある側面については困難だったが、のちには賞賛し熱中して。「私ヲ最モ嫌悪サセタノハ」云々。

イギリス人は銀貨の懸賞金を、かれの首にかけました。かれの村――ポートランド［メーン南部の港町］から二日の距離――は焼かれ、教会も同じでした。二度かれは信者たちにより暗殺から救われ、一度は間違った警戒が出され、勇者たちがイギリス人の砦を襲撃に出かけてから、かれの安全が確認されました。それは新しい情景です。「貴方ハ疑イモナク、ワレラノ近クノいぎりす人タチヲ、私ガ非常ニ怖レルト思ウデショウ。彼ラガ長イコト私ヲ滅ボス企ミヲシタコトハ事実デス。ダガ彼ラノ私ニ対スル悪意モ、私ヲ死デ脅スコトモ、ケッシテ私ヲ、愛スル群レカラ引キ離シマセン。私ハ彼ラヲ、貴方ノ聖ナル祈リニ委ネマス」。

一度イギリス人に捕まりかけたときは、二人の若者が夜に教会であるテントに来て、かれを連れ出した。真冬で、食料を十分準備する余裕はなかった。村まで数日の道だった。三人はともに苦しんだ。一緒にいた犬を食べ、つぎに「海ノ狼」［アザラシ］の革の袋を、火で煮て食べた。ラルは、自分のぶんを呑み込むのにたいへん苦労した。「岩ノ腸、木ノ糞」。ある種の木を、中がいくぶん柔らかになるまで煮て食べた。ハンナが別の季節に、スベリヒユという野草を食べたように。溶けはじめた湖を渡り、雪靴は水浸しになった。かれ自身は、どろどろの雪に膝まで浸かり、右の仲間は腰まで沈んだ。おたがいを助け、三人はもがき進んだ。かれは、かれらの側にいた――

それは、かれの子たちでした。その言語をはじめて試したとき、かれらがどんなに笑ったかを記録しています。はじめ喉頭音を出せず、ことばの半分しか発音できませんでした。ヒューロン語の、他と比べた美しさを語っています。

春には魚がぎっしり二フィートの厚みで川を上り――最高の肉質でした。かれらは魚を集め、できるだけ食べ、残りは乾燥させ——穀物を収穫するまで役立てました。春にはまた、ラルは、聖餐式をして穀物を植えさせました。八月には十分育って、それを抜きます。それが終わると、べつの食料が必要でした。

そのために海岸に行くのがインディアンの習慣でした。ラルが言うには、いつも同じ手順でした。なにが起こるかわかっていました。かれらは、霊的助言者の周りに集まり、演説します。穀物は少なく、部族は食料が要り、その間の霊的な慰めを欠かさないため、かれの同行を乞うのです。いつもかれは一言で答えます。

ケキベルバ（聞いている、子どもたちよ）。

すると全員が8リ8リエ！（ありがとう）と叫びます。（注。数字の8は、ラルによるアブナキ語アルファベットで、その言語に特有の喉頭音を表すため使われた。）それからみなはキャンプをたたむ。かれは自分の建てた教会を離れ、松の板の祭壇を抱えた。みなは旅に出た。

かれは、同僚のイエズス会士に、もっと定期的に文通できない理由は、部族への義務のため自分の時間をとれないからだ、と嘆いています。かれらへの宗教的義務を果たすだけでなく、病気のときは慰めを求められました。血を取ってやり、助言し、仲裁し、告白を聞かねばなりませんでした。

ラルの愛情の聖なる、優しい光のもとで、インディアンの姿は、不思議と露わに現れます。子供として、情熱的な友として、策略に富んだ男として——また襲撃の天才として。近づいた者を恐れさせる戦の雄叫び、という単調な恐怖とはまるで違う響きです。

ぼくたちは、インディアンの襲撃から生じたイギリス人の態度にだけ馴染んでいます。そうした物語は、ぼくたちのなかに**固定され**、ぼくたちが国を理解するやり方に**効果**を及ぼしたのに、それは認識されません。その物語はただ、それが記録する精神状態の産物であるのに。ぼくたちは**効果**が存在すること――何にでも原因があることをわかっていません。そのことが、ぼくたちの道徳的体質を過去において形成したのです。――道徳的体質は何かを原因とする特質を**もち**、その何かは純然たる伝説でありうることを、ぼくたちは知りません。このことから、ぼくたちの新世界の理解は捏造されてきました。

　イギリス人は、メーンに関心をもち、ラルを子どもたちから引き離すため、何でもしました。ラルがかれらをカトリックの信仰に保ち、フランスに結びつけていると知っていました。何でもして、かれを殺すか、ケベックに送り返させ、代わりに自分たちの牧師を受け入れさせようとしました。無駄でした。

　そのころ、英仏の戦争の怖れが迫りました。イギリス人とインディアンの関係は平和で、新しいマサチューセッツ総督、王の使節〔ジョーゼフ・ダドリー〕は、ラルの部族に面談を求めた〔一七〇三年〕。約束の場所は、海岸から少し離れた島だった。イギリス人がそこに戦闘用の帆船で行くと、インディアンはカヌーで近づき海岸に船を上げた。ラルはかれらの願いで、助言のために、そこにいた――続く交渉にはまったく参加しませんでしたが。

　注目していただきたいですが、このすべては、双方の戦争行為の前に起きました。だがイギリス人は、一人の牧師という武器を備えて来ていた。その目的を、ラルはよくわかっていた。だがイエズス会士を見ると、イギリス人牧師は終始背後に留まりました。

インディアンがカヌーから出ると、ラルは勢いに押され、言うところでは意図に反して、まっ先に海岸に出ました。イギリス人たちはかれを見て、驚きました。だが総督は前に進み、挨拶し、蛮人たちと話をする用意をしました。

かれは、まもなく英仏は戦争になるだろうと述べ、万一の場合の、インディアンの中立を求めました。インディアンは聞きました。それから、答える前に、自分たちで話すため引き下がりました――ラルは具合悪く一人残され、海岸でイギリス人に直面しました。

するとイギリス総督は、ラルに私的に語りかけ、戦争になったら、かれは蛮人たちを戦わせるか尋ねました。――イエズス会士によれば、「私ハ彼ニ、私ノ宗教ト司祭トイウ立場ハ、平和ノ助言ヲ与エサセルダケデス、ト答エタ」。――だが話していて気づくと、二十人の若い勇者に囲まれていた。イギリス人が危害を加えると疑ったのです。

さて部族は回答とともに戻りました。知るがよい、フランス人は兄弟であり、われらは同じ祈りをもち、彼とわれらは二つの火のある同じ小屋に住む。もしおまえが、小屋の兄弟の火の近くに来るなら、われはおまえを敷物から見る。もしおまえが斧をもつのを見れば、われは思う、このイギリス人は斧で何をする気か？　われは敷物から起き、おまえのすることを注視するだろう。もし斧を上げ兄弟を打とうとすれば、走り助けるだろう。

その少しあと、一隻のフランス軍艦がケベックまで川を上り、仏英が戦いを始めたことを伝えた。ただちにラルの部族の二百五十人の者は、「犬を殺し」、戦の道を進む準備をした。伝統の焚き火を燃し、荒々しく踊り、翌朝、ラルに助言と祝福を求めにきた。かれによれば、「私は、祈りを思い出し、残虐なことをしないように言い、戦いのときのほかはだれも殺さず、捕虜をみな人道的に扱うように、と教えた」。――そのあとかれは、かれらを戦士と認めました。

英仏が行なうなら、蛮人が戦いに耽りたいと望んで、なにか特別でしょうか？　かれらに対するラルの抑制された誇り、予想外の率直さは、まったく気持ちよいものです。辺境の村は、侵入者から被害をこうむるでしょう。イギリス人は、司祭は蛮人をあやつり襲撃させたと非難するのに時間を使いますが、ラルは、そうした種類の理屈を考えもしなかった。かれは**特質**について考えていました。

かれは、戦士としてのインディアンを熱狂的に語ります。運命の決まった村への、かれらの接近の仕方を説明します。襲撃する地点まで接近すると、ここに二十、あそこに三十、と言います。その一隊に、村は与えられ食われます。それは、かれらのことばです。（かれは、ことばを鋭く玩味しました。）イギリス人の敬虔らしい偽善に比べて、なんという救いでしょう。かれらは**自分たち**が苦難をこうむるとは！　と驚き戦慄するのです。だがピューリタンは、死んだインディアン女の首を、村の外の杭に突き刺しました。「われらは戦うときは撃退されたが、平和が戻ったときに数を増した」。だれの犠牲で？　インディアンは戦士にならないと期待したのですか？　ともかくラルは違いました。

戦争は、ライスワイク条約［一六九七年、ユトレヒト条約（一七一三年）の誤記か］で終わりました。インディアンは、それを聞くや、戦をやめた。イギリス人は新しい交渉を求め、和平が結ばれた。かれらは、蛮人を融和するため、戦争中焼いたノリッジウォック［メーン内陸の町］の教会を再建しようとした。インディアンを、ボストンで労務者として働かせようと望んでです。だがひそかに止むことなく、かれらは、邪魔なイエズス会士を殺そうとしました。

かれはついに殺されました——かれが村の中央に立てた素朴な十字架の下で——女子供が逃げられるように敵の銃火を己に集めて——かれは、めった打ちにされました。悲惨な姿になり、体じゅうの骨が折れました［一七二四年八月二三日］。

じつに奇妙なものです、ぼくたちがおもにピューリタンから受け継いだ、このアメリカの宗教は。すでに述べたように、今日、追跡できる多くの源泉が見つかります。ラル神父は、もちろんいい人でした。かれのしたすべてはそこから発した、と言いましょう。ジョン・エリオット［聖書をインディアン語に訳し布教］が、反対側でいい人だったように。ピューリタンがイエズス会士のうちに非難した多くは正当だった、と認めましょう。ラル神父がピューリタンのイギリス人について言っただろう多くもまた真実だった、と認めましょう。

すると一つが他方を打ち消します。よい人はよい人です。

二つのもの、二つの燃える教義が残ります。もう言いましたが、それらは、成長する種族への対照的な影響として、美的および道徳的な素質を形成した点において、評価されねばなりません（それ自体としてでなく）。カトリックとプロテスタント、それらがぼくたちの道徳の形成に寄与したさまざまな特質について。——ぼくは、これらの初期の戦いは今日の研究者にとって非常な重要性をもつ、と考えます。

それらは遠い昔です、とかれは答えた。

『教化書簡』を読まねばなりません。そうすれば、ぼくたちはインディアンに似ていて、カトリック教がずっと適していると理解するでしょう。マザーは、今日のカトリックのボストンについて、どう思うでしょうか？ ［一九世紀終りからイタリア系やアイルランド系等の住民が増えた］避けがたいのです、とぼくは言った。**これ**がアメリカです。ピューリタンはぼくたちを禁欲、世界からの分離、否認によって呪うので、徐々にぼくたちは己の内部に、満たされない空虚を強いられます。――それが、かれらの教義では、魂**である**にせよ。そのなかで（その環境で）、森のなかでのように道に迷った平均的なアメリカ人とはインディアンなのだ、とぼくは思います。だが世界を奪われたインディアンです。機械はそれ自体が森だ、と言えば別ですが。もしそうなら、そうなりつつあると思いますが、その明白な利点にかかわらず、アメリカのプロテスタントは結果としてカトリックを繁栄させる、と考えることは興味深い。べつの結果は、継続する膨大な富の集積です。

接触の欠如から、信仰の欠如へ。個人はいっそう価値観を失い、地方の政府は権威を失います。頭脳はますます分離する。ついに中核に至ります――プロテスタントの天国のように、まったく非人間化される。すべてが連邦主義化され、あらゆる法は本質において禁止になります。

ピューリタニズムのその軌跡が、その非人間化が、今日のわが国での、カトリック教会の大成長の直接の原因です。それは、統御する頭脳を欠いた群衆にある統治機構を与えます。**それ**がその魅力です（かつては触れあいのあった地方的な統治の場を、ただちに占めるのです）。その統治は、ぼくたちの公の統治の一般的な悪に対立します。それは少なくとも、ひたすら愚かな（道徳的に）別のものより人間的です。

ただ黒人だけが、ヴードゥー教、遠くを見渡せないアフリカのジャングルの神秘に等しいものを痛切に求めて、ぼくたちの宗教から、活力ある何かを生み出せました。残りについては、その影響は退化でした。それは主として、初期の信仰の停滞状態の残留です。その活力も残ってはいますが。

福音に魅せられたとして、ピューリタンは、野生の新世界で、己の魂の中心を純粋に凝視しました。各人は、己のために恐怖を排除し、それゆえ実質的には、あらゆる流入と流出を（理論的には）阻害しました。柔らかな人間性や、はかなさとの接触を。それらと結びあって、美は生きるのですが。かれらは、己の生を硬化させました。茎に花を咲かせたかもしれない解放を、生み出せなかった。北のカトリックは、同じように道に迷ったが、はじめに自分の頭を殴るに等しいことをして、脱出という同じ目標をめざしました。それは、かれらから責任を免除した。そうして無感覚になり恐怖に麻痺すると、教会は、少なくとも優しさをもち、援助します。だからかれらは、インディアンに近づくことができた。インディアンは道に迷ったとしても、ピューリタンが阻害した、適切な官能の接触をもっていました。

そこでアメリカは今日の世界で、カトリックの最大の宣教の場になっています――不利な条件にもかかわらず。官能の実践の欠如から来る困難は、外から取り除かれます。神秘自体を表す権威によって。――解放された手は、抱きしめます。その領域では、優しさが動くかもしれず、愛が目覚めるかもしれず、（あのひとつの塞がれた扉を別として）道が示されます。

たしかに新世界は、ピューリタンとカトリックの双方から大いに害をこうむりました。だが、ラル神父は南の隣人より深くそれに触れたので、またピューリタニズムの亡霊は忌まわしい束縛でぼくたちを縛っているので、その一帰結として、カトリック教は、あの鈍感さや、接触の欠如からの**緩和**を与え、優位を得ます。接触の欠如は、ぼくたちの自由のたえまない後退に伴っています。

12　ケンタッキーの発見

ダニエル・ブーン（一七三四頃―一八二〇）は、伝説的なフロンティアへの入植者。Wは、ブーンの口述によると称される一七八四年刊の回想録を用いている（John Filson, "The Adventures of Col. Daniel Boone"）。

ありがたいことに、アメリカの入植地に、一人の大いなる官能の男が生まれた。閉塞するピューリタンの伝統のけちくささに抗して。かれは、己の情熱という一なる理法によって、精神を枯渇させるあの疫病を、その根源で破壊した。その理法を、かれは、周囲の野生の命に基づかせた。そのためにかれはそれ以来、誤解による華麗な伝説に葬られたまま、腐るに任されている。だがかれは、死んだどころか、豊かな再生の荒々しさに満ちたままだ。かれの歴史が、あとから訪れるぼくたちのために、注意深く語られるなら。

ケンタッキー、世界の西の縁の彼方にある大いなる荒野、将来の「暗く血塗られた土地」は、北アメリカの東部沿岸地方の植民者には、はるかに遠く、接近困難に思われた。コロンブスに先立つ時代に、西の大洋の彼方が謎の世界だったように。「ひとつの地方があり、その存在を、思考する者は誰も疑いえなかった。だが陸と水と、山と平地と、肥沃と不毛と、いずれが重きをなすか、また人と獣のどちらが住むか、双方がいるかどちらもいないか、彼らは知らなかった」〔最高裁首席裁判官ジョン・マーシャルの一七六七年の言〕。だが人が住んだとして、それは蛮人であり、入植者は長い経験から、当面は、山々という安全を与える境界を越えて分け入ることを嫌った。

新たな足場に辛うじてしがみつき、いまだに帆船に「故国」との速くも確実でもない接触を依存して、植民者は、恐怖とともに西を見た。かれらはよく働き、たいていは栄え、困難な状況の物質的欠乏に、意思をもち耐えた。だがかれらは、評価さえ難しい剝奪に苦しんだ。それは、かくも原始的で過酷な世界に慣れない人びとを、束縛し卑しめた。倹約と自己否定を要請する不安の精神が、基本的な感情でありつづけた。それに対して、未知の世界の禁じられた富があった。

状況は多かれ少なかれ多様であり、さまざまな理解をもつ精神が良かれ悪しかれ状況を変化させていたが、そのなかに、ダニエル・ブーン、時代の最先端の開拓者、辺境の男は生まれた〔一七三四年〕。周囲のだれとも似ないブーンは、高下を問わず、仲間の入植者に、命の続くあいだ何の共感ももたなかった。かれの天性を産み、喜びを求める精神に決死の企てをさせたのは、平穏なドーセット〔イングランド南部〕の冷静な先祖だったろうか？　あるいは、初期に触れたクエーカーの教育の表れか？　たしかにかれは、通念とは違って、猟師やインディアン殺しといった屑どもの同類でなかった。運命はかれを、その連中のあいだに投げ入れたが——境界へと略奪に行き、蛮人と入植者との繋ぎ目になる連中。

かれの性格は、それとは違った。穏和で素直で、堅実で、衝動的に勇猛ではなく——大胆で頑固だが、いつも攻撃より防御に向かい——かれは、しばしば文明の序幕である下劣な連中とはかけ離れていた。ブーンは意図して孤独の平和を選び、周囲の社会の乱暴な争論に加わるのを避けた——そこから逃れるのが、つねに最初の考えだった——さもなければ、けっしてあれらの秘密の場所に入らなかっただろう。のちにかれの名は、それらの場所の護符となった。

ジョージ・ワシントンより二歳年下で、ブーンはまだ子供のころ、フィラデルフィア近くのスカイキル川上流の誕生の地から、ペンシルヴェニア西部の、当時は比較的未開の地域に移された。そこでかれは育った。すぐ猟師になったが、少年のときでさえ、人びとは、あたりをうろつく獰猛な獣に立ち向かうかれの勇気を、一歩下がり常ならぬ驚きとともに感じとった。それは、かれの天分の初期の証だった。十八のとき、森への愛は永続的な特徴となり、孤独と寡黙と猟師の暮らしへの性向は確定されて、家族はまた、ペンシルヴェニアの急速に開拓される地域から、野生のヤドキン川へと移った。その川は、ノース・カロライナの西の境界を作る山々のあいだへと遡る。

ヤドキン川に到着すると、ブーンは隣人の娘レベッカ・ブライアンと結婚し、若い夫婦は世間を背後に捨てた。ブーンはすぐ、沿岸部からさらに離れ、山に近い地点でヤドキン渓谷を越え、小屋を建てた。それは、真の家だった。その灯火は、その川岸を見つけるわずかな旅人を歓迎した。だが、かれはそれほど孤独のままではなかった！　ヤドキン川沿いの土地はやがて他の入植者の注目を引き、ブーンは、三十歳で、己の小屋の煙が空に浮かぶ唯一のものでないと気づいた。仲間の存在は、人類の大半の性に合うが、ブーンは違った。まもなくかれは、ヤドキン川での時は終わったと意識した。

冒険の場は、手の届く所にあった。山々を越えると、新たな未踏の地方が、あらゆる美と危険に溢れ、眼前にあった。あらゆる出来事は、想像力を愉しませ、行動を活気づかせた。未来の、無限定の世界。クリンチ川［ヴァージニア州南西部からテネシー州東部へ南西に流れる］とホルストン川［テネシー州東部を南西に流れる］に沿い、猟師の群れが道を進んだ。進むにつれ、森の生活の神秘はさらに親しくなる。ブーンは以前にも増して、屋根も、家も、寝台も、生存に必要でないと学んだ。もちろん、かれをこの自然な選択へと押しやる多くの事情があった。当時はまさに独立革命の直前で、植民地の税制度は、極度に厭わしいものだった。開拓者は、それを理解できず、我慢する気もなかった。そうしたことを、ブーンは己の本性にしたがって解決した。後ろに捨てるのだ。

この時点で、ブーンの生は真に始まったと言えるだろう。最初の大きな冒険に向かうブーンは、最良の年齢、三十六歳だった。さまざまな著者による描写では、五フィート十インチ、頑健、手足は均整がとれ運動家で、習慣と気質と体格により、苦難に耐える適性があった――目は輝き、物腰は断固たる決意を示した。一七六九年、ジョン・フィンリーは山の向こうへの狩りの旅から戻り、その地の美しさと豊かさを声高に長々と語った。ダニエル・ブーンはすぐ熱烈な聞き手となった。それは、かれの性格の基調に響いた。時と人物は出会った。

「一七六九年の五月初旬、私は、家郷の生活の幸福をしばし捨て、ノースカロライナのヤドキン川沿いの家族と平和な住居を離れ、アメリカの荒野を、ケンタッキー地方をめざし、ジョン・フィンリー、ジョン・スチュアート、ジョーゼフ・ホールデン、ジェームズ・モネー、ウィリアム・クールとともに彷徨った。われわれは前進に成功し、山地の荒野を越える長い疲れる旅のあと、西に向かい、続く六月の七日に、レッド川に到達した。ジョン・フィンリーは、そこで以前インディアンと交易した経験があった。そして高地の頂上から、われわれは喜びとともにケンタッキーの麗しい平地を望んだ」。

このように、いわゆる『自伝』は始まる。それは、生涯の終わり近くにブーンの口述から、ジョン・フィルソン某により書きとめられた、と称するものだ。だがその愚かしい言辞と、老いた猟師の粗野であったはずのことばの完全な無視は、興味を抱く読者をおおむね失望させる。ともあれ、語られるすべて、続く二年にブーンが経験し耐えたことが知られるすべてからして、まだ若い探検家にとっては、最も魅惑的な冒険の時が始まったようだ。しばらく一隊は狩りをしてその地を愉しみ、バッファローを見たが、「居留地の牛よりも頻繁に目撃され、笹の葉を囓り、また広い平原の草を食べた……この広大な森ではあらゆる種の野生動物が豊富で、塩の出る泉の周辺での数は驚異的だった」。ここで一隊は、続く十二月の二十一日まで狩りをした。

「その日、ジョン・スチュアートと私は楽しい遠出をしたが、その終わりに運命が状況を変えた。われわれは、大きな森を越えたが、そこで自然は一連の驚異と喜びの源泉であり、終わりなく視界に姿を現す無数の獣が、われわれを愉しませた。その日の終わりに、ケンタッキー川近くで、われわれが小さな丘を登ったとき、一群のインディアンが分厚い藪から飛び出して、われわれを捕虜にした」。その後かれらは逃れ、二人は宿営に戻ったが、そこは荒らされ残りの人びとは消えていた。

だが、あらゆる偉大な経歴に起こる決定的な偶然によって、ダニエルの弟のスクワイア・ブーンはそのとき、別の冒険家とともに、可能なら最初の一隊の様子を知ろうと出発していた。そして、偶然森の兄の宿営に辿り着いた。それは、ダニエル・ブーンにとり、重要な意義と無限の喜びをもたらす出会いだった。さて、しばらく四人は一緒だったが、一月経たないうちにスチュアートはインディアンに殺され、スクワイア・ブーンの連れは、離れて行方不明になったか、単独で居留地に戻った。ダニエルとスクワイアは、二人だけで残された。

「われわれはそのとき、危険で無力な状況にあり、蛮人と獣に囲まれ危険と死に日々晒された——われわれ以外にその地に白人はいなかった。荒れ騒ぐ原野で家族からかくして数百マイル離れ、だがわれわれほどに幸福を感じた者はほとんどなかったと、私は信じる。われわれは、怠惰な状態に留まらず、毎日狩りをし、冬の嵐から身を守る準備をした。われわれはそこに冬のあいだ邪魔されず残った……五月の最初の日に、弟は一人で、居留地へ馬と弾薬を補給するため戻り、私を一人残した。パンも、塩も砂糖もなく、馬や犬さえなかった」。

「告白するが私は、諦観と不屈を発揮する必要にそれ以上に迫られたことはなかった。数日間を私は不安に過ごした。愛する妻と家族、私の不在と危険ゆえの彼らの不安、といった思いが、私の心に重大な影響を与えた。千もの恐るべき不安が心に浮かび、それに負ければもちろん私を憂鬱に陥らせた。ある日、私がその地に遠出を試みると、魅惑の季節の自然の多様な美は、あらゆる憂鬱と悩みを追い払った。そよ風が、震えやすい木の葉を揺することさえなかった。私は、あたりを圧する尾根の頂点を極め、驚くべき歓喜とともに周囲を見て、広大な平原、下方の秀麗な土地を眺めた。万物は静寂だった。私は、甘美な泉の近くで火を熾し、数時間前に殺した鹿の腿肉に舌鼓を打った。夜が来て、大地は漂う湿気を吸うかのようだった——」。この間抜けな年代記作者の愚かなことば遣いは、苛立ちを掻きたてるだけだ。

だが、フィルソンがさらにブーンの孤独を「終わりなき森の牧歌の愉悦の場面」と描くときは、我慢するのがいささか難しくなる。かれは危険と死にたえまなく晒され、蛮人に居場所を見つけられ小屋で襲われる代わりに、藪の木々に隠れる戦術が必要だったのだから、そこに森の牧歌の愉悦などありえない。ブーンは、その孤独の状況に忍耐以外のものを感じるには、あまりに分別を備えていた。だがそれでも、森の生の深みを探ったのち、それが与えるすべてを考量して、かれは、探検の危険を冒す十分な自信を感じた。オハイオ川［ケンタッキーの北側の境］に出会い、疑いもなくその遠征の結果から、その喜びの地で己を確立する決意を固めた。

三ヵ月間、かれはひとりだった。耐えられる者がほとんどない苦難だった。たしかなのは、異例の強さの情熱的な固着だけが、それに耐えさせたことだ。危険があったなら、より強烈な悦びがあり、孤独のなかでさえ、かれに留まるよう命じた。かれの日々が続くかぎり。たしかにかれは、己の生を肯定する最大の没我の瞬間が訪れた、と知ったにちがいない。

本能によりはじめから、ブーンは新世界を己のものにするさいに、同胞たちが経験した困難を乗り越えていた。没我は献身がなければ存続せず、また根本の理法という大地に己を委ねない者はそれを享受できない。ブーンは、周囲の荒野への単独の献身を通して、そのように生き、没我を享受した。社会の制約された生の上方に向かい、野生の獣と森に恍惚と原初の状態で抱かれることの美が、かれを完全に虜にした。熱愛し余すところなく身を委ね、かれは、巨大な豊穣から盗むなどという半端な理法を遠ざけた。

だれかが、その一歩を進む必要があった。かれがそうした。かれがケンタッキーに定住し西への道を開いたことが、守り、苦しみ、憎み、逃れたことが、重要なのでない。ブーンの生は、己の欲望の地に下降したゆえに重要であり、いまだに力に溢れる――あらゆる形態のエネルギーを強める力だ。かれは、開いた地で官能的・情熱的になり、所有する。なぜなら新世界の問題は、新参者たちがすぐ悟ったように、厄介で、どこでも同じだった。つまり、故国では旧世界の意味としてほとんど理解しなかったものを、その野生の地から、代わりに得るという問題だ。困難や、荒々しい苦難を通じて、イングランドに代わる地面を見つけること。かれらには、できなかった。ともかく古いものにしがみつき、同時に、新たな肥沃な獲得物から、その部分をもぎ取りわが物にしようとした。

ブーンの天分は、その困難は物質的・政治的でなく、純粋に道徳的で美的なものだと知った。己が望むものを得つつ、新世界の美に溢れるほど満たされた。つねに深く探り、見、感じ、さわり――かれの本能は満足した。大胆さが己のものとする無限の恵みを感じとり、原初の欲望によりそれに近づいた。それを理解し、その神秘の動きの一部になる――インディアンのように。そしてすべての入植者のうちで、インディアンのように新しい土地を完全に体得する没我は、かれだけのものだった。かれはケンタッキーに立つ、部下たちが水を集めているあいだ、熱心な目で歩きまわったサントドミンゴ島のコロンブスの直系の子孫として［本書第二章末尾への言及であるなら場所はフェルナンディナ島］。

インディアンの感覚をもって、かれは、まわりの野生の獣たちを自然の捧げものとして感じた。蛮人のようにかれは、それらの定めある命は、かれのようなものに向けられていると知った。荒野に向かうインディアンのように、出し惜しみも震えもなく、かれは己をその世界に捧げた。狩り、大いなる食欲とともに殺し、獣たちの命をかれの静かな、殺す手に取った。まさに獣たちや、その主人である蛮人が、そうできたら、かれの命を取ったのと同じく。それはかれの恨みを掻きたてない。同じく自然に、己の優しい息子、愛する兄弟、近い仲間が奪われるときも――怨恨は掻きたてられない。力強く、引き締まり、途方もなく活動し、必要なら抵抗する肉体。狙いを外さない澄んだ目、寡黙な物腰、均整がとれ本能的な理解力。ブーンは自分の種族を代表していて、あの野生の理法の確証だった。それは過去の時代には別の荒野をわが物としたが、いまや再生して、これをわが物にして、それが強力であることを証す。

新しい婚姻があるべきだった。そのすべての原型、土着の蛮人を認めたのは、かれ、かれだけだった。ブーンにとり、インディアンはかれの最大の師だった。たしかに、かれがインディアンになることはなかった。かれらは熱心に、部族の養子に取ろうとしたが。そうでなく、新世界でかれ自身になること。インディアンのように。もし土地が所有されるなら、それはインディアンがするように所有されるべきだった。ブーンは赤い肌の男の真実を見た。異常な裏切る種族、警戒し絶滅させるべき白人の敵としてでなく、その場所の自然な表れとして。インディアン自身は「正しい」ものだった。その世界の花。

だから、かれが味わった敗北は身を切るものだった。最初の没我の滞在のあと、ひどく遅れて入植地に戻ったあと、かれは、四十人の開拓者を新しい国に導いた。だが、長男と、五人の同年代の者が、すぐ蛮人により残酷に殺害された。悲惨な打撃だった。ブーンと数人は反対したが、遠征隊は引き返し、悲しむ妻とブーンは、ヤドキンの農地をまた開いた。だが、その性格の徴だが、その残酷な仕打ちによっても、ブーンは赤い肌の男への悪意を育まなかった。

最初の望みに挫折して、野生の部族との戦いの歳月を経て、深刻な損失と試練を経て、ついにブーンズボロの砦［ケンタッキー中部］を中心に入植地を確立したときも、かれは、インディアンに関する明晰な観念から一瞬も揺るがなかった。つまり、かれの愛する環境、新世界の自然な一部であり、そこですべてはともに生きる。捕まるにせよ逃げるにせよ、蛮人に騙されるにせよ騙すにせよ、ブーンは、つねにかれらを賞賛し擁護した。かれは、赤い肌の男の頑固で無慈悲な敵になっていったが、かれらは、生涯の終わりまでかれを賞賛し尊敬した。

あんたらは土地を買った、と一人の老インディアンが言った。かれは、いまケンタッキーを白人に渡す交渉に、部族を代表して来ていた。だが土地を治めるには苦労するだろう。そのとおりだった。砦にいたある女性は老齢になってから、危険と冒険の日々に目撃した情景を語ったが、ケンタッキーに住んだはじめの二年に見た最も美しい情景は、若者の寝台での自然死だったと述べた。彼女は、血と惨劇と死に慣れたが、そのすべてはインディアンの斧と、頭皮を剝ぐナイフの犠牲者だった。あるとき一人の若者が病気になり、自然な普通のやり方で死んだとき、女たちは一晩じゅう寝ず、かれを美の対象として見つめた。

ブーンの変わらぬ反感が向けられたのは、同胞、「忌々しいヤンキーども」だった。かれは老年に、法の詐術によって、新しい土地で戦いの歳月のあと勝ちえた、繁栄していた農園を、最後の一エーカーまで奪われた。

己の「同胞」への不信が確証され、齢をとり家もなく破産して、かれはまた、昔愛したもの、蛮人と荒野に向かった。ふたたび放浪者となり、テネシーを越えてさらなる「余地」に突入し、自分がその形成を助けた若い国を後ろに捨てる決心をした。ミシシッピ川の向こうのスペイン領に入ると、その地方総督は老いた猟師の心を聞き知り、喜んで定住のための広い土地を与えた。そこでかれは、生き死んだ。九十歳を越えても、いつもどおり罠を仕掛けた。

森でかれは、自分の息子よりも好んでインディアンを仲間とし、かれら、インディアンから非常な尊敬を受けた。荒野ではいつも、狩りの順番でかれらに指図するという、特別の名誉を享受した。

遅すぎてから、アメリカ議会は、わずかな認知をかれに与えた。だがそのころには、どうでもよかった。かれはすでに、望んだものを得た。森と土地の仲間たち。非常に興味深い文書で、かれはそれらを、すべての中傷者に抗して擁護し、自分の立場を明確にした。かれは、自分の血を分かちもつ人びとに敵対し、その異質な力を感知して、嫌悪した。かれの魂の全体は、最大の献身とともに、あらゆる表れにおいて、愛し築いた新世界に与えられた。心の望みの国〔W・B・イェーツ作の戯曲の題〕。

13 ジョージ・ワシントン

ジョージ・ワシントン（一七三二—九九）は、独立革命戦争の植民地軍の最高司令官（一七七五—八三）、合衆国初代大統領（八九—九七）であるが、ヴァージニア出身で、測量技師として働き（四八—四九）、兄の死により農地マウント・ヴァーノンを相続（五二）。現ペンシルヴェニア州地域での英仏の勢力圏抗争に従軍（五四—五八）。マウント・ヴァーノンに戻り、寡婦であったマーサと結婚（五九）。七〇年代なかばには、ヴァージニアでの反英闘争の指導者となる。

ワシントンは、ぼくが思うに、典型的なよい男だった。これを、好きな意味に取るがいい。だがむろん、きわ立った男だった。疑いもなくかれが、人格として、アメリカ革命を成功させた力の九十パーセントを占めた。その力は何によるかを、つまりその組成の内密な性格を、つまりワシントン自身を、知るがよい。するときみは、アメリカ共和国の始まりについて、知るべきすべてを実質的に知ることになる。きみはまた、イギリスとの戦闘の終わりに、なぜ王冠がこの偉大な英雄に示されたかを知るだろう。また、かれがいかなる隠された身振りとともに、その考えを拒絶したかを。そこできみはわかるはずだ。それは考えられなかった――さもなければ、それを受けただろう。

ここに途方もない活力をもつ男がいたが、それは、大柄な体軀と、やや鈍重で御しがたい外見に隠されていた。それを、ぼくの想像では、ご婦人たちはむしろ怖れた。彼女たちにかれは、離れたところから、また馬上では立派に見えたにちがいない――だが一緒にいてくつろぐには強力すぎた。かれも、彼女たちを欲した。乱暴に。かれが優美な胴衣や、レースや、子羊の手袋の必要性に奇妙に敏感だった様子を、ひとは想像できる。自分に感じていたにちがいない危険な粗暴さを隠すためだ。経歴の一時期、衣装への関心は悪名高かった。

かれをドゥケーン［現ペンシルヴェニア州の砦、一七五四―五八年に英仏間の戦闘］と周囲の荒野へと導いた測量技師契約［四九年］は、だが、問題の別の側面だ。そこでかれは、より真剣な大気を呼吸し、それはかれの本性の最奥の部分に達したはずだ。実態はだが、それはかれを、その種の生き方へと永続的に引き寄せなかった。それもありえたはずだが。かれの本性には、人生の豊かな可能性を前にしての深い諦念が含まれ、かれを武装解除した。みずからの説明では、つねに憧れたのは「ブドウとイチジクの木」、家と静寂だった。緊張に耐えられたが、平和と規則をより好んだ。かれのなかには大きな野原があったはずだ。その野生の道をかれだけは知り、ひそかに愉しみ探索した。

一人トランプ、馬や高級な馬車、娶るべき寡婦、下に川のある傾斜した芝地、繁栄する農場、養子にした子――これが、かれの欲望がさまよう範囲だった。ほかのすべては、偶然が課したものとして受け入れた。

ぼくの考えでは、抵抗が、かれの規則だった。城塞に籠もる。平和の守護者。あるいは少なくとも、己の静寂の保護者。かれは、逃げようと望むには強力すぎた。真実を語るという評判は、つまりそれだ。それを引き受け、自分を見通すことは、簡単だった。かれは、自分はやりぬくとわかっていた。アレグザンドリア［ヴァージニア州の町］では、フリーメーソンとしての社交生活があった。教会への十マイルの乗馬。体がすこし暖まった。

反逆について、それがかれの頭に入ったとは、ぼくは思わない。どうしてそうできたかわからない。後ろから、無意識に、なら別だが。――炎はそれほど抑えられていた。部隊の指揮官としてかれは抵抗し、攻撃し退き、攻撃し急行し攻撃し攻撃し、それから休止した。

かれが屈することはありえなかった。屈するなら、裡なる動揺が起こるので、続けるしかなかった。それがヴァリー・フォージ［ペンシルヴェニア州、七七―七八年の冬営地］の秘密、かれの戦いの勇敢さと忍耐の秘密だ。それは、目的を失い動揺するフィラデルフィアの議会との戦いと同じだけ偉大だった。屈することはありえなかった。ぼくは信じるが、かれは出かけて一人で戦っただろう。自分の軍隊が足下で疲弊し、国を離れたとしても。あるいは――

そう、かれがひとりモリスタウン［ニュージャージー州、宿営地］の近くで彷徨った夜がある。思うに、馬でイギリス軍の前線へと。警告に我慢できずに。――いわば自分を、星の下で、空気に当てるために。怒り狂うなにかが、そこで蠢いていた。

だが週の七日の間、かれがすることは、抵抗。用心深く、静かにする。――裡には狂った地獄があり、それは噴出するかもしれない。ある日なにか輝かしいことをするかもしれない。たぶん喜ばしく放埒なことを。――だがそれは、思いもよらない。

己の情念がこのように政治的に変換される人間は、ぼくたちのあいだではいつも顕著だ。かれらにとって戦いとは、みずからが恐れる裡なる何ものかの表れにちがいない。ワシントンの振る舞いの静けさと、軍事指導者としての特徴は、まさにその類だった。

たしかプリンストンのある娘は、舞踏場でスリッパに関する戯れを、かれと愉しんだ。かれはいつもそうだった。そして、デラウェア河を渡った夜に［七六年］かれがボートで話した猥褻な逸話もある。だがどうやら、思い知った男、かれの真の爆発を見た男はチャールズ・リー将軍――かれに代わって指揮を取りたい男だった。それはかまわなかった。ワシントンはその欲求を理解できて、他人においても許せた。かれはリーを許し、イギリス軍に捕まり次いで釈放されたあと、完全に信頼して連隊に戻した。だがのちにリーが、立場を忘れて命令に直接に逆らい、モンマス［ニュージャージー州］での戦略に自分の気まぐれを押しつけ、重要な勝利の機会を失したとき［七八年］――それは別だった。直後に、ワシントンは偶然田舎の十字路でかれに出会い、リーは理解した。

だれも、後にも先にも、あれほど激怒したワシントンを見たことがない。リーがしたことを、かれ、ワシントンは隅々まで知っていた。かれの抑えられた部分が解き放たれた――べつの人間の上に。仮にワシントンが己のなかのその抑圧を止めたら、なにが起こっただろう？

いまそれを問うても無駄だ。そうここに、大災厄が起こった。リーに向け激怒し、かれは魂の門を開き、リーはその地獄の火を見た。それがかれの終わりだった――ぶつぶつ言い馬鹿のようにヴァージニアの農園に戻り、そこに留まった。

大統領職が、ワシントンになにかを意味したはずはない。かれは、それを望みも求めもしなかったと言ったとき、ぼくの考えでは、率直な真実を述べていた。かれはただ、義務を行なっただけだ。賢明にそれを行なったが、他のやり方はできなかったからだ。なにかを企むほどの関心はなかった。抵抗し守る。それが、かれが語ったことの骨子だった。騒ぎを求めて出歩くな。家に留まれ。かれは、議会で面と向かって、分別という名の怪物になったと言われた。「分別と呼ばれる、描写不能なカメレオンの肌色の代物」〔思想家トーマス・ペインの評言〕。アレグザンダー・ハミルトン〔初代財務長官〕、権力を必要とする種類の男は、それをまったく気に入った。ワシントンは、好きなようにやらせた。かれは、マウント・ヴァーノン〔ヴァージニアの農園〕に戻りたかった。

アメリカは、こうした男たちに特別の運命を与える、とぼくは思う。たいへんな女好きで——必要なら、ワシントンの場合はそれを証すジェファソン〔第三代大統領〕からの手紙がある——もし抑制が外されたなら、ぞっとする指導者になっただろう。大きな損失だった。かれらのあとに育った安っぽい代物たちは、稀有な輝きの代わりをできなかった。かれらは、一種のアメリカの白鳥の歌だ。それぞれが。

這いつくばる大衆の全体が、かれらを悩ませ——憎んだ。かれは憎まれていた。そうでない、などと想像しないように。かれは、かれらに糞の山を確保してやった途端に——その汚物を顔に受けねばならなかった。

きみは信用してよいが、裡なる深みから、あの最後のことばは来た。かれは、頭を友の膝に乗せて辛うじて言った。「先生、わしは死にかけている、長いこと死にかけている……」。みなを安心させるためつけ加えた。「だが死ぬのは怖くない」。

かれは、群衆のための典型的な犠牲者だった——じつに多くの点でまったく失望させるものだ。

14　貧しいリチャード

ベンジャミン・フランクリン（一七〇六―九〇）は、著作家・思想家・科学者・発明家・政治家として世界的名声を得て、独立革命の指導者の一人となり、独立宣言に署名し（一七七六）、フランスとの同盟成立に尽力し（七八）、憲法制定会議に参加したが（八七）、元はボストンの徒弟。ペンシルヴェニア州フィラデルフィアに移り、印刷業や『貧しいリチャードの暦』の著述販売などで成功し、指導的市民となった。

本章は「アメリカへ移住しようとする人びとへの情報」（八二）全文の引用と、Wのフランクリン論からなる。「情報」は『アメリカ古典文庫1　ベンジャミン・フランクリン』（研究社出版）に池田孝一訳が収録されているが、新たに訳出した。

アメリカへ移住しようとする人びとへの情報

北アメリカを熟知する、この一文の筆者へと、ヨーロッパの多くの人士が書簡にて、その国へと移住し定着する望みを表明しているが、彼らは、無知により、そこで得られるものにつき誤った観念や期待を形成するようであり、筆者は、世界のその部分につき、これまで通例であったより明快で真実の想念を与えるなら、有益であり、不適切な人士の不都合で、高価で、無益な移動と旅とを防ぐと考える次第である。

筆者の見るところ、多くの人びとは、北アメリカの住民は豊かで、あらゆる種類の創意工夫に酬いることができ、そのつもりがあると、想像する。また、住民は同時にすべて諸学に無知であり、したがって、文芸工芸等に才能ある外国人は高く評価され、即座に富裕になるほど高い報酬を得ると、想像し、また獲得できる有利な官職は豊富にあり、現地人にそれらを果たす能力はないと、想像する。そして、住民のなかに名望ある家族の者はごく少なく、生れのよい外国人は大いに尊敬され、当然容易にそれら官職の最良のものを獲得し、財産を作れると、想像する。政府もまた、ヨーロッパからの移住の促進のため、外国人の移住費用を支払うのみならず、無償で土地と、彼らのために働く黒人と、農業機具と、家畜を与えると、想像する。これらはすべて、放恣な想像であり、それらに基づく期待をもってアメリカへ行く者は、確実に失望するであろう。

真実は、その国にヨーロッパの貧民ほど悲惨な者は少ないが、またヨーロッパで金持ちと呼ばれる者もごく少ないことである。優勢なのはむしろ、一般の幸福な平凡人である。広大な土地の所有者は少なく、借地人も少ない。たいていの者は自分の土地を耕すか、職人や商人となる。地代や収入で怠惰に暮せる豊かな者はごく少なく、有益と言うより珍奇な絵画や、塑像や、建築等の作品にヨーロッパで支出される高価な金額を払える者も少ない。それゆえ、そうした才能をもちアメリカに生れた生来の才能は、一様に国を捨て、よりしかるべく報われるヨーロッパに向った。文芸と数学の知識がここで評価されることは真実だが、同時に、認知されている以上に普及している。すでに九つの大学が、すなわち、ニューイングランドに四、ニューヨーク、ニュージャージー、ペンシルヴェニア、メリーランド、ヴァージニアの各地域に一があり、すべて学識ある教授陣を有している。また、より小規模の学院もある。それらは若者たちに、諸言語や、聖職、法務、医業の資格あらしめる諸学を、教育する。外国人は実際、これらの職業に従事することをけっして妨げられず、各地での住民の増大は彼らに雇用の機会を与えるが、彼らはそれを現地人と共有する。公職は、その雇用は、少ない。ヨーロッパにおけるような不要のものはない。いくつかの州では、公職を、それを得ようと望むだけの収入のないものにすることが、確立された規則である。ペンシルヴェニア州憲法の第三六条には、まさにこうある、「すべて自由民は、その独立を維持するために（彼が十分な資産を持たないなら）、廉直に生活するための職業、天職、仕事、または農地をもつはずであるから、収入ある公職を定める必要性や、その有益性はありえない。その通例の結果は、それを有する者や望む者における、自由民にふさわしからぬ依存と卑屈である。人民のあいだの派閥と、論争と、腐敗と、無秩序である。それゆえ、ある公職が、給与等の増加により、多くの者の応募を促すほど報酬のあるものになるときは、その報酬は議会により減額されねばならぬ」。

これらの観念は多かれ少なかれ合衆国すべてで優勢なので、故国で生活手段をもつどんな人間にとっても、アメリカで有利な公職を得ようと考え移住することは割に合わない。そして軍での職は、戦争とともに終り、軍は解散されつつある。まして生れの外に推薦する特技をもたない人間にとって、そこに行くことは勧められない。ヨーロッパでは実際それは価値をもつ。だがそれは、アメリカのような不利な市場に運べる商品でなく、そこで人は外国人に「君は誰ですか」でなく「君は何ができますか」と尋ねる。もし有益な技をもつなら、彼は歓迎される。もしそれを実践し、立派に振る舞うなら、彼を知るみなに尊敬される。だがたんに特技をもつ人間が、その理由で、何か公職や俸給により公衆に頼り暮そうと望むなら、軽蔑され無視される。農夫や、機械工でさえ、そこで尊敬される。彼らの職は有用だからである。人びとの言い草では、全能の神御自身が、機械工、宇宙で最大のそれである。そして彼が尊敬され最も賞賛されるのは、その手仕事の多様さ、精巧、有用性によってであり、その一族の古さによってではない。彼らはある黒人の観察を喜び、それに頻々と言及する。「ボカロラ（白人のことである）は黒んぼを働かせ、馬を働かせ、雄牛を働かせ、なんでも働かすが、豚は別だ。やっこさん、豚は、働かねえ。やつは食って、飲んで、ぶらぶらして、好きなとき寝て暮らして、紳士みてえだ」。これらのアメリカ人たちの意見によれば、人は、みずからの十世代前の祖先が農夫、鍛冶屋、大工、轆轤師、織工、染物師、靴作り等であり、したがって社会の有益な一員であったことを証明する系図学者に、感謝すべきである。それは、祖先たちがただ紳士であり、価値ある何ものもせず、他人の労働に頼り怠惰に暮らし、タダ資産ヲ消費スルタメニ生レ（原注、「……ただ穀物を／食らうために生まれ」、アイザック・ワッツ）〔ホラティウス『書簡』一・二のラテン語、原注は一七―一八世紀の賛美歌作家によるその翻案〕、ほかに取り柄がなく、死のときにその財産が、黒んぼの言う豚紳士の死骸のように、切り刻まれたことよりは、望ましい。

　外国人が政治から受け取るものは、実際、よき法と自由から得られるものだけである。外国人は、彼らをすべて受け入れる十分な余地があり、したがって古い住民は彼らに嫉妬しないので、歓迎される。法は彼らを十分に守り、それゆえ、勢力家による庇護を必要とせず、みなが自分の勤勉の成果を着実に享受する。だが、財産を持って移住しないなら、彼は暮らすために働き、勤勉であらねばならない。一、二年の滞在は、彼に市民権をすべて与える。だが以前はどうであれ、政府は現在、植民者として人びとを雇い、旅費、土地、黒人、家畜、その他の俸給等を与えることはない。要するに、アメリカは労働の国であり、けっしてイギリス人やフランス人が歓楽境と呼ぶ場所、道には半ペック［約四・五リットル］のパンが敷かれ、家のタイルはパンケーキであり、鳥たちが食べてくれと叫び焼き鳥になるのを待つ場所ではない。

アメリカへの移住が利益となる種類の人士とは、では誰であろうか。彼らが理にかなって期待できる利益とは、何であろうか。

その国には、住民はおらず一時代のうちには占拠されそうもない巨大な森林があるので、土地は安く、木々の多い肥沃な百エーカー以内の土地資産は、辺境地では、多くの場所で、八から十ギニーで獲得できる。その国でもヨーロッパでもほぼ同一である、穀物と家畜の扱い方を知っているなら、強健な働く若者は、容易にわが身を確立できるであろう。他人のために働くあいだに、そのよい給与から蓄えたわずかな貯金で、彼らは土地を買い農場を始めることができるが、そのさいは、隣人たちの善意や多少の借り入れも助けになる。イギリス、アイルランド、スコットランド、ドイツから来た多数の貧しい者たちが、この方法で、数年のうちに豊かな農民になったが、彼らは故国では、土地はすべて占拠され労賃は低いので、生まれついた貧しい状態から上昇できなかったであろう。

空気の清さと、健康的な気候と、食料の豊富と、土地を耕す生活の堅実さが早婚を促すゆえに、自然な誕生による住民の増加はアメリカできわめて急速であり、外国人の到達によりいっそうそうなる。それゆえ、それらの土地の耕作者に、家屋や、ヨーロッパから運べない大きさの家具や道具を供給する、必要で有益な種類の職人に対しては、需要がつねに増大している。これらの技術のどれについても、無難にこなせる職人は、たしかに雇用を得て、その仕事へのよい報酬を得るであろう。外国人が、知っている技術を行使することを妨げる規制はないし、許可も必要ではない。もし貧しいなら、彼らは召使いや雇い職人として始め、もし素面で、勤勉で、倹約家ならまもなく親方になり、商売で身を立て、結婚し、家族を育て、尊敬される市民になることができる。

また、中規模の資産と資金の持ち主で、養うべき多くの子をもち、彼らを勤勉になるよう育て、子孫のために財産を確保したいと望む者は、アメリカで、ヨーロッパでは得られない機会を得る。そこで彼らは、利益を得られる技術を教えられ実践するが、そのために不名誉を招くことはなく、反対にそれらの能力により尊敬を得る。そこでは、土地は人口の増加により価値を増すので、土地に投資した少しの資本は、子供たちの将来の豊かな資産への堅実な展望となる。この一文の筆者は、当時はペンシルヴェニアの辺境地だった場所で、百エーカーにつき十ポンドで購入された広大な土地の例をいくつか知っているが、それらは、開拓地がそれらをはるかに越えて広がったとき、とくに改良なしに、エーカー当たり三ポンドで売れた。アメリカのエーカーは、イギリスやノルマンディのエーカーと同じである。

アメリカにおける政府の状態を理解したい者は、いくつかの州の憲法や、その全体を一般の諸目的のために「議会」と呼ばれる集会のもとに纏める連邦規約を、読むにしくはない。これらの憲法は議会の命により、アメリカで印刷されている。その二つの版は、ロンドンでも印刷されている。フランス語へのよい翻訳は、最近パリで出版された。

ヨーロッパの君主の何人かは最近、すべての商品と製品をみずからの領地で生産し、それらの輸入を減少させまたは不要にさせることの有利さという観点から、他国から働き手を高い給与や特権等で呼び寄せることを試みている。種々の偉大な手工業に熟達すると僭称する多くの人士が、アメリカはそれが不足であり、議会はたぶん前述の君主たちを模倣するつもりだと想像して、旅費が支払われ、土地が与えられ、給与が定められ、多年のあいだの独占的特権等を得る条件で、そこに行くことを申し出ている。そうした人士は、連邦規約を読むなら、議会にはそうした目的のために委託された権力も、手中の資金もないことを知るだろう。また、そうした奨励策が取られるなら、それは個別の州によるはずである。だがこれは、アメリカではめったに行なわれない。そして、これが試みられたときは、めったに成功していない。すなわち、国が私人に設立を促すほど成熟していない手工業の、創設を試みることである。その地では一般に労賃が高すぎ、多くの職人を集めるのは難しい。誰もが親方になろうと望み、土地の安さは、多くの者に手仕事から農業に移るよう誘うからである。若干の試みは、実際に成功し、利益を上げるまで推進された。だがそれらは一般に数人の手のみを必要とするか、仕事の大半が機械でなされるものである。嵩ばるか、輸送費に見合う価値のないものはしばしば輸入するより製造したほうがよい。そしてそうした商品の製作は、十分な需要があるところでは利益が出る。アメリカの農民は実際に大量の羊毛と亜麻を生産して、輸出はされずすべて加工される。だがそれは、家族の利用のための家内製作の範囲である。紡ぎ手や織り手等を雇い、大きな施設を建て、販売用の大量の亜麻布や毛織物製品を作るために、大量の羊毛や亜麻を買い集めることは、別の地域で何度か試みられたが、同価値の商品が安く輸入できるので、一般に失敗してきた。そして政府がこうした企画を、金銭の援助や、そうした商品の輸入に関税を課して維持するように促されたときは、世論により拒絶されてきた。その理由は、その国がその手工業にとって成熟しているなら、それは私人によって利益の出るよう実行されるであろうし、そうでないなら、自然に強制を加える考えは愚かである、と言う原理である。手工業の大きな施設は、低い賃金で仕事をする多くの貧民を必要とする。そうした貧民は、ヨーロッパに見つかるが、アメリカには見つからない。そこの土地がすべて占拠され耕作され、土地を得られない過剰人口が雇用を求めるまでは、であるが。絹の製作はフランスに自然であり、布地のそれはイギリスに自然である、と言われる。なぜなら、それぞれは第一の素材を大量に産するからである。だがイギリスが布地と同様に絹を、フランスが絹と同様に布地を作るなら、それらの不自然な操作は、相互の禁止措置、つまり相手の商品の輸入への高い関税によって維持されねばならない。これにより、労働者は自国の消費者により高い価格を課すことができるが、受け取る高い賃金は彼らを、より幸せにも豊かにもしない。なぜなら、彼らは多く酒を飲み少なく働くからである。それゆえ、アメリカの諸政府は、こうした企画を援助することはない。人民はこれによって、商人からも職人からも負担を課されることがない。もし商人が輸入した靴であまりに大きな利益を要求するなら、人びとは靴職人のものを買う。もし職人があまりに高い価格を要求するなら、人びとは商人から入手する。こうして二つの職業は、たがいへの抑制となっている。だが靴職人は、全体として、アメリカでは自分の労働で、ヨーロッパで得るものより多く、相当の利益を得ている。なぜなら、彼は自分の価格に、商人が必要により支出する輸送費や手数料や、損害保険料等の出費にほぼ等しい額を足せるからである。そして事情は、他のすべての工芸で同じである。それゆえ、職人は一般にアメリカではヨーロッパよりよい暮しを楽にできる。また、よい倹約家は、自分の老年と子供たちのために安心な準備をできる。それゆえ、そうした者たちは、有利にアメリカに移住できる。

ヨーロッパの長いこと安定した国々では、すべての技芸や仕事や専門職や農園等はすでに場を塞がれていて、子供たちをもつ貧しい親は、彼らを、生計を立て得る場所、そのことを学び得る場所に入れることが難しい。職人は、仕事での将来の競争相手を増やすことを恐れて、見習いを取ることを拒み、または両親が出せないほどの金銭や維持費等を条件とする。それゆえ、若者たちは、有益な業にはまったく無知なまま放置され、生活のため、兵士や召使いや泥棒等になることを強いられる。アメリカでは、住民の急速な増加が競争の恐れを消し去り、職人たちは、見習いを進んで受け入れる。彼らに教えたあと、所定の期間の残りのあいだ、彼らの仕事から得られる利益を期待してのことである。それゆえ、貧しい家族が子供たちを教育することはよりたやすい。職人たちは見習いを得たいので、多くは、両親に金を支払いさえして、十才から十五才の少年を、二十一才まで拘束される見習いとして得る。そして多くの貧しい両親は、この手段で、国に到着したときに資金を得て、自分たちと家族の残りの暮しを農業で立てる土地を買ってきた。こうした見習いの契約は治安判事の前でなされる。判事は、理性と正義にしたがい合意を統制し、未来の有益な市民の形成を視野に置いているので、親方に年期奉公契約証文を作成させ、定められた期間のあいだ、見習いが適切に食事、飲物、衣服、風呂、住居を与えられ、満了時に新しい衣服一揃いを得るのみならず、読み書き計算を教えられるようにさせる。そして彼が親方の技芸や職等をよく教えられ、それにより生計を得て、いずれは自分の家族を育てられるようになることを配慮する。この年期奉公契約証文の写しは見習い人かその友人に与えられ、治安判事はその記録を保存して、親方による実行に不備ある場合には、それに頼ることができる。親方たちのあいだでの、彼らのために働く者をさらに得たいという望みは、男女の若者たちの旅費を払うことを促す。若者たちは、到着時に、一、二、三、ないし四年間奉公することに同意する。すでに職を学んでいる者は、彼らの技量とそれが結果する奉公の即時の価値に比例して、より短い期間の奉公をする。そして技量をもたない者は、故国では貧しさが習得を許さない技術を教えられることを考慮して、より長い期間に合意する。

アメリカではほぼ一般的に資産は平凡であることは、その人民に生活のためなんらかの職業に就くよう強いるので、通常怠惰から生じる悪徳は多大な程度まで防がれる。勤勉とたえまない努力は、一国民の道徳と美点の大いなる保存剤である。それゆえ、若者の悪い実例はアメリカではより稀であり、これは両親たちを安心させるにちがいない。これにつけ加えるべきだが、真剣な信仰は、種々の宗派のもとで、容認されるのみならず、尊敬され実践されている。それゆえ人びとはその国では高齢まで永らえても、その敬虔なる心が無神論者や背教者に出会い衝撃を受けることがない。そして異なる宗派がたがいを扱う忍耐と善意とを、神聖なる存在が是認することは、彼がその国全体に恵んでくださっているきわ立った繁栄によって、示されていると思われる。

（B・フランクリン）

フランクリンへの論評のための覚書

「こいつは自分の庶民性を自慢してないか？」

かれは、釣り合い装置だった。中には、方向を欠く運動が溢れていた。その回転儀が、その大きな旋回でぼくたちを、その運命の初期に、一定した経路に保った。

その時代の最大の勝利者であるかれは、なんでも食らうエネルギーの悦楽を表したが、死んだように停止させられた。新世界は時機を失した、という事実の巨岩によって。かれのエネルギーは、ものに入り込む本質を得なかった。むしろそれは、障壁によって止められ、砕け散った。メロンのように。かれの「善」が、周囲に撒き散らされた。これが「実際的」と呼ばれたものだ。こうした「成功」をフランクリンがあれほど得意がるのを見て、ぼくたちは微笑む。

かれの悦楽のエネルギーの純然たる物量のうちに、主として、かれを赦させるものがある——かれが認知せずに、その環境の原初の豊穣から借り受けた特質だ。

大量の障害物のうちでくつろいで、かれは思考のための機会を見いだした。

フランクリンは、その時期のすべての責任ある貴族主義者と同様に、嵩の大きい、粗野なエネルギーの二つのおもな特徴を示す。その大陸に釣り合う何かと、それと平衡する巨大な抑制。その結果は、完全な抹消や欲求の阻害であったか、あるいは、放出のための低い水準への下降であった。その後者の選択肢を、かれは輝かしくも選んだ。

かれは、雷と、フランス宮廷と戯れた。

偉大な力（かれにおいては新世界の表れだ）は、量だけでなく、ある質をも備えたはずだ。それを判定することが、かれの正体を見さだめる。それは、フランクリンでは、この書簡で特徴的に示されるように、偵察のための分散だった。

「貧しいリチャードの暦」は、国を創設するさいにペインの『理性の時代』と同じだけ重要だった。――かれは、それらの格言により、ある所有の誇りを打ち立てた。

たんに生まれだけよい人びとに侮蔑を投げかけ、だが家族の本拠となるべき財産の創設を強調して、かれは貴族制度を妨げつつ、それを創るという貢献をした――その限定条件は外国のものを拒絶し、土着のものを支持することだった――**今の時間は**、ある低い水準で。かれは時間のために、争いをした。かれは卓越した外交官であり、積極的な新世界の特質を備えていた。

かれの精神は**すべて**、新世界に発していた。かれは、ある強さを、新しいもの自体を背後に感じて、フランス、イギリス、どの国に対しても狡猾になれた。なぜなら生きるためにかれは、原初の荒野の巨大な力と狡猾に向き合う必要があったから。その諸条件と戦うべく、かれは育てられた。それゆえ、それらの国々に**等しい**大きさに慣れていて、かれは、その国々を操ることができた。ここでもかれは、みずからの土着性を証す。

かれは強力で、その生来の力において新世界そのものだったが、美を欠いていた。新世界の力は、これらの男において、解放的ではなかった。それは狭く、隠密で、ほとんど卑屈だった。大衆は、その強烈な力を逃れるため、かれらに凡庸を賞賛させた。だから、かれが侯爵夫人の手に**触れる**ことには、雷に手を出すことには、一種の嫌らしさがあった。ロンドンに対する、愚かにも灯りの足りない街路の照明についての助言には、自分が横柄な成り上がり者であることへの怨恨が含まれていた。

新世界には、公然と提示する十分な力をもつ人間は、まだ出現しなかった。だからフランクリンにおいても、口調は怯えて、ひどく上品ぶっていた——最悪の場合には。それは、デ・ソトにおいて、すこし燃えあがった。ブーンは、己を荒野に失う必要があった。女たちは存在しなかった——サミュエル・ヒューストンの花嫁は怯えて去った〔本書一九章参照〕。ニューイングランド人たちは、賢い、骨でできた男たちだった。どこにも、公然とした、自由な提示はなかった——インディアンを除いて。それが特質だ。ジョン・ポール・ジョーンズはアメリカ海軍を離れて、ロシアに行かねばならない〔次章参照〕。放出を求めて、とぼくたちは感じる。

ぼくたちの歴史を評価するには、この国は、群がる欲望、守る欲望——恐怖のためだ——の子孫であることを、理解せねばならない。その欲望は、大いなる美と最も熟した花をもつ新世界に、付加された。その世界を、ほとんどの卓越した男たちは見なかった。ブーンを除いて。

フランクリンは、この臆病さの、みずからを否定する強さの、十全な発展だった。

科学に仕えるかれの熱意とは、そうしたものだ。

これらの開拓者にとって、「教育」は、かれらが体得できない大いなる美の不明確な知識を表した。だがみずからの足元の大いなる美について、だれも、評価できる程度まで意識しなかったようだ。それは、かれらが最初に感知すべき基盤だったが。

どこでも、十分な提示は遂行されなかった。冗談として、を除けば。冗談のそぶりで、残りを隠す。新世界の恐るべき美は、男たちを破滅へと誘った。フランクリンは、破滅させられるのは嫌だった――触りたかっただけだ。

「かれは雷などと戯れなければよかった、とぼくは思う。放っておけばよかった――ふざけた老いぼれさ」。たしかにかれは、そいつを頭のてっぺんから入れてつま先から出す気はなかった。そいつと、ふざける**必要**があった。そいつの力を感じて、それを使って機械を動かす程度に知っただけだ。かれの指は、いじくり、小さな具体的なことをしたくて疼いた――圧倒されるだろう光の洪水への障壁だ。もちろんかれは、最も有益な、「フィラデルフィアあるいはアメリカのおよそ最も勤勉な市民」だった。水路の番人であり、荒野を機知で閉め出した。恐怖が、かれの好奇心を駆りたてた。

なにか、なんでも、するがいい。指を忙しくする。――雷を――実感しないためだ。勤勉であれ。金銭と安楽を増やせ。金銭は、舞踏が恐ろしくなるのを防ぐ鐘だ。静寂があるなら、ぼくたちは物音を、グフッ、ドシン、ヒュッヒュッを聴くことになる。金銭は、小さく硬い。注意力を固定する。眼は見なくなる。そしてユーモアも、その類だ。一セント銅貨の集まりで――合計すると銅が金になるのが見える。戯れという控えめな鎧の下に、狡猾な計算が隠れる。

貧しいリチャード。

立腹させるな。

新世界は大いなる抱擁を申し出たが、かれの素晴らしい答えは**倹約**だった。夜も昼も働け。築け。一銭ずつ。脅威、人生の恐怖、貧困への壁だ。安心できる砦を作れ。

第一の性格は、新しい種族の凄まじい精力だった。第二のそれは、**新しいもの**を前にしての恐怖だ。青年のとき、かれは試しに一度自分を緩めて、愛に、おそらくは好奇心に向かった。それが、最初の息子の誕生だった。だが、その大胆さの恐怖は、かれの魂を抜いたにちがいない。一度大胆に行動して、かれの心は後ずさりした。手を伸ばしたことが、かれを打ちのめしたにちがいない。だがフランクリン、抜け目ない男は、人を麻痺させる判定に身を委ね、改悛するにせよ反抗するにせよ、烙印を押されはしなかった。かれは陽気にフィラデルフィアへと徒歩で移って、最初の日にアーチ通りの店でベティに目を留めた。

かれは、詭弁に関してぼくたちの預言者であり、偉大な道化であり、一セント切手の顔だ。かれが青年期に受けた衝撃は、憲法の組織に入り込んだ。かれは冗談によって、豊かな人生に参入した。かれは冗談によって、国をよき連合へとまとめた。要塞化し、締め上げ――愉しみ、**生きる**意志も維持する――（隅のほうでだが）。

貧しいリチャード。貯めろ、金持ちになれ――それから好きにしろ。――これが、かれの標語だったかもしれない。だが附則は、きみの家に丈夫な壁と分厚い鎧戸があるなら、というものだ。子羊の革を纏ったリチャード王子。貴族たちに本心を隠し、控えめに、傲慢に（貴方も私を模倣する気になられるために）、すべてに手を触れる。

手を触れたい欲求、何ものも綺麗で超然としたまま残したくない欲求は、つねに一種の臆病から、恐怖から起こる。

かれら（わが国の先駆者であった政治家たち）の特質は、その優れた精力を、そうしたにちがいないが、小さな、狭い、防御的なものに向けたことだ。偉大な新世界に向けて、ではなかった。だが、そこから手を離すこともできず、**さわる**ことになった。「実際的」なやり方で。つまり冗談まじりの、こそこそした、あくどい、「科学的」なやり方で。蛮人や科学者の高邁なやり方でなく、恥ずかしげに。その力の恐るべき広大さは、かれらを混沌に投げ入れただろう。かれらはできることをする**必要**があった。だが、かれらの特質を名ざすことには、悪意はない。かれらは、周囲の新しい**特質**に刺激を受け、新たな精神によって、美しさに身を委ねることもできたはずだ。

ひとりの男を特徴づけるのは、かれの熱中が向けられる場所だ。

これは、フランクリンを貶めるのでなく、かれを形成した障害の性質を、評価するためだ。特徴的な群衆の圧力。わが国の英雄のほとんどは、押し戻された。——そして抜け目なく壁を作った理由で、賞賛されてきた。開花についてでなく。

新世界を発見すること。そこに何かがあること。それがぼくたちにしたこと。その特質。その重み。その預言者たち。その——すさまじい気質。

ぼくたちの歴史のけちくささ。ぼくたちの愚かさ、魂ののろさ。歴史記録の偽り。問題を根本的に捉え損なう。間違った考えに向けられ、いまだに執拗に、恐怖が法と習俗に息を吹き込む。——チペワ族の素晴らしいトウモロコシの踊りの抑圧。なぜならそれは生成の過程を象徴するから。——まるで道徳はひとつの側面しかもたないかのように。それは——**性**。道徳が**純粋**の名のもとに歪められるあいだは。やがて、混迷のなか、偉大な**アメリカの新世界**には、何も残らない。インディアンの記憶を除けば。

15　ボノム・リシャール号とセラピス号の戦い

ジョン・ポール・ジョーンズ（一七四七―九二）は、スコットランド生まれ。ヴァージニアに移住し、独立革命勃発とともに植民地海軍に参加。ブリテン島海域で敵の艦船・商船・港湾等を襲撃する作戦に従事。レンジャー号艦長（一七七八）。フランスの援助を得て編成した艦隊の司令官として旗艦ボノム・リシャール号を指揮し、英艦セラピス号を破る（七九）。戦後はロシア黒海艦隊に加わる（八八―八九）。パリで客死。
　本章は全体が、ジョーンズのフランクリンへの報告書簡の引用である。Wはそれを、ボストンのオールド・サウス協会刊の歴史資料シリーズの一冊で読んだ。海戦の細部については、Joseph Callo の *John Paul Jones: America's First Sea Warrior* (Naval Institute Press) を参照した。

セラピス号艦上にて、オランダのテセル島に停泊、一七七九年十月三日

ベンジャミン・フランクリン閣下

親愛なる閣下。——私は八月十一日、グロワ島［フランス西部］の停泊地からの出発前にありがたくも閣下に書状を送らせていただきましたがその折には、フランスとアメリカの共通の大義のために重要なご奉仕をするという嬉しい見通しを前途に有しておりました。私は、私の義務の遂行において、指揮下の艦長の全員が私に喜んで倣い、補佐し援助する自発的な意志および能力を有すると、完全に確信しておりました。かつ私は、その全員が利益よりは名誉を進んで追求すると信じさせられておりました。

私が欺かれておりましたか否かは、状況の説明により最も明らかになることでしょう。

私の指揮下の小艦隊は、砲四十門のボノム・リシャール号と、三十六門のアライアンス号と、三十二門のパラス号と、十八門のセルフ号と、十二門のヴァンジャンス号と、二隻の私掠船ムシュー号とグランヴィル号からなっていたが、八月十四日夜明けにグロワの停泊地から出帆した。同日にわれわれは南方からブレスト［フランス西部］に向かう大きな船団と合図をした。

二十三日にわれわれは、クリア岬島［アイルランド南端］とアイルランドの南西部を見た。その午後、凪いでいたので、私は北西方向に見えた一隻のブリガンティン船［二本マストで小型］を捕えるため、武装ボートを数隻送った。その直後の午後に、船の前を曳くボートが必要になった。スカロクスと呼ばれる南方の岩場とブラスケッツと呼ばれる北方の岩場［アイルランド西部沖の島］のあいだの、深く危険な湾にわれわれを送るであろう潮流に対し、舳先の向きを保てなくなったためである。船のボートは不在なので、私は将官艇を前に出し船を曳かせた。ボートはブリガンティン船を捕えたが、フォーチュンド号という名で、ニューファンドランドからブリストルに向い、油と鯨の脂肪と板材を積んでいた。私はただちにその船にナントかサン・マロ［フランス西部］に進むよう命じた。日没後すぐ、その船を曳く悪党たちは曳き綱を切り、私の将官艇とともに逃走した。彼らを戻らせるため何発か発射したが、無駄だった。その間、ボノム・リシャールの船長は命令なしに船のボートの一つに乗員を載せ、四人の兵士で脱走者を捕えるために将官艇を追わせた。夕暮れは晴れて静穏であったが、その将校、カッティング・ラント氏は熱意により、あまりに遠くまで追跡した。まもなく生じた霧により、私が合図の砲を頻繁に撃ったにもかかわらず、ボートは船に合流できなかった。霧と凪は翌日夕刻まで続いた。午後にランデ艦長［アライアンス号］はボノム・リシャールに乗艦して、私に敬意を欠いた態度で接し、まったく無作法な物腰と言葉で、獲物を捕えるためボートを軽率にも出したことにより私がボートと人員を失ったと断言した！　彼はその非難をくり返した。ド・ウェベール氏とド・シャミヤール氏が、将官艇は脱走のとき船を曳いており、獲物を追跡していなかったと彼に確言したにもかかわらず。彼は前日に、私の命令なしに追跡し、すでに言及した危険な海岸に接近することを、私が彼に許さなかったことに立腹していた。その場所に彼はまったく経験がなく、そのときは船を統御する十分な風はなかった。彼は自分は艦隊で唯一のアメリカ人であり［フランス軍人だったが参戦のため急遽マサチューセッツ州籍を取得］、彼が適切と考える時と場所で追跡を行ない、また任務に関する他のことに関して、自分自身の判断に従う決意だと述べた。また、私がこのやり方であと三日続ければ艦隊は失われる等と述べた。ド・コティノー艦長［パラス号］の助言により、またド・ヴァラージュ氏

［セルフ号］の同意と是認により、私はセルフ号を、海岸を偵察し、翌日にボートと人員を捕えるため送り出した。その間艦隊は、南西方面で海岸に着かず離れず航行し、往復する敵の商船を捕獲する最良の状況にいた。セルフ号は、この海岸をよく知る水先案内人を乗船させていて、日暮れ前に私に合流するよう命令された。私は午後に海岸に接近したが、セルフ号は現れなかった。これにより私はまた夜に海岸を離れることを余儀なくされ、翌日戻りセルフ号に合流することを試みた。だが私を大いに不安にさせ失望させたことに、海岸を移動し内輪で取り決めた印を掲げても、ボートもセルフ号も合流しなかった。その日二十六日の夕刻は嵐をもたらし、南西から激しい風が兆したが、北方に舵を取ったとき、私は自分の判断ではなく、ランデ艦長から来た断言に導かれたと陳述せねばならない。そのため私は、あと一週間留まりたかった場所を離れる合図を送った。風は夜に荒天とともに勢いを増した。たがいを見失うことを避けるために、私は檣楼灯を掲げ、十五分おきに砲を撃った。私はまた、帆を控えめに張り、針路を夜の前に合図により明確に指示した。だがそれらの用心にもかかわらず、私は朝にブリガンティン船であるヴァンジャンス号が同行するのを見ただけで、グランヴィル号は後方に獲物とともにいた。私がのちに理解したところでは、パラス号は舵が真夜中過ぎに壊れ、追いつくのを妨げられたが、アライアンス号に関してはいかなる弁明も示されていない。

三十一日にわれわれは、スコットランドの北西沿岸のルイス島近くに位置するフレーム諸島を目にした。翌朝ラス岬沖で、われわれは向い風のなか一隻の船を追跡したが、同時に二隻の船が北西方面に現れ、それらはアライアンス号と、私の理解ではリヴァプールからジャマイカに向かうところを捕えた獲物の船であった。私が追跡した船は正午に止まった。それは、敵国船拿捕免許状の対象の連合王国の船であり、ロンドンからケベックに向かい、湖水上のイギリス海軍船舶のために調達した、政府の海軍物資を積んでいた。アライアンス号が無思慮にもアメリカ国旗を掲げたため、公の書状は失われた。ボノム・リシャールにはイギリス国旗がはためいていたが。ランデ艦長は小さなボートを送ってきて、私と彼のどちらがその船に人員を送るべきか訊いてきた。後者の場合彼は、ボノム・リシャールからのいかなる船や人員がその捕獲物に近づくことをも容赦しないであろう。私はこれは馬鹿げていると思ったが、平和を保つために譲り、捕虜をボノム・リシャール号上に引き受け、捕獲した船にはアライアンス号からの人員が向かった。午後に別の帆が見え、私はただちにアライアンス号に追跡するよう合図した。だが従う代わりに、彼は船首を反対側の風下側に回した。翌朝私はアライアンス号と話すため合図したが、注意は払われなかった。私はそれから仲間の船との第二の合流のために帆を増やしたが、そこはあまり遠くなく、パラス号とセルフ号による合流を十分期待していた。

九月二日われわれは夜明けに一本帆を見つけ、追跡した。その船はパラス号と判明したが、ボノム・リシャール号と離れて以来成果はなかった。

三日にヴァンジャンス号は、ノルウェーから戻るアイルランドの小さなブリガンティン船を停船させた。同夕刻私は北東方面にヴァンジャンス号を送った。シェトランド諸島［スコットランド北東沖］に近すぎると私には見えた二隻の獲物の船を連行するためだった。その間アライアンス号とパラス号とともに、私はフェア島［シェトランド諸島の一］の風上を通り、第二の合流を試みた。私はヴァンジャンス号に、そこで三隻の捕獲した船とともにわれわれに合流するよう命じた。翌朝フェア島の風上を通り、ヴァンジャンス号も捕獲した船も見えず、私はアライアンス号と交信して、北に航行し、それらの船を合流点に連れてくるよう命じた。

四日朝にアライアンス号はまた現れ、底荷だけの二隻のひどく小型のスプルース船［一本マスト］を停船させていたが、前日の私の命令に適切に応じていなかった。ヴァンジャンス号はまもなく合流し、ランデ艦長は拿捕した船の指揮官に命令を行ないその結果、それらは合流点まで彼を追うことを拒否したことを、私に知らせた。私は今にいたるまでランデ艦長がいかなる命令をそれらに与えたか知らず、またいかなる権威により、私の存在にもかかわらず、私の知悉も承認もなく彼が拿捕した船に命令を出したか知らない。リコ艦長［ヴァンジャンス号］がさらに告げたところでは、彼は拿捕したブリガンティン船を、水漏れを理由に焼いていた。私は遺憾なことにあとで知ったが、その船はアイルランドの所有であっても、積荷はノルウェー臣民の所有であった。

夕刻に私は艦長たち全員を、今後の作戦計画の相談のためボノム・リシャール号艦上に呼び寄せた。コティノー艦長とリコ艦長は従ったが、ランデ艦長は頑迷に拒否し、私に種々の無礼な通信をしたあと、書面の命令に対してじつに途方もない返答を書き送ってきた。それを送ったのは、彼は私の口頭の命令を無視するためであった。翌日水先案内人のボートがシェットランドから帰艦したが、その手段により私は、さもなければ追求するはずであった計画を変更するよう導かれた。セルフ号は第二の合流点に現れなかったので、私は第三の合流点に航行しそこで再会することを望んだ。

午後に激しい風が起こり、間断なく四日続いた。強風の二日目の夜に、アライアンス号は、二隻の拿捕した船とともにボノム・リシャール号から離れた。今やパラス号とヴァンジャンス号しかともにいなかったが、私は重要な奉仕をなしとげる望みを捨てなかった。風は逆向きに吹きつづけ、われわれは十三日の夕刻まで陸地を見なかった。そのときスコットランド南東のチェヴィオット丘陵が見えた。翌日われわれは種々の船を追い、船を一隻とブリガンティンを一隻捕えた。どちらもエディンバラ湾からで、石炭を積んでいた。リース停泊地［エディンバラ外港］には二十砲門の武装船が、二、三隻のカッター艇［小型ボート］を伴い投錨していると知って、私は遠征隊を組織した。私はそこから高額の賦課金を取るか、さもなくば灰燼に帰するつもりだった。私が単独であったら、風は折よかったので、ただちに湾に進み、成功したにちがいない。なぜなら、敵は完全な怠惰と安心の状態にあり、それが破滅の元となったはずだからである。だが私にとって不運なことに、パラス号とヴァンジャンス号はともに沖合のそうとう離れた所にいた。南方に追跡していたからである。これによりそれらと再会するためにわれわれは湾外に出ることが必要となった。パラス号とヴァンジャンス号の艦長がボノム・リシャール号の艦上に戻ったとき、私は彼らに私の計画を伝えたが、それに対し多くの困難の指摘と反対が示された。だが私が、リースに対して英貨二十万ポンドの賦課金を課すつもりであり、そこにはわれわれの上陸を阻む砲列はないことを保証すると、彼らは私の計画にようやく賛成する様子を示した。だが、その夜、鋭い指摘と賢明な熟慮に多くの時間が避けがたく費やされた結果、風は朝には逆向きになった。

われわれは風上の湾へと接近したが、リース停泊地に達することはできず、ようやく十七日朝に、町まで砲弾が届く距離にほとんど至った。だが襲撃のためのすべての準備をしたとき、きわめて激しい突風が起こり、完全に逆向きであったため、その激しさにあらがう虚しい努力をしばらくしたあと、離れざるをえなかった。突風はじつに激烈で、十四日に拿捕した船の一つは海底に沈み、乗員は辛うじて救われた。そのときにはわれわれの動きを見ていたカッター艇によってリースへの警告が届いたので、また風は逆向きのままだったので（ただし夕方には前より穏やかだったが）、私は成功の展望をもちその計画を追求することはできないと考えた。とりわけエディンバラには、つねに一定の部隊がいて、リースからは一マイルの距離なので、その理由で私は計画を諦めた。

二十一日われわれは、二本の帆をフランバラ岬沖［イングランド東北部］に発見し、パラス号は北東の方向へ、ボノム・リシャール号はヴァンジャンス号を従え南西の方向へ追跡した。私が追跡したほうは、スカーバラ港［同前］に属する空荷の石炭運搬用ブリガンティン船だったが、まもなく捕まり、南方に船団が見えたのですぐに沈められた。午後も遅かったので私は夜までには船団に追いつけなかった。だがようやく私は接近し、船にフランバラ岬とスパーン砂州のあいだで座礁することを強いた。まもなく私は別の一隻、オランダからのブリガンティン船でサンダーランド港［同前］に属するものを捕まえた。そして翌朝夜明けに、スパーン砂州から私のほうに航行する船団を見つけて、私はしばらくそれを予想していたロンドンからリースに向かう輸送船団だと想像した。その一隻は三角旗を掲げ、軍艦に見えた。だが彼らは近づく勇気はなく、遠ざかったが、一隻は別で、武装しているように見え、風上の、陸地に非常に近い危険な浅瀬の縁に留まり、そこに私は安全に近づけなかった。そのため私は水先案内人を求めて合図をし、その後すぐ二隻の水先案内人のボートがやって来た。彼らは私に、三角旗を付けた船は武装商船であり、ハンバー河口［同前］の見える所に投錨している国王の艦隊が、北に向かう商船護送船団を編成するまで待っている、と告げた。案内人たちはボノム・リシャール号をイギリス軍艦と想像していて、したがって彼らが送らねばならない内密の合図を私に伝達した。私はその手段により船団を港から誘い出そうとしたが、そのとき風向きが変わり、潮流は彼らに不利になったので、欺瞞は望んだ効果を挙げず、彼らは賢明にも引き返した。ハンバー河口はきわ立って困難で危険であり、パラス号が見えないので、私は河口外にいることは思慮を欠くと考えた。私はそれゆえフランバラ岬沖でパラス号と合流するため航路を取った。夜にわれわれは二隻の船を見つけ朝の三時まで追跡したが、そのときそれらとはきわめて短い距離であり、私は、グロワ出港前に各艦長に伝えた内密の確認の合図を送った。答えの半分だけが戻ってきた。双方はその位置に夜明けまで泊ったが、船はアライアンス号とパラス号であると判明した。

その日二十三日朝、オランダからのブリグ船［横帆の二本マスト、ブリガンティンより大型］が見えないので、われわれは風上に向け泊まっているように見えるブリガンティン船を追跡した。正午ごろわれわれは、北からフランバラ岬を越えてくると見える大きな船を見つけ追跡した。同時に私は、水先案内人のボートの一つに武装した乗員を載せ、ブリガンティン船を追わせた。それは今は、私が座礁させた船と思われた。すぐあとに四十一の船からなる船団がフランバラ岬から現れ、北北東に向かった。これに応じて私は、バーリントン湾に投錨する唯一の船を放棄した。私はまた水先案内人のボートを呼び戻し、一斉追跡の合図を掲げた。船団は迫るわれわれに気づくと、商船はすべて帆を増やし岸に向かった。船団を守る二隻の軍艦は、同時に陸から迫り、戦闘態勢を取った。敵に近づきながら、私は可能なかぎり帆を増やし、戦陣のための合図を送ったが、それに対しアライアンス号は何の注意も払わなかった。私は必死に急いだが、夕暮れの六時まで司令官の艦に追いつけなかった。短銃が届くほどの距離になり、ボノム・リシャール号を激しく攻撃してきたとき、われわれは片舷斉射で応えた。

かく始まった戦いは、止むことなく激しく続いた。優勢を得て相手を掃射するためあらゆる手段が用いられた。私は告白せねばならぬが、敵艦は、ボノム・リシャール号より操縦性能がよく、それを妨げる私の必死の努力にかかわらず、何度か有利な態勢を占めた。私は非常に優勢な敵と戦ったので、操縦の点で敵の優位を消すため、敵と接近しつづける必要があった。ボノム・リシャール号を敵の船首に斜めに位置させることが目標だったが、その作戦は帆と舵輪の操作の非常な熟練を要求し、われわれの操桁索の一部は破壊されたので、私は完全に望むようには成功しなかった。だが敵の船首の円材はボノム・リシャール号の船尾楼を第三檣の所で横切り、私は双方の船がその態勢できつく接触し合うように仕向けた。敵の帆への風の力は、その船尾をボノム・リシャール号の船首に強く押しつけ、両船はまともにたがいの横に並び、帆桁はすべて絡み合い、双方の大砲は触れた。この態勢になったのは八時で、その前にボノム・リシャール号は水面下に何度か十八ポンド砲弾を受け、そうとう浸水していた。私がおもに頼りにした十二ポンド砲列は、デール大尉とド・ウェベール大佐に指揮され、おもにアメリカ水兵とフランス義勇兵を配置したが、完全に沈黙させられ放棄された。下の砲塔甲板の六門の古い十八ポンド砲は、何ら役に立たなかった。三つのうち二つは、最初の発砲で破裂し、操作のため配置したほぼ全員を殺した。それ以前に、船尾楼で二十人の部隊を指揮したド・シャミヤール大佐は、部下の何人かを失うとその場を放棄し、そこの兵は部署を棄てた。私には今や後甲板の二つの九ポンド砲しか黙していないものがなく、より大口径の砲は一つとして会戦のあいだ発射されなかった。事務長のミーズ氏は後甲板の砲を指揮したが、頭に重傷を負い、やむなく私がその代わりをした。非常な苦心をして数人の部下を励まし、後甲板の砲の一つを動かし、のちには三つの九ポンド砲を敵に向けて撃った。檣楼だけがこの小さな砲列を支援した。とくにスタック大尉が指揮した大檣楼が。私は三つの大砲のうちの一つを、二重弾頭を使い大檣に向けた。他の二つは葡萄弾と散弾をきわめて巧みに撃ち、敵のマスケット銃兵を沈黙させ、甲板を一掃する目標を助けた。それはようやく達成された。敵は、私がその後理解したところでは、助命を願い出る寸前だった。だが、そのとき私の部下の将校の三人は臆病ないし裏切りにより、敵に呼びかけた。イギリスの司令官は私に助命を求めるか訊ねたが、私が決然として否定すると、彼らは二倍の猛烈さで戦いを再開した。彼らは甲板を維持することはできなかったが、彼らの砲火、とくにすべて十八ポンド砲からなる下の砲火は、たえまなかった。双方の船は各所で火に包まれ、情景は言葉にできぬほど悲惨だった。私の部下の将校の怯懦を説明するなら——すなわち砲手と営繕係と先任伍長——先の二人はわずかにせよ負傷していたと述べねばならない。船は水面下にさまざまな砲撃を受け、ポンプの一つは破壊されたので、営繕係は船が沈みかけているという怖れを表明し、他の二人は沈みかけていると結論し、それを機会に砲手は船尾楼へ、私の知らぬうちに旗を下ろすために駆けた。私にとって幸いなことに、大砲の一撃がすでに旗竿を吹き飛ばしていた。彼はそれゆえ、自分の考えたように沈むか、助命を求めるかの選択を不可避に迫られ、後者を選んだ。

その間ずっとボノム・リシャール号は戦闘を単独で維持しなければならず、敵は、戦力では優勢だったが、喜んで離脱したであろう。彼ら自身が認めるように、また、私が彼らに接舷するやいなや錨を投げたことが示すように。私が彼らをボノム・リシャール号ときつく接舷させなければ、そのやり方で彼らは離れたであろう［実際は投錨は英側も接舷戦を選んだため］。

ついに九時半にアライアンス号が現れ、私は今や戦闘は終わると考えた。だが私を驚愕させたことに、彼はボノム・リシャール号の船尾に片舷斉射をまともに加えた。われわれは彼に後生だからボノム・リシャール号への砲撃を止めるよう呼びかけた。だが彼は船の右側を通過して砲撃を続けた。外観と構造がまったく根本的に違ったので、彼が敵艦とボノム・リシャール号を間違える可能性はなかった。さらにそのときは明るい月夜で、ボノム・リシャール号の舷側は真っ黒で、獲物の側面は黄色だった。だが、さらに明確にするため私は三つの角灯を掲げて確認の合図をした。一つは船首（舳先）、もう一つは船尾（後甲板）、第三の物は水平な線のまんなかに。全員の口が間違った船を撃っていると叫んだが、無駄だった。彼は旋回して、ボノム・リシャール号の船首、船尾、舷側を砲撃した。その砲弾の一つで、私の最良の部下たちを何人か殺し、船首楼の優秀な士官に致命傷を負わせた。私の状況はじつに悲惨になり、ボノム・リシャール号はアライアンス号から水面下を何発も撃たれ、浸水はポンプより勢いが勝り、火は両船で燃えさかった。その勇気と良識を私が高く評価する士官の何人かは、降参するよう私に説得した。裏切り者の先任伍長は私の知らぬうちに捕虜をすべて逃し、私の展望は実際暗鬱なものとなった［実際は捕虜も消火に参加］。だが私は戦いを諦めなかった。敵の大檣は揺らぎはじめ、砲撃は衰え、われわれのほうはむしろ盛んになり、十時半にイギリスの軍旗は降ろされた。

獲物は、イギリス軍艦セラピス号と判明した。四十四砲門の新造船で、彼らの最も評価の高い設計で作られ、二つの完全な砲列を備え、その一つは十八ポンド砲からなり、勇敢なリチャード・ピアソン司令官により指揮されていた。私が遭遇したブリテン人より恐るべき敵は二つしかない――すなわち火と水である。セラピス号は第一のものだけに責められたが、ボノム・リシャール号は両方から襲われた。船倉には大量の水が入り、それは多くの火薬の爆発により緩和されたが、残った三台のポンプはただ辛うじて水が増すのを防ぐだけだった。火は船の各所で、消すために掛ける水にかかわらず燃え、ついには火薬庫で、火薬まで数インチに達しはじめた。その窮地のなか、私は火薬を甲板に上げ、最悪の局面に至れば海に投じる用意をした。そして火が完全に消されたのは、翌日二十四日の十時だった。ボノム・リシャール号の状況に関しては、舵は完全に船尾船体から脱落し、船尾肋板はほぼ切り離され、材木は、とくに大檣から船尾に至る下甲板でひどく老朽していたが、私の描写の能力を超えるほど損傷した。そしてどこにも見えた流血と残骸と破壊の情景について正確な観念を得るには、人はその目撃者である必要がある。人間性は、これほど完全な恐怖の情景からは後ずさりし、戦争がこれほどの致命的結末を産むことを嘆けるだけである。

営繕係と、ド・コティノー艦長と、他の良識ある人びとが艦をよく観察検査したあと（それは夕方五時まで終わらなかったが）、私は、もし風が増すならボノム・リシャール号を港まで浮かせておくことはできないと全員が確信していることを発見した。そのときは風はまだ穏やかであったが。今や避けがたい負傷者の搬送を行なうにはわずかの時間しかなく、それは夜と翌朝のあいだに実行された。私はボノム・リシャール号を沈めず、可能なら港まで曳航しようと決心した。そのために、パラス号の甲板士官は一群の部下と乗艦しつづけポンプを動かしたが、水が急速に増える場合に備え彼らを乗せるボートも準備した。風は夜と翌二十五日に増しつづけ、懐かしき船の沈没は不可避となった。彼らは船を九時まで見捨てなかった。水はそのときに下甲板まで上がり、少しあと私は言いがたい悲嘆とともに、ボノム・リシャール号を最後に一瞥した。人命は失われなかったが、いかなる物資を救うこともできなかった。私は衣服と書物と書類の大部分を失い、士官の何人かは、衣服と所持品のすべてを失った。

かく私の指揮下にあった小規模の兵力に随伴した状況および事件を明確かつ簡潔に述べる試みをしたうえで、私はそのさいの私の行動を、上官と無私なる公衆との審判に委ねたい。しかしながら私は、私の指揮下に置かれた戦力はよく組織されるに遠かったと述べる許しを得たい。その関係者の大半は、利益の追求のみに傾く様子であったゆえ、私はおよそ彼らと関わったこと自体を深く遺憾とする。私はフランス宮廷より賜ったご配慮に最高度に感服する者であり、それを私は生涯の終わりまで無欠の感謝とともに記憶する。私は、わが名誉にかなない公務を続けられるあいだは、つねにそれにふさわしく身を処す所存である。腹蔵なく語らねばならない。私はつねに大陸会議の十分な信頼を賜り、またフランス宮廷の一定以上の信頼を享受させていただいていると自認するので、私はド・ショーモン氏の行動には驚かざるをえなかった。氏は、グロワから出港するやいなや、私が数日前に任命した士官たちと同様に、氏の取り出した書類、協定書に私が署名するよう求めた。その書類は、無礼の程度が低かった場合でさえ、仮にはじめに示されていたなら、私はそれをただ軽蔑とともに退け、何より交替といった言葉が必要となったであろう。しかしながら私は、彼が宮廷から私とそのような契約をする権限を与えられたとは想定できないし、海軍大臣の意図により、ド・ショーモン氏は私を他の艦の指揮官のたんなる同僚と見なし、彼ら全員に、彼の知ることのみならずわれわれの目的地や作戦について彼の考えることとすべてを知らせた、とも想定できない。ド・ショーモン氏はボノム・リシャール号の出費について種々の非難をしたが、それに関し私は自分が正当に非難されるべきとは考えない。シャミヤール氏が証言してくださるが、ボノム・リシャール号は要するによく装備され戦の用意があるには遠かった。もしその武装の費用を任された一人ないし複数の人物が間違った行動をしたなら、その過ちを私に帰するべきでない。

私はその武装を監督する権限をもたず、権限をもった人士は私が必要と考えたものを与えるに遠かった。ド・ショーモン氏はたとえば、戦争捕虜を繋ぐための鉄材を供給することを拒否した。

要するに、わが人生の続くあいだ、共通の大義に優れた十分な奉仕をできるあいだは、私以上に勇んで進み出る者はいないであろう。だが私は名誉を汚されるつもりはなく、また誰からも中途半端な信頼を受けるつもりはない。言うまでもなく私は、目標と行き先が、艦列の他の誰でもなく私だけに通知される場合にのみ、私の名誉と成功の見通しと両立して今後の遠征を企てることができる。軍隊が乗船する場合は、同様の信頼は最高司令官だけに与えられる。それ以外の条件では、私は軍人として遠征の最高指揮を取るつもりはない。そして最高指揮を取らない場合は、私は秘密に与ることを望まない。

ボノム・リシャール号がセラピス号と交戦するあいだ、コティノー艦長［パラス号］はカウンテス・オヴ・スカーバラ号と交戦し、一時間の戦闘ののちに拿捕した。カウンテス・オヴ・スカーバラ号は二十門の六ポンド砲の艦で、王の士官によって指揮されていた。作戦中カウンテス・オヴ・スカーバラ号とセラピス号はそうとう離れていた。そしてアライアンス号は、私が知らされたところでは、パラス号に砲撃し、何人か殺した。仮になぜ英国船団は逃れることが許されたかを問われるなら私は、私自身は追跡する態勢になく、残りのどの艦もその姿勢を示さなかったと答えねばならない。リコ氏［ヴァンジャンス号］でさえ同様であり、作戦中ずっと風上に離れて留まり、私の大尉と十五人の部下の乗った水先案内人ボートを力ずくで寄せつけなかった。アライアンス号もまた、船団を追跡する位置にあった。艦は一人も負傷せず、セラピス号から一発も発射されず、カウンテス・オヴ・スカーバラ号から破壊力のある三発を受けただけであった。それも非常に離れていたため、一発は側面に刺さり、二発はかすめただけで水に落ちた。アライアンス号は、セラピス号の艦上の一人だけを殺した。ド・コティノー艦長は、カウンテス・オヴ・スカーバラ号の捕虜を捉え確保する人員を配置したので、バルティック船団の脱出を彼の責任に正しく帰することはできないと、私は考える。

私は、セラピス号の大檣と第三檣は、その艦長がボノム・リシャール号に移るやいなや船外に倒れたことに、言及すべきであった。

全体としてアライアンス号艦長はあらゆる局面で卑劣に行動したので、私は声を上げその行動を批判せねばならない。彼は、私の指揮と独立して行動する権限があると僭称した。私は反対のことを告げられていた。だがそう仮定した場合でさえ、彼の行動は下劣で許されざるものだった。ド・シャミヤール氏はその詳細を説明するであろう。ランデ艦長か私のいずれかが高度に犯罪的であり、どちらかが罰せられねばならない。私は閣下からの助言と是認を得るまでは、彼に対しいかなる手段を取ることも控えます。私は艦隊のすべての士官からランデ艦長を逮捕するよう助言されました。だが私はそれを長く延期したので、私の至急便への返答到着までは、いま少し彼を容赦するつもりです。

われわれは今日、戦闘以来向かい風にあちこち流されたあと、ここに停泊しました［オランダのテセル」。私は捕虜の存在ゆえにダンケルク停泊地［フランス北部］に行くことを望みましたが、同僚の多数により制止されました。私はアムステルダムに急ぎ、そこでわが政府の指示を得ないなら、フランス大使の助言を受けます。私の現在の意図は、カウンテス・オヴ・スカーバラ号に捕虜をここからダンケルクに運ばせる用意をすることです。彼らをイギリス大使に渡し、ただちに同数のアメリカ人捕虜をダンケルク等に送る義務を確約させることが、仮により簡便であると判明する場合は別でありますが。ここでのわれわれの企図はド・ショーモン氏の軽率により失敗するという強い疑念を、私は抱いています。彼は、この件について知り考えるすべてを、万座の席での口外を我慢できない人びとに伝えています。それが彼の国家秘密を扱うやり方です。彼はけっしてその件を私に伝えませんでしたが。

つねに閣下の
ジョン・P・ジョーンズ。

16　ジャカタクア

本章は、アメリカ文明論、女性論である。「ジャカタクア」は、次章の扱うアーロン・バーが独立革命戦争中のカナダ遠征時に出会った、という伝承のあるインディアン女性。章末に現れる。

恐怖は、愛のように、対象を巨大にする。「森全体が開くかと思った」と、最初に虎狩りをする猟師は言う。「正確にはわからないが三十フィートの大きさに見えた」。情念の壮大さにより、古代の英雄は、そのように思い描かれた。恋人の幸せな眼に、喜びの対象は、そのように見える。大きな驚きと畏怖をもたらし、身ぶり——と視線——のいちいちは拡張され、力と意味に満たされ、強烈になる。冷たい計測など関係ない。ここからロマンスの伝承が育つ。アメリカでは、インディアンの戦いの雄叫びの伝説は、植民者が感じた恐怖のいくぶんかを伝える——だがそれに対応する喜びの伝説はない。

ぼくたちは、アメリカの生とは暴力と直接性の衝撃に満ちている、と信じる。だがそうではない。もしそうなら、それに照応する魂の美があるはずだ——それを証すものが。バラの花の組成のように、ありのままで抑えがたい、偉大な開花が。——それは他の時代や国々の魂と、人間性の基準として、並び立つはずだ。そうしたものはない。

「合衆国は自己の利益を求めず、過去十年間、人類の全歴史で世界の他国すべてが行なった以上の物資的援助を、ヨーロッパと世界に与えた。それは、南アメリカの沿岸から黄熱病を抹消した、云々」。騒ぎ立てるのは、ぼくたちの欲求だ。それと、ぼくたちの巨大な富だ。恐怖の産物——魂への責苦だ。ぼくたちは金儲けをして——用心深くだが——海外での祝福を求める。その富は——純然たる偶然でないすべては——恐怖の産物だ。

これによって、世界はぼくたちを激しく恐れる。巨人であり、愚鈍で（およそ巨人らしく）、罠にはめ、足をすくう対象だ（ぼくたちへの恐怖ゆえに）。憎しみは、どの岸辺からもぼくたちに吠えかかる——ぼくたちが最も与える者たちから最も激しく。富と財産のただなかで、ぼくたちは避けがたくクーリッジ［第三〇代大統領、在位一九二三—二九］の政策を得る。「貧しい国のように」——柔和に。**これ**が世界を前にしたかれの解決策だ。ぼくたちの善良さと勤勉。**これ**が世界に、ぼくたちが**正しい**ことを説得する。それは失敗する。大きな口をきくな。それが抜け目なさ、政略の極致だ。それはうまくいく。ぼくたちは、もっと与えるものをもつ。論理的結論だ。蓄えるにも与えるにも寛大。それは恐怖から生まれる。豊かな国が他の国に己の寛大さを説得することは不可能だ。駱駝が針の目を通るより難しい。ピューリタン、開拓者、「小さな白い農家から」——引き延ばしの産物だ。アメリカ的な生の特徴は、それが抱擁から、衝撃から逃げることだ。恐怖により、安全と時間を求めて、その多産な死体を要塞化する——すると魂は、舌を外に垂らし、格子を噛み——その対象にまさに届かない。ウィルソン［第二八代大統領、在位一九一三—二一］は、その俗悪さで天をかすめた。戸口は、ばたんと閉められるまで、開いていた。かれを我慢できないやつとして描く裏戸口の噂話を、ぼくは愉しむ。

　青年期を通じての引き延ばし、停止、休止。努力でなく、接触に関して。それは生涯、学ばれつづける。蓄積以外に目的はなく、いつも**より大きな**機会への途上にある。ぼくたちは実現を故意に心から遠ざけ、ついにけっして十分に所有せず**見る**だけになる。それは科学者を作り、マゾヒストを作る。冷たく、小さい。冷たいレンズのもとに置く。それは、粗悪な天文学だ。肉体の憧れと気まぐれをもつぼくたちには適合しない。それは、望遠鏡で眼を瞠ろうとするような情熱だ。脱線——アメリカ人の性格は貪欲だが、間接的だ。モーガン財閥、インターナショナル・マーカンタイル・マリーン社［モーガン傘下］、舵をとるフランクリン氏［社長］が例だ。それは抵当として、ホワイト・スター、レッド・スター、アトランティック・トランスポート航路等を所有する。アメリカの航路だが、イギリスの船だ。ぼくたちが、それらを所有する。だが、それらを**もつ**のはだれか？　インドを保持するのに慣れた、より実際的な種族だ。鉄の粗い手触り。

　今宵、長い音楽の時よりよいものがあるだろうか？　くつろぎ、騒乱から離れ、同じ気質の二、三の友とときおり話す。演奏家が、女性であるべきだが、休むあいだに。——性の行為の前の休止、欲望からの中断。それは、エネルギーの圧力を後ろに、川の流れに対する岩のように、蓄える。獲得の不可能は、世界のすべての善の起源、ピューリタンの真の根拠だ。いや違う。すべての善ではない。アメリカ人には、そう思えるが。飽満には至らない種類の経験の蓄えがある。それが向かうのは、叡智、考えうる最上の知、お望みなら仏陀、解脱、安逸、快楽の危険な根底だ。快原理ヲ超エテ［ドィツ語」、とフロイトは看取した。魅惑された圏域を超えて。それは関係がない。ぼくが論じている地域では、知られていない。ここでは、恐怖によって、直接の接触はない。すべてが冷たく、小さく、個別だ——肌の下を除けば。

アメリカに従僕はいない。アメリカ人は、他人に仕えない。それは、恐怖の的だ。他人に仕えるほど楽しいことはないのに。代わりに「奉仕」がある。ラビンドラナート・タゴールは、それを非常に賞賛して、ぼくたちはそれをもつのに気づかない、と言った。物資を、インドのサイクロンの犠牲者に送ることだ。それは情熱だ。だが、べつの人間に、より困難な個人的な献身をもって仕えることは、ぼくたちに疎遠だ。外国人の特技、召使いの特技だ。それを行ない、自尊心を保てなくなることが不安だ。ぼくたちには、できない。かくして、その自尊心の正体が明らかになる。

「どんな貧乏人もいないようにしよう」。これが、ぼくたちの標語だ。ぼくたちは気づかないが、そのおもな理由は、独特の生き方をする貧しい人びとは与える者よりずっと豊かだ、と認識することが不快だからだ。貧乏人は、排除される。その絶滅をめざす宗派が立てられた。ゴキブリであるかのように。ぼくたちが豊かにもつものを望まない人間など、いるはずがない。**それ**は、アメリカ人が受けつけない無礼だ。だから、やつらを消せ。みなが豊かで**平等**であるようにしよう。なんという笑劇か！　だが、なんという悲劇か！　それは、偽の価値に基づく。そのことを認識する恐怖に基づく。べつの人間に仕えるな。きみはかれに**触る**かもしれない。そいつは**ユダヤ人**か**黒んぼ**かもしれない。

きみは、黒んぼの双子を産んだ白人女の話が、ぼくたちにどんなに魅惑的か理解しているか？　みなは彼女を、アパートの有色のエレベーター係と性交したと非難した。夫は即座に彼女を捨てた。もちろん――立派な男だ。だがメンデルの法則をご存じだろう。六世代前に、かれの一家に黒んぼがいたことがわかった！　すべてのよきアメリカ人のための結論がそこにある。だれと結婚するか注意しろ！　注意しろ。たしかで**ない**から。見て、待って、調べろ！

生気を抜かれて。このことばが妥当だ。「メトロノーム」の音のようなもの。機械的手段。ヤンキーの発明。機械は、時間を節約するというより、生気ある接触を怖れる自尊心を救う。その発明に向かうエネルギーは、奇蹟的だ。きみは今では一ブッシェルの小麦を植えてから市場に出すまで、一〇分しかかからないのをご存じか？　植民地時代には、三時間かかった。これは強烈だ。それをなすのは恐るべき力にちがいない。恐怖が情念を排除する力だ。物と接触する距離を増やす機械仕掛けだ。接触しないためだ。

アメリカは破壊力を礼賛する。そうだ。大火事や爆発に興奮する。壮麗に近づく！　世界で最高の消防士。ぼくたちは、少しでなく多数の火事を、冷静に軽やかに見事に遂行される苦行を見て、興奮して暮らす。だが、注意してほしいが、破壊力は奉仕のためだ。軍艦は平和のためだ。企業力は朝食のテーブルにバナナを運ぶためだ。巨大な鉱業活動はぼくたちを運ぶ――いずこへ？　バスルーム、キッチン、病院へ。そこには最大の物理的快適と最小の無駄があり、ぼくたちを救う――なんのために？　ぼくたちは尋ねない。すべては、より親密な衝撃を防ぐためだ。すべては「寛大さ」と「名誉」のためだ。ぼくたちがそれを得ることがあらねばならない。それゆえぼくたちは、完全に、ほんとうに、友人諸氏の窃盗行為を認めることができない。ぼくたちは、そこに達しない。そうするなら、心の平和をひどく乱すだろう多くのことを知るはずだ。

ジョージア州アトランタでは、通りで誘う女たちはパリよりずっとひどい。だが、そこによいものはなにもない――ぼくは、キキ［本名アリス・プラン、二〇年代のパリ「モンパルナスの女王」］やあの愉快な男爵夫人［エルサ・フォン・フレイタク・ローリンホーフェン、ドイツ生れのダダイスト詩人］に似たアメリカ女性がいたとは思わない。夫人は、ある日五番街［ニューヨーク］を、石炭バケツを帽子にして行進した。当然、彼女は逮捕された。当然、どの都市でもそうなっただろう。だが想像するに逮捕されたとして、アメリカでのような顕著な義務感によってでなかっただろう。そうしたことを許せば、ぼくたちすべてに具合の悪い光が投じられる。

裸の魂が、ぼくたちの周囲の世界という特異な事実に衝撃を及ぼすことは、非アメリカ的だ。それをぼくたちは避けて実験室へ、小麦畑へと急ぐ（己のよこしまな情熱を隠し、ごまかし、演技して）。奉仕の精神によって――ぼくたちの特質は全部それだ――利益を塩漬けにし、蓄えを自慢し、怯えつつガラスの心臓のような体質を安定させる。それを保持することに、熱心に協力する。それが機械的な代替ではないかのように。

男は女を編み出し、女は男を吐き出す――大学と街路は機械装置をねじ曲げ焼きなまし、癌を治療し蝿を絶滅し、適切な車両で魚を運び、別の種類で果物を運び、キト［エクアドル首都］の水道で家々のタンクにウグイを入れて、熱病を伝搬する蚊を殺す――ぼくたちの生はねじ曲がりグロテスクで、その巨大な呪物に暗闇のなか支配される。逃げるためなら、なんでも――ぼくたちは素朴さを疫病のように怖れる。**けっして**接触を許さない。ぼくたちはみな、哀れな運命の死体以外のなんだろう？ ねじり、己と己の欲望のあいだに押し込むこのすべての狂奔、この複雑性は、なんのためだろう？

曲げる。あの神経質な、感じがいいと思われたい習癖——ねじ曲がり、グロテスクで。

とりわけ女たちだ——女は存在しなかった——開拓地のケーティーたちを除けば。開花したものはなかった。ポーが見た月下の花や、未熟な子供を除けば。詩人たち？　どこに？　かれらが成果を示す。だが、花開く真の女は、なかった。父親の庭で情熱に飢えていたエミリー・ディキンソンが、ぼくたちがそれに最も近づいた存在だ——飢えていた。

女はなかった。詩人もなかった。これが、公式だ。ここで太陽を見た詩人はなかった。

ああ、男たちは女たちを得てきた。数百万人も。もちろん。立派な、頑丈なジェーンたち。だが、包括的な喜びを産むものが一人でも？　否。ドリー・マディソン［第四代大統領夫人］は派手な人形だった。せいぜい、彼女たちは男になり、席に着き、友人になりたがった。結構。人生にひどく打ちのめされた男たちを相手に、ほかになにができたろう——

マサチューセッツの古い町の記録では、妻を二人もたなかった男はほとんどなく、多くは七人もったことを、きみは知らないか？　五人は、まったく例外ではなかった。なぜか？　最初の妻は、子供たちを荒野に大砲のように打ち出して死んだ。伝統の知恵には、理由がある！　そしてぼくたちは、荒野を愛情を込めて語る。ぼくたちは盲目の間抜けで、眼前の自分たちの歴史を読まず、読んでも途方に暮れる。なにも気づかない。なにも学校で教えない。**それ**はぼくたちを何らかの直接性に導くと、思うだろう。**否**。ぼくたちは、現在の若い女たちの戦後の浮かれ騒ぎを嘆く本を書く。ハンガーフォード氏［知人］は、若い女たちは今も対英反乱の前と違わない、とぼくに請け合う。だが、しっ！

ベンジャミン・フランクリンは、私生児を作り黒い噂のもとで出発したが、のちに自分を救うため、白くなるよう強いられた。貧しいリチャード。かれは地獄を見て、ぼくたちに警告をくり返す。小銭を貯めろ。倹約家のクリーヴランド［第二二、二四代大統領、在位一八八五―八九、九三―九七］も同じだ。経済学者になった。

ぼくたちの生は、ぼくたちをばらばらにし、科学と発明に向かわせる――接触から離れて。もし触るとして、ぼくたちの種族は、フットボールの粗い感触しか知らない。ビル・バード［ジャーナリスト、小出版社スリー・マウンテン・プレス社主］は、アメリカの男は世界最高の実業家だと言う。金儲けの情熱を知る唯一の者たち。それに没入し、虜になる。それは、ゲームだ。ぼくの意見では、ぼくたちがうまくプレーするのは、目覚めるのが怖いからだ。金儲けをやめるのを、想像してみろ。ぼくたちの現実の構想全体が、変わる必要がある。だが実業と、べつの対象との均衡を得ることは、酩酊を、幻想を、一体性を損なう。これは、詩人にはとても厳しい状況だ。詩人は生きるために、何かであらねばならない。流れに逆らい生きる。エミリー・ディキンソン、その明晰さを尊敬できるほぼ唯一の女性は、父親の裏庭で生きた。

ぼくたちの種族は、フットボールの粗い感触しか知らない。触ること、頰、胸への焦燥に駆り立てられ、ぼくたちは――失意に狂乱して大いなる破壊の情景に向けて叫ぶか――冷たさと技巧を賞賛する。

だれが、傷つくことに開かれているか？　アメリカ人でない。傷つくだと。おまえは馬鹿者だ。傷つかない者だけが、英雄になる。ぼくたちは、悲劇への感覚をもたない。失敗した間抜けは、ひどい目にあわせろ。そのどこが、悲劇的だ？　笑わせる！　そういう奴はくたばれ。うまくやれない。それだけだ。

それは一種のセルロイドの陽気さだ（ぼくは劇場について話している）。ぼくたちを接触から切り離し、麻痺させる膜。アル・ジョルソン［ユダヤ系の歌手・俳優、黒塗りの顔で黒人を戯画的に演じた］がホワイトハウスの庭で芸を披露したときの、クーリッジの顔の表情を、きみは見たか？　困惑、恥辱、愉しんでいないと見られることを怖れ、逃げ出したい欲望——どちらの側にもひどい後味だ。だが実際、見るとじつに笑えた。ジャズの注入と、ピューリタン。似たもの同士。どちらもじつは素朴さから、接触から隔たっている。それぞれのやり方で。あの揺する踊りと——恥辱と。

結果は、なにか？　結果は、結果するものだ。もちろん。

ともあれ、結果を得るのは興味深い。きみは、ニューイングランドの一族の末裔を見る——ひどく燃え尽きて。魅力的な人びと。老人が若い娘と結婚する。子息たちは性別こそ男だが、縫い物をし食器を洗いパイを作る。刺繡をし、母の帽子や洋服生地を選ぶ——絵を描く。長身の痩せた男たち。情緒的な精神をもち、挫折を嗅ぎとる。まがいものの貴族主義。友人たちに裏切られると、神経質になり一晩じゅう泣く。それは、女がいないからだ。これらの男は、若いアメリカを推進するのにシナ人よりも場違いだ——チベット人よりも。

女——与える者（だが女たちは、貯水槽としては、空っぽだった）。たぶん女たちはいま充満されつつあるのだろう。仕事でつきあうのは難しい。ひどく保守的で、大地に近い——唯一の大地。女たちは、ぼくたちの牛であり、魂の牛だ——出現はこれからだ。善意を卓越にまで高めた者は、まだいない。「その美を王笏のように振るった」者はいない。それは、素晴らしい機会だ。——だがアメリカの芸術家の示した美学は（女たちの試金石だが）失望させるものだ。ニューイングランドの宦官たち――「サナダムシより性がない」［マーク・トウェイン『自伝』から］。イングランドのかすかな谺。たぶんフランスの、ルソーの谺。ヴァレリー・ラルボーの意見だ。アルバート・ピンカム・ライダー［アメリカの画家］。かれの前景には細部がなく、はるかな欲望だけ。燃えるようだが、「終わって」いる。――ポー。月光。それは、アメリカの女の霊的な不毛性の告知だ。

暴力――新聞は殺人で一杯だが、新聞のためのものだ。それは直接性でなく、**恐怖**だ。欺かれた人びとのヒステリーであり、戦後のドイツ系諸国での殺人と自殺の激増に似ている――パースアンボイ［ニュージャージー州］でポーランド系の名をもつ女を殺害した老人。まったく明瞭だ。女のいない男が、女を見つけた。女はすぐに、かれを苦しめはじめた。女たちは、それしかできない。「あの売女の息子をやっつけろ」。かれは、自分の名誉を損ねる状況に陥り、去勢されるに値した。あらゆる力が、かれを攻撃した。だからかれは、女を殺した。だが**それ**は、情熱の行為か？ たしかに違う。あるいは映画での殺人。それは、渇望の叫びだ。チャップリンは、妻をもつ最初の試みに失敗したあと述べた。「大西部の人生はこんなものだ」［一九二〇年に最初の妻ミルドレッドと離婚］。富と約束の地。最近のニューヨーク知事選［一九二四年］のあと、フランクリン・D・ローズヴェルト［民主党候補を支援、のちに三二代大統領］はセオドア・ローズヴェルト二世［二六代大統領セオドアの子、共和党候補］について、言った。「かれは**将来を約束された**若者だ」。そう、これは将来を約束された国だ。フランス人たちが、パリのわれらの女たちについて言うことだ。**将来を約束された**若い女たち。

ガスキンス博士［知人］は、これを冷笑的に感知した。理想の女性は、眉毛までがすべてで、残りは詰め物だ。それは、当面のアメリカ的な欲求への、実践的な解答だ。プラグマティズム。男たちが等級を下げるのは避けがたい。欲しいものを引っつかむまで――得られるまで。ウスター［マサチューセッツ州］の州立精神病院には、ニューイングランド出身のある若い医療関係者がいたが、周期的に偏執狂になった。かれの経歴はぼくを魅了した。賢明な医師で、卓越した先祖がいた。大学を出た直後（医学教育は時間がかかり二十代後半まで結婚できない）、自分の階級よりずっと下の女性と結婚した。女を得るには、やむをえなかった。すぐに致命的な過ちをしたと悟り、かれはすばやく、感性の鋭い男だったので、狂気になった――同じくらいすばやく離婚されて病院に入れられ、かれの判断の正しさを証明した――根本では。かれは以来三度結婚し、いつも狂気になった。若干ストリンドベリ［スウェーデンの作家］に似ている。だがここでの論理は、じつにアメリカ的だ。ピューリタンとして訓練され、かれは性的満足を欠き、破裂しかけた。性交の罪を犯す気はなく、貧乏ほかの理由で自分の階級の妻を得ることがかなわず――美的および感情的な充足に関して自分の等級より下の女性と結婚した。いまは苦悩に圧倒される。人生は破滅だ。ひどく自分を責めて抑制を失う。病院では実験室でよく働くが――ほんとうに狂っている。その緊張を和らげるものはなかった。

ジョージ・ムーア［アイルランドの作家］が最後にニューヨークに来たときの話がある。茶会で体つきのよいアメリカ女性に出会い、女はどうやら自分を世間に見せびらかすのに熱心だったが（哀れな女にその気はなかったのだろうが）、ムーアは、二階に行き服を脱いで裸を見せるように言った。女はもちろん、憤慨して拒否した。だがぼくは、かれの振る舞いを好む。もちろん、女はかれの望みをかなえる**必要**はなかった。だがかれは、女の正体を捕まえた。ぼくたちの正体を捕まえた。ぼくは、かれは女を満足させるだけ十分に立派だったと思う。
あるいは、ひとりの娘が——体全体で理解するなら。（寛大さによってでない。いやはや！）。——女は善良であるためには、体全体で見なければならない。——もし中学二年で己の欲望の深さを理解しはじめると——女は、自分の何かが悪いと感じさせられる。大胆さの問題でなく、根本的に悪いと。対照的に、アドリアノープル［トルコ］の女はこう教えられるだろう。己を与えることは悪くないが、殺人事件を招くだろう。あるいは、それは稀少だが危険な賜物だと。だがやはり**賜物**なのだ。そう、彼女は囲い込まれる。たとえば、立派な家のフランス娘のように。小麦や高級果物のように。だが自由に逃げられるアメリカ娘は、別のやり方で怖がらせて、保護されねばならない——もし可能なら。女は低いものだ（と教え込まれる）。不道徳な、邪悪なものだと感じさせられる。——それはじつは、女の行ないの色合いを変えるほかは何もしない。それを利得のないものと化し、賜物の花を削ぎ落とす。ピューリタンの嫉妬だ。与えるとき、女は肉屋の若者に与えるだろう——女は従順な生徒で、自分は邪悪だと信じる。快楽でさえ邪悪だと信じる。

　これが中心の嘘だ！　だが女にはそれは本当で、およそまともな恋愛をする代わりに、肉屋の若者に処女を与える。ケン［ケネス・バーク、文学理論家］が言うように、ぼくたちが得るのは（ぼくたちが詩人だと想定して）肉屋の娘たちだ。バーリントン［ヴァーモント州］の寄宿舎で、わが友、一教師は警戒していた。その流行の学校では緊張が高まっていた。娘たちの一部は、有利な立場にあった——心にどんな思いがあったか言うのは簡単だ。やがて、そっと笛が鳴って、窓は開き、よくある折り畳みの鉄の梯子が下りる。道の先には車がある。二人の娘の二番目が地面に着いたとき、両方とも摑まれた。乱暴なもみ合いのすえ、若い二人は逃げた。そう、肉屋の若者とその仲間だ。もちろん、こんなことは許されない。

わが国の娘たちは素晴らしい。実際絶妙な体つきをしている。ぼくが、鋭い熱意をこめてよく観察するのは（しないひとがいるか？）——女たちが現れる——昨今身につけるわずかな布をつけた海水浴の女たちだ。だが、そら。彼女たちはショーや、進水台での行列や、波乗り板で、一列六人で見るのに適するだけだ。すばやい動きが伝えるほんとうの感覚は、摑みどころのない滑らかさだけだ。擬似的な水の精で、必要な荒々しさと冷たさを欠く。——一箱に集めて見るのに適するだけだ。オレゴンのリンゴのように。丸く輝くが味気なく——香気がなく、卸売り用だ。

そう、ぼくが知る最も熱い女のひとり、ぼくが言う意味で好色であったらしいひとは、だがあまりに臆病で、女性に有害なアメリカの大きな潮流に逆らえず、戦争中ずっとワシントンで過ごした。彼女は、海軍予備隊の婦人下士官だったが、余った時間は、中年男性、オマハ［ネブラスカ州］に妻がいるが夜を速記者たちに捧げる少佐たち（戦時中よくあったことだ）を観察して過ごした——。その娘の情熱は、見るに恐ろしかった。それは少しあとに、自分ではたぶん気づかなかったが、他の女たちに向かった。彼女はときどき、自分の経験について書いてきた。ぼくは彼女が好きで、手紙を楽しんだ。ある手紙で話題として彼女は、娘にとって処女を失うのは何を意味するか誰も想像できないだろう、と言った。だがそう、ぼくは想像できる、彼女よりよく。それはアメリカではあらゆることを意味する。そう、もちろん、かつては今より多くを意味したが、ぼくは傾向を言っている。その意味とは、女は過去の教育ゆえに激しい衝撃を受け、自分に対する世間の憎しみを実感し（女はそのはずだと想定する〕、自殺しかねない、ということだ。あるいは「犬たちのところへ行く」。彼女には思い浮かばないが、それは驚異的なこと、「国を救う」自由の始まりかもしれず、少なくとも、まさにそれを必要とする人類の半分への実践的な効用の機会であるかもしれない。女は破滅する。あるいは、破滅するとひとは想像する。実際、ウォリー・グールド〔本名ウォレス、詩人〕は、二人のルイストン〔メーン州〕の娘の話をしたが、彼女らは、月夜に二人のボーイフレンドと森で逢い引きして、戻った。一人は泣いたが、一人は溜息をつき「ああ、あれは終わったわ」と言った。——翌日隣人の馬鹿者がその未亡人にキャンディの箱を送ると、女は菓子を投げ捨て、箱に馬糞を詰めた。

わが国の女たちは、知的だ。鞭のような精神をもつ。マーサの場合のように、腐らなければ。彼女は、コーネル大学で全学年の記録を破り、アルトマンの秘書となり、訓練を受けた看護婦として卒業し、なんたる火山のようなエネルギーか！——学校でギリシャ語を教え、ついに生徒の鈍さのせいで気が狂い——あの素敵なびっこの小男のアイルランド人、ダービーと結婚した——やつはバラの花のように憂鬱の発作を起こす。なんという女だ！　いまはウォード島の精神病院で、女たちの付き添いとして過ごしている——自分もそこで何年か患者だった——回復の過程で。なんたるエネルギーの浪費か！　そのための場所は、この世界には狂人のあいだにしかない。そのための場所は、とくに合衆国にはない。

鞭のような知性は、数年すると道を失う。逸脱して、彼女らは、ブランクーシが言うように、あっさり「軌道ヲ逸レル」〔フランス語〕。彼女らにとって、パリは奇妙な、「神経の不安を捨てる」場所であり、困惑させ驚かせる。フランスの女は男を支えるが、彼女らは重みを支えられない。パリで解放されると、彼女らは無用になり、しばしば粗野に、好色に、酒浸りになる。それは、まったく残念なことだ。ぼくは彼女らに挨拶する。ぼくが深い同胞意識を感じるのは、アメリカ女性だけだ。少なくとも、彼女らは充足を与えるものに見える。種々の情念を実験する「パリ」は多くの文学に現れ、「パリ」である多くの姿が存在する。それらが誰に影響するかは、神のみぞ知るだ。ぼくは、彼女らが故国で生きられたらと願う。世間を逃れて、ある女へと向かうことを想像してみよう——その女を成長させる——強くなり、防御ができ、とりわけ自由に**出ていく**用意ができる！　それは、ここでは金がかかる！　もちろん男は女に金を使うべきだ。とくにアメリカの男は。

　もちろん、ぼくたちの歴史は短く、大半はよく知られていない。当然、目につかない場所に人物がいたにちがいない。だが誰も、ぼくが話している点を卓越させなかった。そういう人は存在した。ぼくたちは知っている。開拓地のキャンプで卑しめられ、メーンでのようにひどく扱われ——酷評され。わずかな二流の物語詩や短篇小説が例外だ——ああ、たくさんの物語。酔って娼婦の寝床で目覚め、等々。多くの男が、開拓地のキャンプでの原始的な善意や生きる術について語った。金に手をつけず戻った財布。その洞察力に、ひとは頭を下げねばならない。だが女のなかに、男の才能を見つけ、それに火を点ける天分はなかった。たとえば中国の伝説の、リー嬢がしたような。物語になる人物はなかった。

　ぼくたちの人生の出来事は、あまりに引き延ばしに囲まれている——ぼくたちの運動競技の乱暴さは、だいたいが引き延ばしだ。もちろん、これほど活動的で恐れを知らないのは結構なことだ。若者は何かに「没頭」すべきだ。だが、多くの場合に完全に没頭している。大学の運動選手の多くは、競技の三年間に「燃え尽きる」。それはあんまりだ。しばしば子どもを作るのが不可能になる。それがすべてなら。

詩人たちは、かれらのエネルギーによって、時代の痕跡をその作品に留めるので、その敗北の必然性においてさえ、時代をよく生きたという徴を実際に得る。詩人たちは敗れるが、つねに本質的で全面的な敗北においてであり、その作品には、時代の特質が刻まれる。かれらは、不定形な時代に、不思議な刻印によるかのように姿を与える——だから他の時代は、それ、種々の形を打ち出した突出を、認知する。それらの形は、圧倒的だが個性もなく抵抗する湿った塊に、性格と尊厳を与える。かくして、ジャカタクア［アーロン・バーが独立戦争時のカナダ遠征中に出会ったというインディアン女性］は、その時代の女性に、開拓地の悪意ある性質が拒絶した形態を与えた。

左手には、部隊と一緒だが一部でなく、騒音と笑いのなかに沈黙して、一群の者が、木立の丘と静かな川と調和していた。スワン島からの二十人ほどのアベナキ族の勇者で、狩りの衣装を着け絵のようだった。その色浅黒い戦士たちほど、興味と好奇心を感じていたものは、その部隊になかっただろう。だが無感動な顔つきとときおりの喉頭音の響きは、内部の炎を明かさなかった。

沈黙する勇者たちより三歩前に、かれらの首長、ジャカタクアが立っていた。十八にならない娘で、フランスとインディアンの混血の最良の特質を現していた。

「わしらが見てるところのアングレス［フランス語の「イギリス人」の訛］は、だれか？」と彼女は近くのホルワース殿に尋ねた。

「ベネディクト・アーノルド［遠征司令官］のもとケベックのイギリス人と戦いにいく兵士たちだ」。

輸送船が到着し千百人が下船しはじめると、ハワード大尉［ウェスタン砦隊長］が、船着き場からおもだった客人とやって来た。向こう見ずで、威勢のよいアーノルドに、みなの目が向いた。ジャカタクアのアベナキ族は、やはり無表情に沈黙して立ち、周囲から離れた一団だったが、乙女自身は、一瞬野生の心の鼓動に身を委ね、がっしりした男たちのあいだに歩を進め、全員が敬意を表するらしい戦士をよく見られる場所に進んだ。

すばやい一瞥を英雄に与えると、女の黒い目は、己と同じ黒く輝く眼差しに出会い、出会うなり釘づけになった。女は脇の男に向いた。

「あれ、あのアングレス、だれだ？」

「あれ？　あれは若いバーだ。カッシングが言うには病の床から起きてきたそうだ」。

驚き、女は部族の者たちのなかに引き下がる。

だがバーは、愛想のよい案内役の注目を引くのを待ち、興奮して尋ねた。

「あの美しい方はどなたですか？」

「ジャカタクア、スワン島のインディアンの首長だ。川を上る途中で部族のテントを見たはずだ」。

一瞬のうちに、バーはインディアンの王女の前に立ったが、人生で最初に、最後に、女の前で途方に暮れた。素朴に直截に、女が会話を始め、挑戦した。

「これら」、と褐色の腕を振りハワードと将校たちを指しながら、「これらは肉が要る。一緒に狩りをするか？　わたしが勝つ」。

17　歴史の効験

アーロン・バー（一七五六―一八三六）は、独立革命戦争に参加し（一七七九まで）、ニューヨークで弁護士となる（八二から）。上院議員（九一―九七）。一八〇〇年の大統領選（現在とは別制度）でトーマス・ジェファソンと同得票数を得るが、憲法の定める下院での投票で破れ、副大統領となる（〇一―〇五）。連邦主義の政治家アレグザンダー・ハミルトンを決闘で殺害（〇四）。スペイン領アメリカの領土を奪取する計画を試みたかどで逮捕され、反逆罪で訴追されるが無罪（〇七）。出国するが（〇八）、のちに帰国しニューヨークで法律業務を再開（一二）。

ある種の男についての書き物は、野生の獣の大行列となるべきだが、アーロン・バーについて書く、いや話すときは、「人間性より神聖なものは地上にない」と言って始めるのがいちばんよい。

とりわけ、その女性の部分だ。

かれは、女たちに賞賛された。だが、最も激しい誹謗者でさえ、かれを偉大な軍人と認めた。かれは男たちの賞賛をも得た。

もし不信と、嫉妬と、憎悪をそう呼べるなら。

隠れた賞賛は、よくそうした名のもとに現れる。だがきみは、軍事的名声以外のことを語っている。

戦争については、かれは広く指導者と認められた。

つまり、かれが軍人でありつづけず政界に入ったことは残念だった。

それは疑うべきだ。

そうは思わないね。その点について、批判者たちは一人残らず一致している。

だからこそその点を、よく見るべきだ。

それは違う。

いやそういうことだ。歴史のある点について一致があるなら、そうする利益があるにちがいない。

つまりそれは真実でない。

少なくとも政治権力については、きみに同意する——そこに神聖なものなどない。

だが歴史が追うのは、さまざまな政治権力であって、人びとでない。それはぼくたちを墓石の肖像のように、類としての型に入れて描く。それが語るのは、ある人間について、そいつが死んだことだけだ。それが歴史であり、ひとつのことにしか関心がない。つまりすべては死んでいる、と言うだけだ。それから肖像をでっち上げ、それで終わりだ。事の実際は、まるで違う。歴史は開かれてあるべきだ。そのすべては、人間性だ。人びとの生は、事件の周りに縛りつけられるべきか？　地理と風土のただの偶発事の周りに？

それは、ほとんどだれも逃れられない卑劣さだ。――文体家の、文学の手を除けば。そこでだけ人間性は、横暴な構図から守られる。

だが、よい書き物の総体は、歴史の本に入り込む膨大な有毒物に比べれば、なんとわずかだろう。死者たちも、生きている人間と同じく窒息させられる。

それは形而上学だね。

違う。ぼくたちの想像力のなかに存在する死者たちは、ぼくたち自身と同じだけの事実性をもつ。ぼくたちを型にはめる構図は、ぼくたちが記憶するかれらをも型にはめる。

歴史が、過去の事物のあらゆる記憶をぼくたちの心から滅ぼすなら、有益な圧政とでも言えるだろう。

だが歴史は実際ぼくたちのなかに日々生きているから、それを恐れるべきだ。もしそれが、おそらく、死者たちの魂への――それゆえ生きている人間の想像力への――圧政であるなら、そこにこそぼくたちを鼓舞する最大の源泉、自由の最大の希望が存在する（未来なるものは、暗黒とは言わなくてもまったくの空白だ）。だから、ぼくたちは介入するやつらを二重に警戒すべきだ。

きみの言うのは、伝統だろう。そこには形而上学はない。それは、ぼくたちみなのよりよい部分だ。

それが源泉だ！　だが、人びとは、生きる瞬間すべてを悪意で囲むことに満足せず、その悪意を後ろにも拡げて、過去の自由に対してさえ嫉妬し、それを毀損し破壊しようとする。メキシコ人になって、祭りの日に墓場に食事をもっていくほうがましだ。

ある男が死ぬとき、ぼくたちにとって、最良の記録からでさえ、なにが残るだろう？　若干の事実だけだ——そして山ほどの偏見だ。なぜならかれは、世界で最も偉大な男であっても、その時代の大勢の一人にすぎないからだ。

歴史はぼくたちにとって、バイオリン奏者の左手であるべきなのに、ぼくたちは偏見で縛り、恐怖に合わせて歪める。中国の女が足にするように。

ぼくたちに、なにができる？　事実は残るが、真実とはなんだ？

こう言えるだろう。意見など信用できない。事実でさえ植字工の誤りかもしれない。だがある判決が全員一致なら、たしかに間違いのはずだ。粗野な群衆が突進して、ある対象を、無力な、自分たちを正当化する虚像として掲げる。ぼくたちは、死んだ男を生き返らせることはできないから、かれを狭い限定のなかに監禁することは、横暴だ。かれがぼくたちの前に実際に立つなら、そうはできないのに。そうした歴史は、つまり嘘だ。そして危険だ。そこにこそ、未来へのぼくたちの希望があるから。偏見の岩の下に。おそらくバーは——

預言者か？

おそらくバーは政治に、民主的な統治の一要素を持ち込んだ。おそらく主要な要素を。あの時代はそれを軽視した——なんであれ、その要素はとても強力で類稀で、それゆえかれは憎まれ、怖れられ——また愛された。

「危険な男で、統治の手綱を委ねるべきでない」とアレグザンダー・ハミルトン［政敵、一八〇四年決闘でバーに殺された］は言った。

どのくらい危険か？　だれにとって？　簒奪者たちに？　なぜ上院は、かれの告別演説［〇五年、副大統領職退任時」のとき抑制なく泣いたのか？ たぶんかれは、だれかの秘密を摑んでいた。かれが言及した憎むべき行為はすでになされていて、かれらは、敏感な理解力によって、死活的な喪失を嘆いた。
こう語られた。「バーについて、それらは認められていて、実際否定できない。つまり彼は極端で
無規律な野心をもつ男だ――」
かれは大統領になりたかった。極端で――敵にとっては――無規律な野心だ。
「――彼は、すべての社会的な情愛を排するほど利己的で、歴然と不品行である」。
またハミルトンだ。だがその男は、悪意の風船だ。その自堕落なお喋りは、公的な責任に関するバ
ーの能力となんの関係がある？ それは、人物を、性格や個人生活についてのでたらめなお喋りで毀
損する試みだ。だがかれの評判を、公の事実を妥当に挙げて、攻撃することはできなかった。
問題にされたのは、かれの能力でなく、信頼性だ。
だがどこに事実がある？
メキシコでのかれの企てだ［スペイン領アメリカからの領土奪取の計画、合衆国分割を疑われ〇七年の反逆罪
裁判に至った］。
それはあとのことだ。やつらがかれを串刺しにしたその棘は、あとから育ったものだ。それは、ハ
ミルトンからの敵意の年月のあとに現れた。自暴自棄の行為と呼べるだろう。
それは、かれらの論理の正しさを証明した。
やつらが、かれをそこまで追い込み、その論理を証明した。非難の残りの部分もそうだ。バーは、

公の場ではめったに多弁でなく（政治家には稀な特徴で政敵には危険だ）、素晴らしい聞き手だったが（まったく落ち着かなくさせる）、悪意ゆえに、「すべての社会的な情愛を排するほど利己的」とされた――だがその非難は、バーは不品行だったという最後の論点で崩れる――それは、すべての社会的情愛を排する人間と両立しない。実際、最後の非難は純然たる嘘だ。そのことは、かれの人生により五十回でも証明される。救いがたいほど寛大で、友人たちに深く愛された。いや、非難はすべて、でたらめなお喋りだ。あるいは、害を加える意図によるお喋りだ。やつらは、かれを怖れた。かれは、その支配の外にいた。むしろ、その理解の外にいた。

こう語られた。「輝かしい法律家であり、その時代のほぼすべての人びとにより、彼らの寵児にのみ後塵を拝する者と評価された。友人たちは、彼を先頭に置いた。沈着かつ説得力のある話し手で、並はずれた圧縮の力をもち、めったに長話をせず、すばやく要点に至った。疲れを知らなかった。ある企てが不可能に思えないかぎり、けっして意気阻喪せず、無敵の剛胆さは、ほかの者が実行不能と考えたことをなしとげた」。

これは、軽々しく無視されるべき男か？　そこには一政権が保持してしかるべき何かがあった、と強く思われる。

「小事についてはじつは小さかった」。これはジェファソン［第三代大統領、バーの政敵］流の修辞だ。うまい台詞だが、なにを意味するのか？　その意味は、バーが着手したものについて、やつらは偉大さを認めたことだ――かれにそれ以上の機会はなかった。やつらは道を塞いだ。かれはニューヨーク知事になるか？　否。パリ大使になるか？　否。委員会は三度も全員一致で任命を推薦した。一七九八年にフランスとの戦争の脅威が生じたとき、准将になるか？　ふたたび、否。否、否。やつらは、この礼儀正しく、育ちがよく、有能で寡黙な男に嫉妬した。どんな敵もかれを倒せないので、やつらは手を尽くして片づけようとした。ぼくたちは、かれを貶めた連中の動機を疑うべきだ。

かれらは貶めたのか？　それとも、法と秩序への執拗な敵に関して真実を語ったのか？　貶めた、とぼくは断言する。その原因は、かれの性格の不思議さ、重きをなす要素だった——それは民主政治ではしばしば、法と秩序への敵と呼ばれる。

かれらは、かれを疑った。なにについて？　やつらはけっして明確に言えなかった。やつらは、この男は信用できないと言う。それですべてだ。それで**すべて**だ。だから「歴史」はかれを悪党として記録した。

そして女たちはかれを愛した、と。

そう、崇高に。とくに娘、セオドシアは。だがそれは飴玉、歴史の策略だ——

待って。ここに素晴らしい文章がある。「私が貴方を思いみるとき」と彼女は言う、「謙譲と賞賛と崇拝と愛と誇りとが入り混じるので、貴方を卓越した存在として崇めるのに、ほとんど迷信は必要ありません」。

地上で神聖なすべて、子供たち、女たち、兵士たちによって、かれは愛された。夢中になった女たちだ。

そして、人口の半分によって。というのも、投票はそうだった。そこには何かが、ある要素があった──憎まれ愛される。抑圧され、蘇る。歴史は何を明かすのか？　期待してみろ。わずかだ。だが、乱暴なやり方でなら、別だ。卵の中身は、割らなければ得られない。

きみは、殻を壊すだけだ。

硬い部分をだ。

それなら、中身を見よう。ぼくの考えでは、ぼくたちの多数にとって、バーの生涯は偉大さの戯画にすぎない。

はじめに、時代全体を考えてみよう。ぼくたちがそれを、歴史（あの嘘！）でなく、ある生き物、未決定で、揺れ動く何か──それはどちらに向かう？──として見るなら。「未知」の縁にある何か──今日のぼくたちのように──あれは革命の時代でなかった（歴史が描いてきたのと違い）──あの種の動乱は老衰が根づいた古い国々で起こる──ぼくたちはそれを、むしろなかば野生の、若い、緑の木々を伸ばす入植地として見ないだろうか？　イングランド？　脱ぎ捨てるべき乾いた皮膚、かゆみ、それだけだ。より深いものが、樹液のなかの酵母が、突き止められない力があり、どこへ導くかわからなかった。新世界の春であり、あらゆることが可能だった。

良心の自由、新たな出発、そしてヨーロッパとおさらばだ。

革命はワシントンとともに来た。かれは、あらゆる心がそこをめぐって動いた中心だった。大半の者は、明白なことに満足した。抑圧者イングランドから、自由を勝ちとらねばならない。だから戦いが終わると、そら──やったぞ！　だが、どうなった？　遅かれ早かれ、革命がなくても、同じ目覚めが起きたにちがいない。戦いは、何でもなかった。

あれは生死を賭した戦いであり、すべての忠実な心を消耗させた。

ほとんどすべての知性も。

かれらは、知性の限界に達していた。

だが、何人か救いとなる精神もいた。ぼくは言いたいが、新世界の魂が再覚醒した命の感覚の偉大な迸りに比べれば、戦いは何でもなかった。だがあの苦闘のうちに、その魂はほとんど死んだ！　それは再生の感覚であり、小さなイングランドへの独立宣言というより、まさに天空への言明であり、誇りと真情に溢れていた。イングランドは打倒されねばならない。だがその下に、その時節を貫く、より深くより強力な力があった。

そのひそかな歌を聴きとる者は、ほとんどいなかったね。

イングランドは、たまたま、道を塞いだ。だがイングランドの打倒は、明らかに偽の結末だった。そして今や、形成の途上の種族、アメリカは、その高揚のときに己に約束したものを想起せねばならなかった。その宣言を、言明を、パトリック・ヘンリー［独立革命家］の演説を。それらは、戦いへと駆り立てるための戦争の便法だったのか？　それとも真剣だったのか？　二つの意見があるだろう。

そして、小さなものが大きなものを吸収しようとするなら――

多くが捨てられるだろう。

たぶん、ほとんどが。――二つの部分、小さなものと大きなものがあり、小さなものが大きなものに食いつく。戦争に勝ち、みなは疲れて、安易な欺瞞――明白なこと――への道が簡単に通じた。つまり自由は勝利した、と。

たしかに勝利した、にちがいない。

いずれにせよ狡猾な党派が現れ、自由は勝利したと言い、機会を捉えて利益を得ないだろうか？べつの党派は、反対側で、危険を見てとる。自由は勝ちとられず、混乱のなかで新たに失われる。

ダニエル・シェーズの反乱だ［民衆が土地税に抗議し蜂起、一七八六―八七年］。シェーズは、霊感を得た馬鹿者だった。ぼくたちの運命は空中でどちらに向かうか揺れる。片方には領袖たち、他方には（たぶん）バーだ。

その区別は、空理空論だ。事実を示せる場合にだけ、認めるべきものだ。

ぼくが話しているのは、熾烈に争われた現実、極度に実際的で、建国者たちの魂を苦しめたものだ。「州政府の活力という根本の原理、われらの憲法の最も重要な要素、だが連邦の侵食によりたえず掘り崩されたもの」。個性の感覚、戦争が戦われた基盤は、戦いが終わるやいなや裏切られはじめた。エドマンド・ランドルフ［ワシントン政権の閣僚］はそれを感じた。バーは感じた。ハミルトンは、連邦主義の主唱者だった。ワシントンは、大統領として「慎重さの怪物」であり、無力な母親だった。

まったく結構。だがぼくたちは、世間にはただ暴力が好きで破壊行為に身を投じる連中がいることを、認めねばならない。

ぼくたちは、よいことを探すよう説かれている。

そう、探す。だが見つからなければどうする？

ぼくが言うのは、土地があの酵母を保たなければ、多くのパンは育たない、ということだ。

バーは、破壊的な力だった。

認めよう。認めよう。

それで?

かれは、自由が弱まる場所での破壊的な力だった。

みなは、その件でかれの首を吊る寸前までいった。

首を吊る? やつらは、個人生活についてけちな中傷をして、かれを死ぬほど苦しめた。かれが企みを打ち破らなければ、そうできただろう。するとやつらは笑って、かれの天性は自己満足だけだと言った。やつらは、かれの裡なる天性を殺せなかった。

かれの虚栄心を、殺せなかった。

かれの深い洗練を。深甚な諸力についてのかれの感覚を。それはかれの世界で作用し、自由を要求した。ほかの連中は、それを踏みにじり、凡庸な水準に削減しはじめた。連中のことばは、中身を空にした。

それが、ワシントンを育てた国なのか?

その国は、かれを不具にした。

自由の擁護者。

だれの? ハミルトンのか? ——すべての、若い、渇望する天性を、踏み車に縛りつけるためか? ハミルトンは、パターソンを首都にしたかった[ニュージャージー州の工業都市、ウィリアムズの長篇詩の主題]。そこに、あの時代の精神には巨大に見えた水力があったからだ。あの男は、そこらの土地をダムや水路で押さえる会社を組織した。それが今日のキリスト教世界で最悪の汚水溜め、パセイック川の起源だ。その災難をとり除くのは不可能だ。あの男、ハミルトンは、自分の特権を将来の天国に確実に縫いつけた。あの男の持株会社を通じて、州政府において。あの男の会社。あの男の合衆国。ハミルトニア――あの会社の国だ。

きみは、そんなに乱暴に話すと、歴史のあるべき姿についてのきみ自身の観念を侵害することになる。

振り子は、振れなければならない。それが逆に振れるべき時ではないか？

だが、バーはほんとうに他よりましだったのか？　かれはタマニー派［ニューヨークの利権組織］を創始した。

児戯にすぎない。

そう、きみの議論によれば、革命が終わると、新世界は自由を得るのでなく、あとに捨てたものと同じかもっと悪い独裁に陥った。ハミルトンは、その独裁の実行者だった。そして――おそらく――バーのうちには真正な要素、自由が存在して、権力を得た党派はそれを窒息させようとした。だが、憲法のもとで採択されたもの以外のどんな基盤を、新政府は確立できただろう？　バーは、なにも提案しなかった。それが、かれへの告発だった。なにも提案せず、既成秩序に忠実に従うことは拒否する。

その男のなかには、魂の春、せり上がる欲望が燃えていた。その黎明期の無害な獣たちに比べて、かれは飛び立つ鳥のように見えた。だがやつら、他の連中は、重荷から逃げようと望んで、己の引き具を、目下の馬につないだ――政府が頂点で。たぶんあの一節のとおりだ――

汝の召使いに働かせよ、されば汝は平安を得る、
その手を怠惰にすれば、そは自由を求める。
そして邪悪な召使いには（それがバーだ）
責め具と拷問がある［旧約外典「ベン・シラの知恵」三三：二五―六のもじり］。

植民地政府は完璧ではなかったが、牡蠣は殻なしで生きられるか？　かれらはできることをした。バーはなにを提案した？

ぼくは言いたいが、バーが体現したものは――ぼくたちによく起こるように――その名を取りまく誹謗のうちに見失われた。その誹謗をとり除け、真実を見つけるのは簡単でない。掘り進めて、なにが出てくるか見てみよう――可能なら、それに名を与えよう。続けてくれ。

新世界、それがぼくたちだった。それは、植民地人が最も情熱的なときにめざした春だ。だがぼくたちの今は、冬だ。さらに秩序が確立すれば、さらに冬になる――鈍重な価値、かつての冒険は紋切り型になる――革命のあと、それが始まった。いのちの感覚は組織的に殺された。学校の生徒のように。

残酷な目のもとで疲れ果て［ウィリアム・ブレークの詩「生徒」から］

だが、だれかが統治する必要がある。子供でさえわかっていて、喜び安心して受け入れる。だれが統治するかは問題か？　統治に意味はない。統治などありえない。バーは、アメリカを己の想像力のうちに見た。自由。かれの魂はそれに飛びついた――肉体は病床からあとを追った。その火花は、維持されなかった。かれはアメリカを喜びの約束として見た。あるいは見ていた。その想念は、麗しい大地を見いだした。今、かれは陰鬱なワシントンを見る――脇には狡猾な犬のハミルトン――戸に鍵をかけ、窓を閉め、柵と壁を立てる。かれはそれを怖れた。かれらに監禁されると見てとり、反逆した。

霊感を授けたのが悪魔にせよ天使にせよ、バーは若い国家にとって恐るべき危険であり、抑制される必要があった。

それならいっそう、若い国家はひどかったことになる。だがとりわけ非難すべきは、その悪意だ。歴史で説明されるバーは、歪曲だ。歴史が保存すべきよきものが、攻撃される。国は、バーがあれほど卓越して備えたものを（伝統において）正当に見ないなら、自由でない。自由であるふりをするだけだ。これが、ぼくの主題だ。

だが、かれはその場を得ていないか？　かれは歴史に、まさにきみが描いたように存在している。

かれは、ぼくのなかに存在する。だからぼくは、かれを蘇らせるために虚偽を掘り進める。ぼくたちは、歴史に欺かれる。アメリカは、自由に献身する偉大な精神をもったが、卑屈な、狭隘な、地方的な場所だった。それは、自由を愛する偉大な国では**なかった**。まるで違う。選ばれた魂たちは、死んだ。

ああ、友よ、きみは熱狂家だ。きみが不平を言うのと同じ、性急な推測と緩いお喋りばかりだ。

連邦政府は、牙を差し入れていた。銀行は組織されつつあった。

中央権力は力だ。

「道徳と幸福は、小さな共同体においてこそ完璧に近づく」［一九世紀イギリスの文人ウォルター・サヴェッジ・ランダーのことば］。大きな国では、人びとは理論家か無法者になる。さらに大きくなれば、泥棒がより大きな悪からたがいを保護しあう森になる――

ああ、戯言と、無秩序と、破綻した理論だ――

ひとつのことはたしかだと、かれは言っていた。誰も帽子を盗まない。大きな頭で、誰にも合わないから。

まったく結構。だが、きみの話を聞きたい。かれの人生の細部が、どんなふうにきみのバラ色の見方と一致するか知りたい。きみにできるか、疑問だね。

かれの出発は順調だった。プリンストンでは優等生だった――荒っぽい生活の話はあるが。ジョナサン・エドワーズ［一八世紀の神学者］が母方の祖父で、父は大学の学長だった。裕福で、感じのよい風采だった――背は低かったが。大学のあと、神学に関心をもち個人的な研究のためコネチカットに向かった。

さあ機械が動き出した。

友人たちを愕然とさせたが、かれは回れ右をして、宗教的教義の山をすべて振り捨て、無信仰者だと宣言した。

ぼくの記憶では、当時二十歳だった。

かれの世界は自由を信じていたとして、かれは、そこから現れた。それは、ぼくの見方と合う。策略家と違い、かれははじめから公然と立った。病床から立ち上がり、アーノルドとともにケベックに急いだ［一七七五年］。顕著だったのは、かれの熱意だ。かれは突進し、その遠征で、直接的苦難に面して輝かしい記録を残した。指揮し、指示し、みずから危険を冒した。困難な任務があれば、引き受けた。戦場で膝まで雪に埋もれ、英軍の銃火を前に、指揮官を引きずり運んだ。怖れを知らず、惜しみなく己を差し出した。頑健な体ではなく、健康を損ねた。かれは気にかけなかった。戻ると、ほんの若者だったが、ワシントンは幕僚に望んだ［七六年］。

かれには、驚くべき好機だった。

バーは、六週間とどまった。

世間の意見では、ワシントンと若者の個人的反目は、バーのその後の挫折の大きな原因となった。双方に公平に言えば、本質においてともに優れていた二人が対立したのは、こういうことだ。どちらもよきものだったが、一人は大地自体であり、他方は――大気だった。どうにかして、かれらは結合すべきだった。

それは魅力的な瞬間だった。多くの章を、その出会いについて書けるだろう。

その必要はない。起きたことには、明白な理由があった。バーは、自分の仕事の抑制され事務的な性質を納得できなかった。ハミルトンでさえ、できなかった。将軍の副官たちは書記にすぎず、将軍がすべて計画を立てた。それは、行動を求め活気に溢れる若者の場でなかった。ワシントンは、希望から落胆へと落ち込んでいた。バーの失望を顔つきに見てとり、信用しなくなった。二人のあいだに、嫌悪が固着した。

きみが、事件のおのずからの悪意を語るときは、説得力がある。ほんとうに、その結果になる必然はなかった。

少なくとも、離反は率直だった。お世辞も、不平もなかった。

バーは疑いなく、将軍の知性を鈍いと見なした。ワシントンの力を認めず、認めたなら嫌っただろう。かれは、上位者の威厳と熟考に苛立った。落ち着かなくなった。

バーは、イズリエル・パットナム将軍の幕僚に移され、病気で退役するまで、見事に務めを果たした。

時代が要求した、わが身を低める献身に、かれは我慢できなかった。我が強く、判断が性急で、ことばと行為において抑制を欠いた。

行なうすべてにおいて、かれの美点と欠点はじつに明瞭に現れる。かれは性急だった、と認めよう。ワシントン夫人は編み物がうまい、とかれは言った。パットナム夫人は素晴らしい紡ぎ手だ！　上出来だ。かれは観察し、それは過去のものだと拒絶して、より多くを求めた。当時の単純な風習に縛られなかった。かれは、女性に別のものを求めた。だが是非は別として、かれは、そうした選択が好まれないことを知っていたはずだ。それは誠実さの徴であり、世間の意見の公然たる無視だった。かれは策略家でなかった。かれの意見では、ワシントンは戦争のあと引退すべきだった——絵に描いたような田紳になっただろう。大統領としては、バーはかれを好まなかった。

非常に浅薄な意見だ。

少なくとも、かれの論理に素直に従っている。大統領の永続的な分別を賞賛するどんな理由が、かれにあっただろう？　大統領は価値ある多くのものを否定し、かれ、バーがなんら価値を認めなかったものを保守した。三度、委員会は全員一致でかれをパリの職に推薦したが、そのたびにワシントンは拒否権を行使した。

つまり、三度正しかった。

ああ、おそらく。だが——ここにまだ若い男がいて、颯爽として、裕福で——軍人であることも証明済みだ。クリントン家、リヴィングストン家、ヴァン・レンセリアー家には、どこも適齢期の娘がいた〔いずれもニューヨーク州の名家〕。若いバーに、そのだれかと結婚させよう。そうしたか？　政治的な立身に熱心な男には、賢明な選択だ。かれはだれと結婚した？　地位のない、ニュージャージー州パラマスの未亡人と〔旧姓セオドシア・プレヴォストと八二年に〕。年上で、息子が二人いて、美しくなく、顔に痕があった——だがかれが目を留めたうちで、もっとも洗練され、淑やかで、優美な人だった。かれは、それを愛した。かれがしたすべてと同じく、公然と——世間をものともせず。彼女は霊感の源だった。かれの目を、文学の祝福された頁へと、求めていた深い諸価値へと開いた——そしてセオドシア〔娘〕を与えた。この男の明晰さと、世間の評価への侮蔑は、かれが行なうすべてに継続的に示される。

不道徳な特質だ——

かれは愛し、まっすぐに目標に向かった。それは、あの世界ではありえない高みだった。その種の独立は、植民地の支配者のあいだに悪評を生むに決まっていた。だが、かれが熟知した人民のあいだでは違った。人民はかれのように、感性を愛した。人びとはかれを信じた。上層階級の大半が敵対したにもかかわらず、かれは大統領選で互角に戦った。ジェファソンが跡を継いだ［一八〇一年］。かれはバーを憎み、副大統領、バーに対し威圧的に言った――ニュースがあるか新聞を調べろ。だが、副大統領職があれほどよく果たされたことはない。そしてかれは、あらゆる新聞が攻撃したにもかかわらずニューヨーク州知事に出馬したが［〇四年］、支持がないとは利口な策略家のすることか？――最低のゴシップも『ニューヨーク・ポスト』には低劣すぎることはなかった。やつらは、あらゆる悪意を注いだ。かれは、そのせいで負けた。ひとつの新聞も支持しない。まったく、ぶざまな策略家だ。だが、かれは成功しかけた。やつらがかれを憎んだ理由は、それだ。かれの力を怖れた。かれの自由な魂は、怖れられ、愛された。

それから、決闘だ［〇四年七月一一日］――

ハミルトンは、かれを何年も攻撃していた。ついにかれは、バーを「政治的に危険」と呼んだ。どんな意味で？　バーは手紙を書き、説明を求めた。権力をもつ党派にとって危険かもしれないが、国にとっては――どのように？　ハミルトンは、回答を拒否した。それなら明確にさせよう。どちらかひとつだ。バーは怒っていなかった。怖れていたのは、かれでない。冷静な頭で、よく眠り、快活に決闘の場所に向かった。

ハミルトンは四十九歳だった。バーはいくらか若かった。

ハミルトンが最初に撃ち、弾はバーの頭上の枝に当たった。手は震えていた。かれの立会人が言ったように、わざと外して撃ったのか？　バーの立会人はそれを否定し、意見を変えなかった。銃弾はバーの頭に十分近かった。手が震えたための失敗にすぎなかった。それからバーが撃った。冷静に、真剣に、確信を込めて。かれは相手の男を殺した。論理的に、意図したとおりに、そうすべきだと知って。一瞬、相手が倒れるのを見て、かれは同情に圧倒されたが、それから背を向けた。ハミルトンは死ぬ前に、驚くべき言明を口述した。かれが言うには――生涯続いた悪意の薄弱な性質を想像してみよう――バーについて、「私はその意図に関し誤った情報を与えられたかもしれない」。まったく、なんという答か！　四十九歳になるまで相手の破滅を企み、侮辱し中傷し、そして死にかけると、「誤った情報を与えられたかもしれない」。

そうだったかもしれない？

かもしれないが、ハミルトンを弁護するには不十分だ。いや、バーは御しがたかった。だが、やつらはかれを悪漢だと想像したが、それは違った。かれを破滅させたのは、ヴァージニアの大物たちへの憎悪であり、かれに敵対した連中の成功だった。

かれは、西部の帝国を意図したのか？

サム・ヒューストン〔本書一九章参照〕はのちに、そのために英雄と呼ばれた。そう意図したなら、だが。おそらく、バーは夢見た。あの男の策略は、策略だったとして、ひどく稚拙で、一度も成功しなかった。上にいる連中を探るのが下手だった――やつらの策略は成功した。かれの西部への遠征は、実際は、大物連中への憎しみの表れだった。あの圧政のひどい欠陥への抗議だった。かれはその点で、連邦主義者を非難した。かれの乱暴な策略がともかく反逆だったとして、それは、やつらの策略が巧妙に邪悪だったのと同じだ。かれは、やつらを憎んだ。やつらはそれがわかった。かれは、新たな、多くの世界を求めていた。

裁判は——

茶番だ。だれもそれを信じなかった。注目に値するのは、ジョン・マーシャル〔最高裁首席裁判官〕が弁護側に、ジェファソン、真の告発者、に対する罰金付き召喚状を送ることを許した寛大さだ。ジェファソンは大統領だった。午後には、紅茶が出された。なにも証明されなかった。だが今や、そう、権力を得る希望はすべて消えた。二十五年間、かれはその党派と戦った。最後にはかれは、深く賞賛したアンドルー・ジャクソンを応援して〔第七代大統領、二九年就任〕、やつらを打ち破った。だが、かれ自身は終わった。

かれはそれから、どう身を処した？

やつらはかれをヨーロッパに亡命させた。そこでのかれの日記は、ひどく落胆した様子ではない——己の輝かしい娘を愛する男だ。四年後に、かれは戻って、経験しうる最悪の悲劇に遭遇した。心から愛した幼い孫の死と〔一二年六月〕、加えて、セオドシア自身の水死だ〔同一二月〕。かれはついに「人間から切り離された」と感じた。

かれのセオドシア——

かれは、知るすべてを彼女に教え、晩年に得がたい交流をもちたいと望んでいた。今や、その希望も失われた。

かれは、言われているように、あの露骨な日記［女性関係に関する］を彼女の目に向けて書いたのか？そのことばすべてを。かれは彼女にすべてを話した。彼女を作り上げ、自分が抑制なく生きる自由な世界へと導いた。彼女は、時代の女たちのはるかに上にいた。かれが、時代の男たちの上にいようとしたように。

噂では、かれは金で十人の女を抱えていた。

そしてたぶん、百人の私生児がいただろう――伝説を尊重するなら。だがぼくが光を当てたいのは、やつら、あの時代にかれを裁いた連中が誤っていたなら、それが意図的な悪意によることだ――それは、ぼくたちによく起こることだ。

ぼくは、きみがそう証明したいことはわかるが、どう証明できるかはわからない。

骨の髄から、やつら、自称「自由で独立」した連中は、国家を作るために何を失わねばならないか知っていて――

つまり、個人的自由のなかで一般的善のために諦めるものだ――

苦心して得た自由の一部を、わが身を削って犠牲にする――それは失望だった――。それをバーは**保持**したことを、やつらは郷愁に襲われて悟った。見苦しい嫉妬が、ただちに起こった。ひどい土地の開拓者たちが、仲間の一人が砂糖を隠していると知ったわけだ。バーは、屈しなかった。他の連中は変わり、策を立て、退くがいい。自分はご免だ。

かれは、その選択により、同胞への善意に欠けることを証明した。

まったく違う。どんな選択をするにせよ、ぼくたちの美質は、よいと見なすものに執着するはずだ。

共有の善を、かれは共有のものであると見てとり――躊躇せずそれを示した。共有の善が足りないことを、かれは理解した。何についても――不足だ。かれは、あの横暴な主張に賛同しなかった。稀少なもの――自由――が恐るべき平準化のなかに消えるのを、かれは見た。その自由を、大物連中の策略は、意図はともあれ、否定しようとした。自分たちのために権力を握って。

かれは、それほど偉大な自由の岩だったか？

やつらは、多くを諦めねばならないと知っていた。かれはそれを拒否し――だが己のための、十全な場所を要求した。やつらは群衆に屈服したが、その埃を浴びるのは悔しかった。やつらがこうむり、かれが拒絶した劣化は、かれへの憎しみを二倍にした。すべてはその感情から生じた。かれは、はけ口になった。ジェファソンは、ガラスの燭台を失い、のちには、それを犠牲にできると想像した。ワシントンは失望して、空気を吸うため農園に引退した。バーは政治へと入り込んだ。

とうとう、本題だ！

己自身の、人間性。自由で独立し、群衆に屈せず、実践的で、直接的なもの。それが、かれの乱暴な党派だった。岩に基盤をもち、不動だ。

かれは、そうした光のもとでそれを提示したか？

どんな光か？　だれに、それを名づけられる？　それは隠れた炎であり、すべて普遍的なものと同様に、三つの普通の単語に押し込むことはできない。

かれらは、かれを軽薄と呼んだ。

かれは真剣だったから。己のすべてを捧げたから。やつらこそ、戯れ、ごまかし、隠れ、客間や農園で悲しみをまぎらした。かれは直立し、傲慢で、妥協しなかった。やつらは勿体ぶり、気どって歩いた――小ずるい、大物の自由主義者たちだ。かれは自由のために攻撃し、すでに自由を得たと己を欺かなかった。己と、己の教えと、血を信じていた。やつらは、小綺麗な空想と、もっともらしいことばと、汚物で、それを窒息させた。そのために戦ったものを得たか、得ていないかだ。イングランドか、群衆か。かれには、わずかな違いだった。かれは真剣**だった**。やつらは矮小化した――自分をごまかした。

かれらは、かれは不道徳だと言った。

かれは不道徳だった。安全に。肉体において。かれが安全を見いだしたのは、肉体と、そのたしかな守護者――女たちだ。女たちは、鈍感でかれを理解しなかったか？　女たちは、かれを愛した。軽薄？　かれだけがおそらく当時、女性を肉体において、真剣に見た。女たちは、かれの真剣な理解と敬意と、――女性を――解放する力を、深い感謝と喜びとともに歓迎し、喝采した。自由？　それなら女たちにも。――だがその自由を唯一守るものは――不道徳だ。かれは、それを笑い飛ばし、さらに深く掘った。

かれは、女たちを軽く扱った。

違う。かれは、女たちの秘密を守った。ほかのどの男より、よい記録を残した。意見を求められると、かれは女性について、こう言った。まったく真剣な存在ですが、女性には軽やかに恋の戯れを語るべきです。他の連中は、女たちに軽薄だった。女性を否定し、その肉体を大目に見て、せいぜい伴侶として認めた。ひどい場合は、馬、牛、土地の付属物、コーヒーを淹れドーナッツを作る有益な働き手として。——そして放置され、五世代後には農場で気が狂う——それがニューイングランドだ——連中は雄牛を納屋に隠して、雄牛は雌牛を知っていると、女たちに考えさせないようにする——あほくさ。いかれた封建的なお人形、それがヴァージニアだ。女たち？　必要だが、高貴でなく、至高でなく、甘美に自由でない。切り離され、女性らしく、天国だ。——パン生地としてのほかは、入り込むのは恐ろしい。バーは、そこに生きた魂を見た。自由で、平等で、独立し、命に溢れる。かれは、見つけたか？　ぼくは言いたいが、見つけたなら、かれは時代に先んじていた。たしかに女たちは、かれから泉のように飲んだ。

かれは、子供たちを情熱的に好きで、逆も然りだった。自由のあれらの小さな像、子供たちは、かれを魅了した。かれらは、真剣さと公明さと内に光を宿すものを愛すから、——かれを愛した。かれは子供たちを熱愛した。最初は義理の息子たちで、そのあとは、あの小さな孫、セオドシアの赤子だった。その子は死んで——老人の心を砕いた。

かれは、サテュロスのように不道徳だった。

怖れと失望が叫んでいる——そして倒錯した快楽が。アメリカ人がみずからに喜びを与えず、道徳的な逸脱から「救う」ために他人を毀損して得る鋭い喜びは、ようやく近年理解されてきた。一歩進めば、迫害に至る。この世界は、残すためでなく食べるために作られている。魂が空虚になるのでなく、充実するために。

それは、放埒な男がやりすぎるときよく使う口実だ。自由は、それほど安易ではない。無知のほかに暴政はなく、そこからの脱出とは、明晰に一貫して、深く追求される道徳的達成にほかならない。

たんなる感覚主義者が見せびらかし、しくじる提案には、懐疑的だね。

バーは、民主主義が解放しなければならないものを知っていた。

それは何だ？

毀損されていない――すべての感覚を目覚めさせた人間。かれは、「ふつうの人びと」の直接性を、別の水準に高めて備えた。改革家たちは、つまり策略家たちは、いつもそれを無視し、間違った名前を与え、誤解した。それは、触り、聴き、見、嗅ぎ、味わうことにほかならないのに。

超越的な理論だね、わが親愛なる同胞よ。

開拓地の人びとの素晴らしい誠実さとは、何だろう？ バーにおいて、その貴族的な血筋は、土地から直接に発したが、己の土地が裏切られるのを見た。目隠し越しに真実を示すのは、難しい。しばらく前、ちょうどここで、ぼくはあるポーランド女性が娘にこう言うのを聞いた。「あなたは、上着を五十枚のセーターを着て破るのね［豊満な胸、の意か］」。

何だって？ 上着を五十枚のセーターで破る？

その直接性、官能的な特質、純粋な観察、苛立ちや気どりの欠如、遊戯的な誇張、構成の感覚、開放性、陽気さ、抑制のなさ。それは解放し、安心を生む。大きな事柄についても、同じだ。あるいは、それさえあれば、同じになる。素晴らしい誠実さは、（もちろん大きな事柄について）策略でなく、一連の手順でなく――こだわりのない真実だ。

きみは、第二の中国を得るだろう。

バーの人生は、そうした素材でできていた。民主政治のなかに溢れようとしたのはそれだった。

裏切り者は、たぶんそれをもつ。無能な連中もだ。

そう、かれらはもつ（たぶん）。それが、かれらを救う。もしそれが世界の偉大な支配者たちに現れないなら、かれらが魂の力を欠くからだ。それがこれから現れるものだからだ。それは困難だが、まさに**それ**だ。

あまり啓発的でないね、それは。

いったい科学者や、哲学者や、聖人は、重要なのか？　蛇遣いだ。娯楽だ。かれらの図式に、なんの意味もない。だがそれぞれの人間にとって、あらゆる瞬間、細部、献身、明確さは死活的だ――だからぼくたちは人びとを、要するに、その生き方により評価する。ひとは深く考え、未決の時間を過ごし、完全に、真剣に己を委ねなければならない。本物の羊飼いになるために――あるいは道化師に。さもなければ、人生はただの紙切れだ。

それはそうだ。だがバーは、それにどう関係する？

もし政治の術が人間性の科学でありうるなら、ぼくが思うに、かれの場はそこにあった。かれは、他の人びとが作ったもろもろの図式の、精髄だった。

あらゆるものの――そして人びとの――価値は、純粋に精神的であるとして、己のなかの真実への細やかで、一途な献身であるとして、どうしてバーが――？

そうしたものは、外の世界においては、ぼくたちを当惑させる様相を示す。ぼくたちが男も女も善きものを掘り出そうとする猥褻な肉体を、バーは知り、信頼した。そこでかれは生き、その本能的な本性の限界まで、与え受け入れた。

だが情熱は分別を曇らせ、ぼくたちは哀れな代物を食らって、それを神々しいと呼ぶ。バーはその時代に、ひどく非難された。不道徳で、裏切り者で、規律がない。それらの批判を、ぼくはやはり信じる。

お望みなら信じるがいいが、この話を聞きなさい。生涯の終わり近く、あるご婦人がこう言った。「大佐、貴方がかつて、世間が言う陽気なロサーリオー〔蕩児の代名詞〕だったとは」。老人は、輝きがまだ衰えない眼をご婦人に向け――震える指を上げ、静かな、印象的な囁き声で言った。「世間が言う、世間が言う、世間が言う。ああ、貴方、そのひどい言葉をどれだけ使いつづける気ですか？ それは、ほかの何より多くの害をなしてきました。けっして使わないでください、貴方、けっして」。

18　奴隷の到来

本章は、アフリカ系アメリカ人を語り、論じる。

ぼくが親密に知っている有色人種の男女は、ある喜ばしい特質を、ぼくの人生に与える。つまるところ——章題は別だが——奴隷の到来を語る意味はほとんどない。要するにかれらは、船に乗りアメリカに来たある性質の人びとで、他と同じだ。状況の小さな違いは重要でない——かれらが来た状況自体は重要でない——

ぼくが親密に知ってきた有色人種の男女は、印象的な人種的特質をもつ。なぜそうなのか、ぼくは正確に知ろうとしてこなかった。

だれも思いつかないらしいが、黒人はある特質をもち、それをアメリカにもたらした。特定の目的のために、それがぼくたちに役立つかは、重要でない——

メイフラワー号に対峙して、奴隷船がある——ヤンキーとイギリス人が操り——別の人種をもたらした。かれらは新世界を試し、頑健さと能力を証した。キリスト教をわがものとし——象や蛇やゴリラで一杯のジャングルに置き換え——その上に安定を求めて身を寄せ、かれらの黒さの魂を吹き込んだ。かれらはそこに、アステカの血まみれの聖堂のように、基盤をもった。
かれらは、「豊かで、いくつかの点では豪奢で不思議に東洋的な社会」の形成を助けた。「ピューリタンのマサチューセッツは、人間の本質的な邪悪という観念を除去できず、この地上の楽園、ジョージアを思い描けなかった――」。「多くの家で子どもは、それぞれ特定の奴隷をもった。大紳士たちは、ほとんど公然と妾をもった。貴婦人たちは、夏の暑い午後に回廊の日陰で、黒人の従者の扇の風に慰められ、また泉から定期的に運ばれる水に足を洗われ、うたた寝した」［一九世紀の著作家オーガスタス・B・ロングストリートから］。それは沈潜した特質だった。あるいは生きた特質だった――どちらでもよい。

あとの残りは、それ以上なにかを言うのを避けることだ――黒んぼらしく。それがかれらの美質だ。かれらが人種を問題にすると――それは無だ。「トロヴァトーレ」［ヴェルディのオペラ］を歌うコーラスで、かれらは無だ。だが無を言って［なにも言わず］、無を踊って［なにも踊らず］、「**ノーバディ**」である［だれでもない］と、それはある特質だ［「ノーバディ」は黒人コメディアン・歌手のバート・ウィリアムズ作曲の歌］――

バート・ウィリアムズ、ロシア・バレー「キス」の作者［事実でなく、「もし作曲したら」の意か］。それは無よりもひどい。でも「どこかで太陽が輝く――**ぼく**のために」［B・G・デシルヴァ作詞、ジェローム・カーン作曲「陽光を求めて」から］。これは**なにか**だ。靴を脱いで、それは**なにか**だ。

……踊り、近寄り野放途に歌う。もっと近寄り、一緒になり。体を振り、揺すり、揺さぶり、震わす。あるいは小屋でひとり、夜、静寂のなか、月光のなか――無であって――重々しく、優しく――

かれらは到着し、「神の天国を歩きまわる」［トーマス・A・ジャクソン作のゴスペル曲］。

ある堅実さ、それ以上縮減できない人種的な中核があり、それがかれらに、なんら権威をもてない世界で平静を与える。

あるいは、乱雑な作りの「お城」。人形の家のような三角屋根が、ひどく歪んで上に乗る。線路脇に。そこに若者たちは「花嫁たち」と、戦争の**すぐ**前の古きよき日々にやって来た。古靴。だらけた独立。残酷な人生を、無価値な息子を取りあって、挑むように生きる。獰猛な勇気と、怖いもの知らずの太い声と、邪魔するなという必死の決意。――回想する、抜け目ない、記憶する二つの眼が彼女のことばに真正さを刻印する。――そして男でも女でも脅す相手に重い打撃を与える長いゴリラの腕。ナイフの一刺しを脅す叫び。それがだめなら斧の一撃。女は叩きのめされ、野牛のように吠えた。虐待されて――だれに？　女からは聞き出せない。だが女は、耳を貸す誰にでも、ここでもどこでも、こんなことは二度と起きないと告げた――そして起きていない。土曜の夜は物思いにふけり、すり足で歩く。ゆっくりした、体を揺する足どりで。あるいは、街のどこか片隅を見つめる。声をかけられれば、喧嘩腰のしかめ面で踵に重心を置いて――「やあ元気かい」と言った――どこでも。「さあ私を殺しな、あんたなんか怖くないよ」。

ぼくは、手に汗を握る喜びと深い満足をもち、E・K・ミーンズ［一八七八―一九五七年］の物語『ディアダ、不和の娘』を思い出す。野性的な黒んぼ娘の物語で、持ち主が彼女を連れずに短いボートの旅に出たあいだ、友人の家に預けられる。『ディアダ』を読みなさい。――籐の茎を切り、電光石火で尖らせ、攻める猟犬に突き刺す。

「古いフィレンツェの樫
のような［老いた黒人の］顔。

また

きみたちの顔という
ありきたりの作品もぼくを刺激する――
指導的市民たち――
だが同じ
やり方ではない」。［ウィリアズムの詩「弁明」から］

なにもたいした違いじゃない――オティには。肉屋のナイフ、肉屋のナイフ、グールドさんが探してるよ［詩人ウォレス・グールドがケーキ作りで生計を立てたさい助手にしていた黒人の若者］。それは特質だ。「甘美な永遠の声たちよ、静まれ」と同じだ［W・B・イエーツの詩「永遠の声たち」から］。

ぼくが親密に知ってきた有色人種の男女のうちで、もっとも多弁なのはMだ。――ジンマシンが出るので卵を食べられない。かれの笑う唇から、ことばは根源的なかたちで生い育つ。「あの青春の華とかいう話をご存じか」。内気で歪んだ微笑みが、用心深くゆっくりと、優雅な体つきの上にある。まっすぐでほっそりした六フィートの、柳のような繊細さ。肩から身をかがめて、眠そうな眼で微笑む。「白人の血と黒人の血は混じらんのさ」、かれは傷をいたわりながら言った。「先生、おれは**フルート**が出血してる［喉または陰茎の意か］」。「コカインは馬のもの、コカインはラバのもの、**穴ぐらにはまりこんでるさ！**」、ぼくが包帯を剝がすと叫んだ。「これをガチョウに食わしてやる」。その癒しはけっして止むことがない。失望させることがない。かれの話は、泉から湧く水のようだ——それは特質だ。ぼくはいつか、かれのスラングの即興の本を書いてみたい。かれと共作で芝居を書いてみたい。

かれの父親は、別の種類だった。ぼくは一度、かれの会話について数ページの覚書を作った——失くしてしまったが。北大西洋沿岸の優秀な漁師で、ウナギのように抵抗力があった。スクーナー船の底でマダイを詰め、氷と魚が厚い層をなしたが、そこでいちばん長く働けた——

まったくの不潔さのせいで、ぼくたちはかれらに触らない。自暴自棄で酔いつぶれ、ひどい代物を飲み、それで死にかける。ぼろの山のなかで。どこかのぞっとする、病気もちの女の汚い屋根裏部屋の軒の下で——蝿にたかられ、気絶して——

宗教的献身の純粋さにおいて、その挙措の単純さにおいて、かれらは、ぼくたちの最大の没入をも越える。身なりの清潔は、かれらに、東洋的な優雅さで似合う。その前では、ぼくたちの洗浄は無意味になるほど見劣りする。

かれらは、金で買える**最高の**服を着る。男も女も。

それは、なんでもない。なんでもない。

ジョージー・アンダーソン〔ウィリアムズが育った家の召使〕がいて、ぼくは覚えているが、空気と光の上を歩いていた――野性的な娘だったころ。

そして「ドゥドゥ」がいた〔本名ジュリア・バレル、ウィリアムズの妻の手伝い〕。四月の露や雨のように優しかった――だがぼくは知っていたが、彼女は失敬な連中にすさまじい癇癪をおこした。

そして、ほかにもたくさんいた。

かれらを船に乗せろ。きみが思いつくどんな状況であっても。そしてかれらを来させろ、来させろ。なんのために？

なんでもない――

ヘンビーのやつは、ぼくに戸口で言った。「来たよ。昨日会いに来たが、見つからなかった。お医者さんおれはひどく困ってる。あんたに何とかしてほしい」。

19　下降

サミュエル・ヒューストン（一七九三―一八六三）は、ヴァージニア生まれ。チェロキー族のアーカンソーへの移住を管轄する政府業務に関わるが辞職（一八一八）。法律を学びテネシー州で開業。下院議員（二三―二七）。テネシー州知事（二七―二九）。辞職し現オクラホマ州のチェロキー族地域に移る（二九）。先住民との交渉をジャクソン大統領に依頼されテキサスに赴く（三二）。メキシコとの領土争いの渦中テキサス臨時政府軍司令官となり、勝利後にテキサス共和国初代大統領（三六）、テキサスが合衆国に併合される（四五）と上院議員を十三年間つとめ、のちに州知事（五九―六一）。

齢十五でサミュエル・ヒューストンは、一七九三年生まれ、スコットランド系アイルランド人の出自だったが、預けられた兄たちから逃げ出しテネシー西部のチェロキー・インディアンに加わった。かれらと十八才まで暮らし、それから入植地へと上昇して学校に行った……この土地の根本の運命は見分けにくいが、無関係な文化の拡がりが貼りつけられ、さらに見分けにくくなった。現代の美的な固着はほぼすべて、その後者に向かう。その見分けにくい層を、土地の鋭いが脆い精髄は、突き抜けねばならない。種子は丈夫だが、その成長に状況はおよそ不利だ。新世界の力のあらゆる残余が失われることも、ありうる。リョコウバトのように。

ヒューストンは精神的・道徳的・肉体的に、圧倒的達成に適したわずかな男の一人だった。一八二九年にテネシー州知事のかれは、州のサムナー群の有力一族のエライザ・アレンと結婚した。三ヵ月後に、彼女は家を出た。だれも理由を知らず、どちらも沈黙を守った。「エライザは私から放免された」とかれは書いた。結婚の短さ、別れの激しさと永続性、ヒューストンの高い地位、その事件に関する情報の欠如は、それに強烈な性質を与える。想像には推測がふさわしい——かれは彼女を情熱的な恋愛の件で責めたか、彼女はかれをずっとひどいことで責めたか、あるいは、よりありそうだが、かれらのあいだには不調和があった。原初の精力をもつ男が個人生活において彼女に解き放たれ、彼女は何らかのやり方で圧倒されたか、または圧倒されることを拒否した。

かれは、その不幸の感情的反動に足をすくわれ、最初は妻の父に彼女が戻るよう仲介を頼んだ。それに失敗すると、テネシー州知事を辞職し、すべてを後ろに捨て、もう一度地面への下降を始めた。かれは、アーカンソーに移されていたチェロキー族にまた加わった。州は大騒ぎになり、人びとはかれの悪口を言った。ひどすぎて、かれらの言わないことはなかった。妻は離縁し、再婚した。しばらくかれは酒浸りになり……インディアンに向かった。それは救いを与える身ぶりだが——絶望の身ぶりだった。ポーを理解するには、かれの深い根を知ることが必要だ。そうすれば、その花の性質は正常だとわかる。その歪んだ蒸溜性と蒼白さのすべてにおいて。かれの時代の砂地の下に根を伸ばした、砂漠の花。

ホイットマンは下から来る必要があった。すべては下から、死んだ層を貫いて来る必要がある。かれの根本的な試練は、運命の特殊な条件により形成されたが（すでに部分的に文化を得た種族が野生の大陸に移植されたこと）、ある植物を、目標として欲望の眼に据えていた。それは、モクテスマの庭のように華麗だった。木の檻のなかの、鳥や野生の獣や白子の土民。

だが基盤から成長するものは、最初に沈下しなければならない。

もしかれがフランスに行くなら、ドレミファソラを学ぶためでなく、未知の**新世界**を見るためだ。すべてが明瞭に新しい文化でなくとも、少なくともある充足を。かれは、己の理解の足を地面につけたかった。かれの地面に、その地面に、かれの知る唯一の地面に、かれの足下にある地面に。ぼくは、美的な充足について話している。その欲求はアメリカでは、地面を知ること、詩的に知ることによってだけ満たされる。なぜならそれは困難だから。ひとりの詩人の出現に伴う難しさのために。詩人とは、物質的・美的・精神的・仮説的・例外的な——充足に関わる存在だ……その理由で、その欲求はアメリカでほとんど満たされない。あるいは、埋め合わせで満たされる。美において一時の埋め合わせで満たされる国、それがアメリカの支配的な状況だ。だが危険は残る。趣味はついにあまりに堕落して、新しいすべては忘却され——

その巨大さにかかわらず、精髄は内気で野生で脆く、まことに美しい。最も鋭敏で、勇敢で、多感なひとだけがそれを愛する。それは死ぬかもしれない。

その間、趣味はひどい代物を与えられる……インディアンのあいだでヒューストンは生きた。妻との別離から十一年。部族に受け入れられ。自分を襲った災厄には沈黙を守り、あるがままの自分を受け入れる人びとと暮らし、過去の噂はかれらに影響しなかった。その礼節を、かれは見いだす術を、かれらは与える術を知っていた。それは地面から水のように湧いた。かれは、インディアン女を妻として迎えた。

侵略への刺激は明白だった。安易な利益。口実も明白だった。進歩。それらを拒否しても、甲冑に当たる羽根つきの投げ矢だ。ぼくたちは、芸術の理解の基礎だとみずから喜んで信じるものについて、初心者だ。詰め物を求め、ありあわせを熱心に摑む。つぎの段階では、金を得て浮かれて、他の者のようになりたがる。かくしてあらゆる色合いの順応主義者が、大学に到来する。極めつきのイギリス紳士から、山羊をつれたイタリア農夫まで。

緊急の必要は、ぼくたちが沈むことだ。だが低い位置からは、ラテン語のすべてとサンスクリットの名の一部と、多くのフランス文学とたぶん若干の他の文学を知るものに反論することは、不可能だ［T・S・エリオットへの言及］。かれらの反応は、「なにも知らない主義（ノー・ナッシング）か！」だろう［この名の排外的党派が一九世紀にあった］。だがぼくたちは、鳥の世界であらゆる木に登ることはできない。異国の諸価値が判定基準となるなら、埋没して口ごもるものは——敗北する。

ひとりの男には、天才か絶望かだ。ぼくたちは洒落たことばで返答できない。かれらの言語を学んで時間を浪費することは、ぼくたちの才能を粗悪にする。ぼくはアメリカの著名な文学者になるより、隠れて病気の犬のように死ぬほうがいい——たしかに最後はそうなるだろう。ぼくたちは目上の者に苦々しく忠告する。なにも知るな（つまり路上の男であれ）。知ろうとするな。文学の外国風の手管のごたまぜを携え、きみは異質な国に敬意もなく来て「洗練」された趣味におもねり、群衆の一角で順調に出世して、どう評価すべきかわからないものを汚す。敬意があるなら少なくとも、知ろうとするか黙っているべきだ……

下から来た者には徴があり、軽蔑を誘う。農夫の不潔なぼろ靴のように。かれらはただ外国から評価される。出自の大衆にとても近いので、近くからは蔑まれる、等々、等々……チェロキー族と何年も暮らし、完全に定住したあと、つぎにヒューストンは上昇した。サンジャシントでサンタアナ［メキシコの将軍］を打ち負かし、「サム・ジャシント」の呼称を得た［一八三六年。テキサス共和国独立に至る］。テキサス州知事［四五年の合衆国への併合後］。長期の合衆国上院議員。何度か大統領候補と目される。再婚。子供たち。思いにふけると松の木を削り、虎革の胴着と毛布とソンブレロを身につけ、バプティスト教会に加わり、南部諸州の連邦離脱に反対し、長生きしてリンカンが少将の地位を提示するのを経験した。それを断った。

どんなに望みがないと見えても、ぼくたちにほかの途はない。始まりに戻る必要がある。すべてを作りなおす。あるものすべてを、破壊する。

20 エドガー・アラン・ポー

エドガー・アラン・ポー（一八〇九―四九）は、ボストンに役者夫妻の子として生まれるが孤児となり、ヴァージニア州の商人ジョン・アランの養子となる。養父と離反し家出し（一八二七）、詩人・小説家・批評家・雑誌編集者として活動。貧困と飲酒癖に苦しむ。十三歳のヴァージニア・クレムと結婚するがのちに死別（三三―四七）。ボルティモアで急死。

ポーの作品名は、現行の創元推理文庫版『小説全集』および『詩と詩論』による（未収録の一篇「詐欺――精密科学としての考察」は以前の創元社版『全集』第三巻による）。Wの引用するポーの書評・時評は、八木敏雄編訳『ポオ評論集』（岩波文庫）にも含まれない。対象の作家等に関する煩雑な注は避け、現在の標準的版本 *Poe: Essays and Reviews* (Ed. G. R. Thompson, Library of America) での該当ページを、［ ］内に略号ERを付して示す。

ポーは「自然が誤って産んだもの」、「フランス人の眼に珍奇なもの」、熟しているが説明不能なもの、ではなかった。ぼくたちは鈍い頭で、そう特徴づけてきたが。むしろかれは、その地域と時代に密着して形成された天才だった。ぼくたちがかれに狂った評判を与えたのは、面子を保つためだ。その作家の古典的な精確さから、ほかに逃れる術を知らない。

その誤った強調は、パリでのかれの流行と、ボードレールへの音調の面での影響により助長された。だがフランス精神はさらに深く打たれた。ポーの作品は、細心の独創性により衝撃を与える。「独創性」のいかがわしい意味でなく、その正当な意味において。つまり、地面に由来する堅実性であり、自分は己の内側から判断できるという確信だ。それらを、フランス人は感じとる準備があり、すばやく自分たちのために利用した。文学形式の三角測量における、新たな再調整のための地点だ。

ポーにおいて明瞭に現れるのは、新世界、よりよい語を用いるなら新たな地域性だ。それはアメリカだ。目を覚ました場所の精髄が、表出へと最初に大きく隆起したことだ。

ポーはアメリカで最初に、文学は真剣であり、礼節でなく真理に属する事柄だという感覚を与えた。かれの批評的発言の志向は、百ものアメリカの書物の名から、己の文章の内奥の構造に至るまで、総体的にひとつの身ぶりを示す。それは些末なものを避けず、無価値な屑をすべて払いのけようとする。何よりまず**地面**をきれいにしようとする動きだった。

根本的な文法、統語、韻律の基礎をかれが論じるさいの無骨さには、地方性の風味があるが、それはまさに地方性**だった**。それはジェームズ・ラッセル・ローエル〔詩人・随筆家〕の愚弄を招いた。だが基本的な種々の区別の強調は、冷たく学者的に見えるが、この場合は、一から始めようとする強い衝動を示すだけだ。ポーは、ローエルの類の幼稚な洗練に比べれば、洗練されていなかった。かれの念頭には、ひとつの始まりが、若々しい地域的文学があった。それによって、かれは、一文学（イギリス文学）に加わるという道化じみた動きを回避する。それは、理にかなった衝動に反する動きだ。その文学は、かれと現実の繫がりがなくずっと以前から、あの始まりとは疎遠だ、と想定できた。その始まりこそ、新しい状況に必須なのだった。

だがローエル氏の評言［詩「批評家のための寓話」］には、答える必要がある。

「ここにポーがその大鴉とともに来る、バーナビー・ラッジ［鴉をつれたディケンズの作中人物］のように――

その五分の三は天才で、五分の二はまったくの砂糖菓子。

彼は弱強の五歩格の書物のように語り

常識ある全員に韻律を呪わせる

その種類として最良のものをいくつも書いたが、

心はなぜか頭脳により押し出されたようだ」。

これは、ポーから技術的な反駁を引き出した。「われわれはここで、特定の主題についての深い無知は、つねに確実に、万能の教師である「常識」への言及として姿を現す、と述べてよいだろう」［ER八二〇］。それからかれは、Lの韻文をずたずたにして、こうつけ加える。「L氏は弱弱強格の韻律に手を出すべきでなかった。それは、何も知らぬが耳だけでそれを書けると空想しつづける手の下で、極度に無様になる」［ER八二二］。だが、その前にかれは、別のやり方で事を決着させていた。ローエルは「彼に善意をもつ人びとの助言を聞き、散文および諷刺詩を、より巧みに操る人びとに譲るにしくはない。他方彼がそれに、それにのみ特別の天分を得ると思われる種類の詩に満足すればよい――すなわち感傷の詩である」［ER八一七］。だがポーは最後に、Lの最後の二行の非難に関して、みずからへの弁護として、他の場所で述べたことを追加できただろう。「想像力をもつ知性の最高の位格は、つねに勝れて数学的なものである――」［ER五四九］……

その一節の全体は、こうした言明の見事さだけでなく、それが地方的な「われわれ」を用いることによっても注目に値する（ルーファス・グリズウォルド［批評家、ポーを死後に中傷した］編の詞華集への書評）。「われわれが詩的な国民でないことは、頻繁に徹底して国内外で主張されたので、たんなる反復の力により、真理として受け取られている。だが、これほど真理から遠いことはない。その誤謬は、計算能力は理想と競合する、という古来の臆見の一部ないし帰結にすぎない。事実として、精神の力の二部門は離れては完璧な状態で見いだされない、と論証しうるだろう。想像力をもつ知性の最高の位格は、つねに勝れて数学的なものである。またその逆も真である」［ER五四九］。「われわれの政治的地位の特異性は、およそわれわれがもつ実践的才能を初期から活動させるよう刺激した。国家の幼少期においてさえ、われわれは、先祖の成熟した技術を恥じ入らせるほどの功利的能力を示した。いまだ紐で誘導されていたころもわれわれは、動物としての人間の快適を促進する技芸と科学に熟達することを証明した。だが、最初の明確な必要に駆り立てられわれわれが努力し卓越した舞台は、われわれが意図的に選んだ領域と見なされた。われわれの必要は、われわれの性向と理解された。鉄道を作るのを強いられたゆえに、われわれが韻文を作るのは不可能と目された。最初に内燃機関を作ることがわれわれに適したので、第二に叙事詩を作りうることは否定された。われわれははじめにすべてホメロスではないので、最後までジェレミー・ベンサムであることがいささか性急に当然とされた」。

「だがこれは純然たる狂気だ……」〔ER五四九〕。

フレデリック・マリアット〔英国の海洋小説家〕についての批評的覚書では、ポーが注意深く軽んじる「文芸の国民性」〔ER三二六〕と、文芸のみならず想像力による創造の全分野で、顕著に重要な地域性との区別に、注目すべきだ。後者は、かれがつねに焦点を当てたものだった。

ポーは、くり返すべきだが、**基本的に**グロテスクとアラベスクにわれを忘れた**奇怪な**天才ではなかった。ぼくたちがかれを「しなだれる百合」の沼地として評価するなら、それは表面にすぎない。

ポーの天才を形成した地域的な要因には、二つの性質があった。第一は、新たな始まりの必然性であり、途方もない土着の活力に裏打ちされていた。――その一帰結は、あらゆる「植民地的模倣」の排除だ。それは意識的な力であり、ポーにおいて多くの不朽の洞察として結実した。その天才によって、形式の本質についての確固とした言明が帰結し、さまざまな実作により豊かに例証された。第二は、その地域性が第一のもの、かれに生じた衝動、独自の突出、に及ぼした直接的影響だ。それは深部を責めさいなみ、奇怪な意匠の表面を出現させた。ポーはそれらによって有名だが、それが問題の主要な点ではじつはない。

その**双方**の影響は、地域性により決定された。だがその精神に影響したのは、気づけばいつものように、その愚昧さの帰結であり、大きな知恵が生むべき自己改善でなかった。アメリカの他のすべてと同じく、**ぼくたち**にとってのポーの天才の価値は、ぼくたちがその上に落としたものを取り除いて見つける必要がある。その天才がここでともあれ生存するために己の周りに築いた「保護」を、まずは取り除く必要がある——ここでは、何にせよすぐ踏みにじられる。

ポーは、「到達点を見た」。不幸にして、同時に己の絶望をも見た。だが攻撃を続け、驚くべき天才で、堅固な地点の発見に努め、発見した。そこに**立ち**、摑むために。その地域で他の連中が固執した、滑りやすいやり方に抗して。新世界とは、己の望むように己のものであるか、さもなくば無価値な泥沼だ。譲歩はありえない。かれの攻撃は**中心から**外へだった。己は存在するか、しないかだ。たとえ啜るパン粥がいくらあっても、その損失に無感覚にはなれない。それはひとつの教義であり、反アメリカ的だ。ここでは、すべてが間に合わせで、巨大で、過剰だ。怖がる豚や怯えた鶏が、穀物を餌にする——一八四〇年には、ぼくたちをいま支配するのと同じ雰囲気だった。手に入るものを取れ。なければ、写せ。虚勢にふくれたその人びとを、ポーは散文物語の多くで見事に要約した。そうした人びとにとって、全員にとって、世界で最も恐ろしい経験は、正体を暴かれることだった。ポーはそれを批評で、毒のある精確さで行なった。それは、**片づけたい**という身ぶりだった。世界を**得る**欲求だった。さもなければ捨てる。アメリカにおける最も真実の本能であり、満たされることを要求した。間に合わせ、自己欺瞞、奇怪な言い逃れが終わることを。だが、周囲の生活の奇怪な不適切さは、かれのことばに侵入した。

ひとは、女としての新世界という観念を避けられない。ポーは、新しいデ・ソトだった。たいていの人は小さなもので満足するが、かれは違った。

「やつらのやり方より、氷のほうがましだ」〔本書第一章冒頭〕。

直面した困難へのかれの攻撃は、鮮やかに構想され、過ちなく遂行され、成功だった。最良の形容詞は、たぶん「完全無欠」だ。

かれが望んだものは、どんな特定の場所とも結びついていなかった。だからそれは、かれがいた所である必要があった。

「われわれはようやく、われわれの文学がそれ自身の長所により立つことのできる、立たねばならない、あるいは短所により倒れねばならない時期に到達した。われわれは、イギリスの祖母の誘導の紐を断ち切り、さらによいことに、新たな自由の最初の数時間を生き延びた――未熟と大言壮語の最初の放縦な数時間を。ついにそれゆえ、われわれは批評される状況にある――そのうえ無視される状況に。……」〔ER四〇五〕。

ポーの発言が力を得るのは、その対象の小ささがその力を減少させないからだ。それは、ある不可避の、偏らない潮流の力だ。「われわれに、辛辣になる意図はない。およそわれわれがこの本に注目するのは、ただその種のものとしてはきわ立って長いから、われわれのテーブルに置かれているから、正しかろうと違おうと、立派な理由があろうとなかろうと、公衆の注目のいくぶんかを惹いたからである」〔ER九九二〕。新旧や、名前の違いによる手加減なしに、ページ上の証拠が精査される、という感触がある。かれは頭蓋の後部から、判定のために無謬の装置を機能させる。

ローエルやウィリアム・カレン・ブライアント〔詩人・編集者〕の類は、詩を文学と関係させたが、ポーは魂と関係させた。そこから、言語の使用の別の構想が生じる。ポーにおいて、ことばは、連想をもつ用法、過去の熟達の心地よい亡霊、によって繋がれない。それは感傷的な落し穴で、初期段階に陥る。ポーにおいて、ことばは形象だった。たしかに古い言語だが、そこからかれは、新しい目的のために、最も根本的な特質だけを引き出した。その目的とは、魂の語り方を見つけることだ。ときにかれはことばをとても遊戯的に使うので、文章は意味から飛び去るように見える。破壊的な要素！そこには、奔放だが持続性をもつガートルード・スタインの前兆がある。言語の分子は、砂のように明確でなければならない。（「詐欺——精密科学としての考察」を見よ。）

これは、かれの時代のべとついた想像力には考えつかない構想だった。かれは継続的に、不定形の塊から**なにか**を分離しようと努めた——そういうことだ。

かれの関心、完全無欠な攻撃の頂点は、一般的用法の汚染から「方法」を分離することだった——それが批評の作業の十分の九だった。かれは、周囲の世界に溢れていた形式と内容の「愚鈍さ」を打ち倒した。それはマシンガンの火だった。凡庸さの殺戮においてさえ、かれは無慈悲な卓越に達した（ルーファス・ドーズへの論評を見よ〔ER四九一—五〇四〕）。かれは構築を強調することにより、氷のように冷たい外観という犠牲を払っても、粗雑に結ばれた塊を引き離した。それは、時代に何より必要だったものであり、かれが憎んだ無定形の塊からの脱出だった。まさにある始まりの感覚であり、かれを、その物語すべての特質へと駆り立てた衝動だった。感情から形式に至ること。ひしめく「人びと」から離脱すること。

かれには、おそらく代数学から借りた、文章を中央で均衡させる、あるいは後ろの節で逆転させる習慣がある。対象や数字を扱うような遊戯感覚であり、元の分野でかれがもつ感覚であり、つまり他の文学的習慣とは距離がある。分離したことばを、かれは感知し、方向を変える。まるでその個別の特質をどうにかして感じとり、かれの意匠のなかに配列するかのようだ。「その少数の人びとは書物に然るべく属しており、書物はたぶん、その人びとに然るべく属していない」〔ER五八三、ホーソーンを党派的に支持した人びとへの批判的評言〕。

ポーにおける始まりの強烈な感覚は、かれ以前のだれにもなかった。かれが語ることは、起源において徹底して地域的であるので、適応において普遍的になる可能性を得る。他の人びとがあえて構想しなかったものだ。場所に適合するよう作られたそれは、ものが有する現実的な特質をもち、反－形而上学的だ――

ポーについては――

超自然的な神秘はなく――

運命の途方もない逸脱もなく――

かれはアメリカ人であり、理性の単純な行使によって理解可能だ。沼地の光であり――かれ自身にとってさえ、凄まじい対照によって、奇怪に見えたにちがいない。その孤立は当然のように、論理的に端的に、飲酒と死を導いた――絶望によって。あまりに繊細な真剣さと献身の、まさに最後の証として。

当然のようにフランス人は（外国人で、アメリカの状況に馴染みがなく）、かれの天才の**表面**に惹かれ、間違ったもの（だが表現豊かなもの）を模倣した。不思議なもの、奇怪なもの（倦厭）を。だが、それらはある現実の補完であることを感知しなかった。――そしてぼくたちはポーに、傷つけられ、逸脱した天才という**評判**を与える。奇妙な、病んだもの――ともかく説明不可能な露頭で、土地に無関係で。――それが、かれの遺産となった。

＊　＊　＊

「荒野を放浪したとき、イスラエルの子たちを嚙んだ燃える蛇は、おそらくギニア虫であろう。それは、水辺の虫として体に入り、成長し、最後には皮下で、一から六フィートの長さでとぐろを巻く。以前はそれを、毎日少しずつ巻きながら引き出した。それから動物学者は、それが卵を産むため水を探すことを発見した。寄生された足や腕を数時間水に漬けただけで、素直に這い出すのである」。「神秘的なものは、科学により解明されると、かくも単純である！」［ポーの引用でない］。

＊　＊　＊

かれの上に、**ひとつの文学が創設される**――特有のものが。真正でないものを一掃しようとするかれの怒りは、不機嫌になる。破壊への偏執的な衝動となり、周囲の模写されたもの、卑屈なもの、**偽の**文学を滅ぼそうとする。それは、かれの評論の主要な衝動だった。――進むにつれ暗鬱になり、戦いに敗れ、自分は沈みつつあると感じて――かれは悪鬼のように、撃退された存在のように見えてくる。そうした無思慮のために、かれ自身が人格を攻撃され、嘲られた――

かれは宣言し、己を維持し、己を前提とし、第一級**である**。**第一のもの！**――狂ったように、勇敢に戦ったのは、第一**である**権利のため――己の**真正さ**を掲げるためだ――

「もしある男が――オルフェウス主義者が――**見者**が――その男の自称が何であれ――残りの世界は間抜けと呼ぶが――もしその紳士が己の理解しない観念を得たとして、彼のできる最善のことはそれについて何も言わないことだ。……だが、彼が実際に自分に理解可能な観念をもち、それを他人に理解可能にしたいと誠実に望むなら、その目標の推進に最も適した言語の形態を用いるべきであることは、われわれには議論の余地がない。彼は人びとに、その人びとの通常の言葉で話すべきである。彼は、予備的で導入的な諸観念を伝達するさいに通常用いる語を配列すべきであり、それらの語が配列されるのをわれわれが見慣れている語法で、それらを配列すべきである」［ER二九〇―九一］。「他方われわれはバタつきパンが問題の巨大な**観念**であるのか――バタつきパンはその巨大な**観念**の一部でもあるのか、真剣に尋ねたい。なぜなら、われわれがしばしば観察するように、**見者**はバタつきパンのような通常の事物について語るときでさえ、けっしてそれを直接言及するよう説得されないからである」［ER二九二］。

かれのエッセーの言語は、かれが生じた地域の注目すべき**歴史**である。そのことばに香りはなく、むしろ輝きがある。それは、思想と理想を除き、すべてから分離することによって生じた。観念としての語は、冷たく星雲状に隣り合い併置され――剥き出しの表面にたえまなく落下するようだ。伝統の止まり木に届かず、力尽きて。長く感覚的な文章はめったになく、むしろ頻繁にみずからの複製をつくる。あたかもみずからによって、みずからを支えるかのように。

思考、思考、集合――そして、論理の複合分子を超えた**なにか**への感覚。細部は重要でないこと。**それをかれは現実に**実現した。「子どものような」、単純な、演繹的な推論が、かれの批評**である**。

——**始まり**の感覚であり——推論する者の内在的**価値**を前提する真正さの感覚であり——裸にされた感覚だ。だが、やはり衣装をまとってはいる。

真正さが基づく地域性を除いて、みずからの論理的構築に何か支柱が必要だとは認めず、かれは、ヘンリー・ワズワース・ロングフェロー〔詩人〕の対極にいた——控えめに言って。だがロングフェローは、大半を「向う側」から搬入した点において、アメリカでポーに先行したすべての権化だった。「ロングフェローほかの剽窃家たち」でポーは、かれらにぞんぶんに襲いかかった。だが、かれらは何をした？　たしかに、五百人の建築家がいつもすること以上ではなかった。おそらくロングフェローは才能なしに行なったが、セビリャ大聖堂の塔を、マディソン・スクエアに移すこと以上でも以下でもない。

それは、「善良な」精神の表現だ。「文化」をアメリカのために「見つけて」、入手する欲望だ。満開のものを——どこかで。だがぼくたちは、そのために、あまりに遠くまで彷徨い、多くの損失をこうむった。そうした構想は、哀れを誘う追憶以上のものにならず、新世界のなにも含ま**ない**。だがそれは、地域に、それが欠くものを運ぶ欲求から生じた。

地域が欠くものは、事実、涵養されるべきだった。そこで連中は、その上に無関係な写しを建てた。そのことを、知性の徴として——活力として。つまり、地域の特質を引き出すために、連中はそれを覆った。文化は、それでも涵養の成果だ。あるものに、それが稀なものになるまで手を加えることだ。カラシナ畑の、黄金の円蓋。それは、涵養することが可能な堅実さを含意する。その成果は完璧に組まれ配置される大理石材であり、その孤立した卓越により、迫り上がる欲望を表現する。欲望は、それらを一気に放出する。統御されつつ、世界という障害物の堆積を通過する。

　これが文化だ。ある環境の特有性を、それを統御しながら、突き抜けること。文化とは新しい環境を、別の戦いから来た、形はよいが陳腐な古着で圧迫することでは**ない**。人びとは「美術館を破壊せよ！」と言うとき、おおむね正しい。だがそれは結局、隷属を怖れる精神の反映にすぎない。ポーは、フランス、スペイン、ギリシャを見て、模写を強いられ**ない**ことができた。そうできたのは、己のなかに己の地域の感覚をもっていた**からだ**。それは、涵養することができた。

　己のものでない他の諸文化からの断片をポーは利用するが、それらは新奇で、有益で、気どりのないものとなりえている。なぜなら、それらの導入は、規範や気どりでなく、ぼくが示してきた新鮮な目的による、という印象を与えるからだ。そこには、不快に「学識ぶった」、軽蔑的なものはない。かれが無教養な公衆相手に弄んだ、いんちきラテン語の機知溢れるお遊びでさえ。それはその力により、つぎにはかれに真正さを与えたし、諷刺的なときでさえ、本物であることを許した――なぜならかれは破壊を求めたのでなく、己のものを、率直に主張し擁護したから。

　かれが最初にそれを理解したのだが、新世界の無情で、冷笑的で、喧嘩好きな群衆は、気性が荒く不機嫌だが――塗り潰し、中傷し、破壊すべきものでなかった。なぜなら、破壊されは**しない**からだ。それは強力すぎるし――微笑んでいる！　人びとが侮れるもので**ない**。扱いにくい、ひどく扱いにくいのは、かれらの力だった。その動物的な粗雑さに溢れる容量のなかにこそ、かれらのあらゆる美質が安全に埋め込まれているはずだった。

　ポーは、場所の可能性を、その陰気な火山のような不可避性を考慮した。かれは、下降してその条件と格闘する用意があり、フランス、イギリス、ギリシャが与えるあらゆる道具を用いた――独自の目的に使うためだ。

それが、かれのロングフェローへの怒りだった。

困難は、ポーと他の人びととの違いの始まりを見る地点へと、精神を向けることだ。その隔絶はギリシャ人と中国人のあいだほどに広いことは、予測しにくい。ある可能性の構想において、かれは最も卓越していた。その偉大さは、背中を向け内陸へ、真正さへ向かったことだ。ブーンのような人と同じ身ぶりで。

そしてその理由で、かれは認知されない。アメリカ人たちは、己を認知してこなかった。どうしてできるだろう？　それは、だれかが**真正の**ことばを発明するまで不可能だ。ぼくたちは、他人のことばで名指されるのに満足しているかぎり、自分に騙される馬鹿者でしかない。

それゆえポーは、己の真正さによって苦しまねばならなかった。新しいものを作ると、庭の松の木から作られたものでさえ、きみがしたことをわかる人はいない。名前がないからだ。それが、ポーへの認知の欠如の理由だ。かれはアメリカ人だった。自分の地域の驚くべき、思いもつかぬ産物だった。世間は口をあけてかれを、かれは驚いて世間を、見つめた。それから、相互の憎しみだ。かれは嫌悪、世間は不信。きみの鼻先にあるものこそ、説明不能に見えるのだ。

ここにポーは出現する――奇怪な孤立した作家、珍奇な文学的人物としてではない。反対に、かれにおいてアメリカ文学はたしかに繋がれる。かれだけにおいて、確固とした地面に。

かれが語るすべてには、己の時代に囲まれている感覚がある。それに摑みかかり、怨みは増すが、つねに戦い、摑んでいる。

　だがポーは――他の諸文学の先駆者、偉大な創始者とは違って――国民の性質ゆえに、有力な凡庸さをまず突きぬけ、頭を出さねばならなかった。それは二重の負担だが、かれはそれを行なった。先行する作品を軽蔑し、無視し、侮ることによってで**なく**、それを攻撃することで。「アメリカ文学のすべての先駆者において、散文でも詩でも、その作品が同国人によって過大評価されなかった者は一人もない（注記。かれ自身の評価でも、かれは創始者だ）」〔ER四〇四〕。

「だが真正さは、最も高度な長所の一つであるが、最も稀なものの一つでもある。アメリカではそれはとりわけ、きわめて顕著に稀であるが――よく知られた種々の理由によってである」〔ER三七六〕。

　かれは「過度に好都合なもの」〔ER三八三〕を忌み嫌った。――もちろん、かれの言うように、新世界のインディアンや森林や壮大な自然美について書くことは、魅力的で人気を得た――だからかれは、作家たちにそれを**避ける**よう助言した。明瞭至極な、よく選ばれた理由で。（フェニモア・クーパー評を見よ。）かれの強調の全体が向かったのは、方法であり、自然を前にした名づけえない恍惚ではなかった。かれは、クロード・ロランを賞賛した。模倣した様式に粗野な地方的活力を詰めこむかわりに、かれは、削ぎ落とした様式、狩人のようにすばやく、狙いのたしかなものを望んだ。新世界の人びとが進むべき方向だ。腹を破裂させるか、鋭い理知か。場所を見つけろ。足で立っても、腹ばいでも。それは戦いだ。作家たちへのかれの助言は、情景からなにも借りず、精力をすべて**書くこと**に向けることだった。**壮大な**情景は脇に除けて、己の表現を始めろ。方法、句読法、文法――

　文学の地域的な状況が、ポーの手を**強いた**。それを了解してこそ、かれが用いる種々の名前を理解できる。それを表現するためには、その豊かな国自体は、避ける必要がある。かれは、地域的状況から発する様式を創始するが、木々や山々という状況ではなく、「魂」という状況からだ――魂はここで飢えて、自由を失い傷つき、死ぬ気でいる――かれは、自分の主題において特定の方向性を強いられる。

だがそれは、かれを困難に晒した。かれが方法か主題かという選択に専念し、青々とした風景という無意味な塊や、それが含意するすべてを一掃したとき、**そのとき**、ようやくかれは主題を探しはじめるだろう。**自然な**風景を意図的に切り落としたことで、かれは、ある領野を強いられた。それは、かれが探したにちがいないが、冷たい論理の、発明の領野であり、それに対し、作品はやはり自然な外観を与えねばならない。かれの想像力の散文へと。

かれの批評は、かれの散文がそうあるべきものへの道を開いた――理論は実践を含む、というかれが好む理論を例証して。

批評から物語へと移行するさいにとりわけ啓発的なものは、散文家としてのホーソーンの長所と欠点をめぐるポーの議論だ。かれは、ホーソーンの作品が卓越することを発見した喜びと驚きを表明するが、それから欠点を見つける。

「彼は、最も純粋な文体、洗練された趣味、身についた学識、繊細なユーモア、感動的な哀感、輝かしい想像力、完璧な巧妙さを備え、これらさまざまな美点に加え、神秘家としても卓越する。だが、これらの特質のうちのどれも、また彼が正直な、高潔な、分別ある、把握可能な、理解可能な人物として二重の経歴を送ることを妨げないのだろうか？　彼にはつぎのことをさせたい――ペンを直し、目に見えるインクを入手し、古き牧師館から退出し、ブロンソン・オルコット氏〔超絶主義者〕に斬りつけ、『ダイアル』〔超絶主義の機関誌〕の編集者〔マーガレット・フラーまたはエマソン〕の首を（可能なら）吊し、窓から豚に『北大西洋評論』の端本すべてを投げつける」〔ER五八七—八八〕。

ホーソーンは、ポーが意図して避けたものを扱うのを厭わなかった。つまり**形のない塊**、「怖ルベキ、形ノナイ、巨大ナル眼ヲ取リ去ラレタル怪物」〔ラテン語、「タール博士とフェザー教授の療法」〕による汚染、である。まさにここに、ポーと比べた場合の、ぼくたちの文学にとってのホーソーンの重要性の欠如がある。それは、曖昧なユーモアにより地域の生活に近づいてホーソーンが失うものだ。ニューイングランドの憂鬱の写実的な模写であり、町のポンプへの落ち着いた親しみだ。——ポーは嫌悪により得る。地の果てまで飛び「真正の」素材を求める——

こうした単純な、論理的なひねりによりポーは、よりアメリカ的であることに成功する。地域的な必要にさらに応え、より緊密な構造的必然性を得る——自分を無理に近づけるのでなく、離れて立ち**見る**ことによって。ところがホーソーンはその物語で、フランス、イギリス、ドイツの誰もが各自の環境でしたことを行なうから、かれらの方法をべつの舞台で写すにすぎない。かれは**創始する**ことなく、始まりの文学を気にかけなかった。始まりの文学は、それ自体の規則と枠組みを確立せねばならない——ポーはそれを、より高尚な姿勢を取ることで実現した。

ポーの物語のこの感触、つまり隠れた、下の、見えない部分は、かれに状況へのたしかな**洞察**を与える。その状況は、ぼくたちの文学が基づくべき、つねに同じ、じつに地域的なものだ。だがそれは、情緒や気分や、木々やインディアンによるのでなく、独自の資質、正常な堅実性による。その堅実性こそ、気分の儚さが前提とするものだ。儚さがおよそ何かを表現するとして。――そのことが示すのは、真の困難へのポーの明瞭な洞察と、判断の堅実さだ。

＊　＊　＊

ポーが物語で狙うものを理解するには、最初に定評のある、完璧なものを読むべきで**ない**――「黄金虫」、「モルグ街の殺人」など。それらは、その輝かしさで、かれの深い意図を見えなくさせる。むしろ、強烈さのより少ない物語を。――実際はすべてだが、とりわけ比較的ユーモアがたしかでなく、気分が軽く、主題に緊密に縛られず、多くの欠点が何かを啓発的に表している作品を。「実業家」、「使いきった男」、「息の喪失」、「ボンボン」、「詐欺――精密科学としての考察」、「不条理の天使」――その他の二次的な物語だ。

ある種の事柄がいかに頻繁に起こるか、述べるべきだろう――死は頻繁だが、それだけでない。肉体は分解され、切断される。「息の喪失」でのように――

そして、「跳び蛙」、「タール博士とフェザー教授の療法」、「モルグ街の殺人」などに――くり返される猿のイメージ。身近な同輩たちや己の不安への嫌悪のゆえに、激しい恐怖の情念を産むこの形象は頻繁に用いられたのか？　――「閣下は、仮装舞踏会で、その場の大半により本物と想像された、八頭の鎖に繋がれたオランウータンの産み出す効果を思い描けないでしょう。野蛮な叫びとともに、優美で華麗な衣装の男女の群れのなかへ突進します。その対比は、比類ないものです」〔「跳び蛙」〕。「沈黙」では、これに注目せよ。「人類への悲しみと倦怠と嫌悪と、孤独への希求」。

多くの口語的表現を、ポーの用法から引き出し、もしそうする価値があるなら、かれの言語はイギリス英語と違うことを示せる。だが、そうした作業はあまり価値がなく——、"hipped"［「消沈した」等の意］、"crack"［「すごい」の意］など——根底に触れない。

物語は、批評の理論を継続し、提案したものを実行する。

一、素材の選択において、抽象的。二、方法において、論理的構築。それは、構成の真の作用を示すために手近の「情景」を大部分刈り取る。三、語法の素朴な無骨さ、洗練の欠如、口語用法。それらは意外にも、とくに対話において、マーク・トウェインに近い。

ひとは感じとるが、物語の実際の制作は、かれにとって、時事的なものとは違う魅力をもったにちがいない。物語は実際その魅力を体現する。かれにそれらを書かせた、書くことを愉しませた衝動は——驚かすという子どもじみたものではありえず、己の真剣さに符合する、より深く論理的な愉しみだった。自分の最も非常識な創案をさえ、もっともらしいものに**見えさせる**喜びだった。——かれは**方法により**それらを**機能**させる。それらはうまくいった。かれの能力を証し、その思想を確証した。その遊戯性のまさに極端さにより、かれが構想したものの現実性をいっそう明示した。

ギリシャ語、サンスクリット語、ヘブライ語、ラテン語、フランス語、ドイツ語、イタリア語、スペイン語を——作品で——ポーの無疵の熟達に近づいて駆使する別のアメリカ作家がいたなら、ぼくたちはずっと前に、自分たちの文学をもつとはどんなことか知ったはずだ。

それは**基盤**、地域的な支柱をもつことであり、それにより現在の学問と古典的なものとの断絶に橋を架ける。それは、様式に共通する種々の美質は連続することを示す。その貴族的な起源、または民主的な起源を表す。近年指摘されたように、二つは同じである。なぜなら、貴族制とはある地域性の開花であり、それゆえ、民主制の十全な表出であるから。

それらの物語の方法について、意義と秘密は次のことだ。千もの実例が引用のために思い浮かぶ真正な要素が、方法を強調し実施し明確にする目的で、分解され編みなおされる。観察の技の卓越、熱気、地域的な真実性。それらを影で覆うのは、それらを結合させる行為の超然性、抽象性、冷徹な哲学だけだ。方法は、それを決定づける地域的条件からじつに鮮やかに生じ、堅固な粗雑さを、秩序ある構造の不在を強調するので、最も細心の研究に値する。――アメリカ一八四〇年代の全体が、心理学的に(骨相学的に)ポーの「方法」から再構成できるだろう。

＊＊＊

とりわけ「死が巨人のように見おろす」詩において〔「海の都市」〕、かれを妨げ、狂わせ、破壊した形のない圧迫の恐怖が、その性格を、空中に、風に、天国の祝福された回廊に押しつけた。影と沈黙と絶望に住まわれる陰惨な、死んだ世界の上に。――それは、かれの孤立の圧迫する力だった。

かれが、己の想像する状態に近く生きられるであろう唯一の地上の島、すなわちかれの妻〔ヴァージニア〕の愛は、単一で無疵であらねばならなかった。その国がより幸運であったらかれを虜にしただろう広汎な情熱を欠いて、かれはその狭い独房のなかでだけ存在できた。詩作品は、そのことの十分な表れだ。かれは詩人として知られるが、五つの、おそらくは三つの詩篇しかない。

彼女が死ぬと〔四七年〕、なにも残らなかった。絶望のなか、向かうべきものはなかった。それは、その場所と時の究極の表れだった。

かれは、周囲の人びとに、己が得られない愛を懇願して死んだ。なぜなら、詩篇となったかれ自身の愛は、かれを完全に包囲する鉄の報復と性質が混合したので、その唯一の対象が失われると、くり返すことができなかった。

だがここに、ある謎がある。かれの詩については謎とも言えないが。それは、かれが批評や散文物語で表現したものの累積にほかならないが、ひどく欲望とかき混ぜられて、炎として現れ、まさにその容器を破壊して——意志に反してと思えるが——かれ自身となった。

それは、性質の変化でなく、動きの加速により、ただの熱から炎に変わった——その浸透する力により、愛を語るようになった。——真理を分解する酸性の力により、愛に押しつけられた——

ぼくが言いたいのは、この局面で「方法」はかれを離れたが、やはり詩篇は、大いなる「理論」の一部であることだ。意味を把握し、理解し、すべてを方法に還元し、統御し、己を力へと上昇させる

——

そして挫折し、真理が愛に変わると、まるで摑もうとして手中で変身したかのように——今やかれの孤立の恐怖のすべてが迫ってくる——

散文では、かれはまだしっかり摑めた。まだ「配置」を保ち、その上に立てた。だが詩では縁にいた——なにもなかった——

詩において「われらは神々に近づく」と言われるが、ポーは、代わりに時代に捕まった。

今や防御もなく、場所自体がかれを襲った。今や上着の薄さが、孤立の恐怖が、場を占めた。

もし愛の栄える世界でかれが生きたら、詩作品は異なって育っただろう。だが実際に生きた場所で生き、非現実の世界、形のない「住民」に囲まれて——さまよい食事をして——巨大な恐怖がかれを

捕えた。

リフレーンへのかれの情熱は、空虚からの谺だ。戻ってくる己の声だ――かれの詩のなかのイメージは、精神の絶望の状況に属し、支えなく昇る炎のように薄く、一瞬愛のなかに成就するが――妻の愛というより――その人が弱々しい躰でかれに与えた逃げ道。その人自身は「悪鬼たち」に苛まれるようだった。

武器を奪われ、かれの詩では、場所自体が現れる。これが新世界だ。これが、それがすることだ、まるで――

詩篇、五つの詩篇のこの亡霊のような特質において、ポーは、まさに地面に最も属した。見つけるのが難しく、あたかもぼくたちは足下で薄く伸びる光のクッションを歩くかのようだ。それは隔離し、諷刺する――その間ぼくたちは不能に激昂し、わが身を上も下も鞭打つ。

ポーは、狭い縁に留まり、周囲の乱打する騒音より大きな声で、遠くまで叫ぼうと駆り立てられた――かれの地域性の、純粋な本質。

最良の詩は「天国の　あるひとに」だ。

21　エーブラハム・リンカン

エーブラハム・リンカン（一八〇九―六五）は、イリノイ州ニューセーレムで製材業・商店主などをしつつ法律を独学。州議会に選出され（一八三四―四一）、スプリングフィールドに移り（三七）、法律家として働く。上院選に出馬し対立候補との討論で評価を高め（五八）、共和党大統領候補となり、一六代大統領に就任（六一）。南北戦争（六一―六五）を指導し、再選されるが（六四）、首都の劇場で凶弾に倒れる。

偉大なる横木挽き［リンカンの渾名］の、「私の今あるすべて、なりたいと願えるすべては、天使のような母のおかげです」。スプリングフィールド［イリノイ州］で二軒の家のあいだの狭い通路を、来る日も来る日も行き来した。そのために隣家から借りた赤子は、かれの外套のなかで肩のうえで眠り、つぎの演説を考え構成する安定性を与えた。そしてその卑劣さに加えて、暗殺者［ジョン・ウィルクス・ブース］の叫んだ「暴君ニハツネニカクノゴトク」［ラテン語］の目も眩む愚劣さ。背中を撃ったあとに。――かれの三位一体のうちに、その時期までのアメリカの生の粗暴化する荒廃が反映される。だがねじ曲がりつつ、花開いて。

ウィレム・メンゲルベルク［オランダ人指揮者］、偉大な幅広の腰のひとは、オーケストラを同じ流儀で指揮した。それは女だ。かれは団員たちを赤ん坊のようにあやし、その上に身を乗り出し、己の要求で満たした。それは、自分のほうへ飽くなき情熱で、無数の音の先端を引き寄せる女だ。それぞれに、成功した取り組みの尊厳を与え、膨らむ負荷をとり除く（とくにみずからによって）。塔のように聳える交響曲のなかで――それは指令の芳香だ。バイオリンたちは取り囲まれ、だが他のものはいないと感じ、沈黙のなかひそかに、個別に聴かれる。

それは、歩哨の任務のとき寝てしまった男を許したリンカンだ。それは、ビクスビー書簡［五人の子が戦死した母宛］の慈愛だ。ただの兵卒でさえ、愛撫してくれる女を見いだした。古いショールをつけた女――立派な髭面で、上に塔のような黒い帽子を載せ、この世のものならぬ現実感をもち。

ブランクーシは、かれの彫像を作るべきだ――木で――かれのソクラテス像に倣って［ニューヨーク近代美術館蔵］。その巨大な頭には大きな穴がある。ただしそれは女になる。

齢を経た責め苦は、リンカンで災厄の頂点に達した。緩和や表出を欠いて、その場所は、困惑と苦痛の発作へとみずからをねじ曲げた――ひとりの女が、どうにかして生まれ、それに心を痛め、怖れつつすべてを包んだ。それは**あの**時期の終わりだった。

訳者解説

二〇世紀前半に、いわゆる「モダニズム」の新しいアメリカ詩を形成した主要人物の一人、ウィリアム・カーロス・ウィリアムズ（一八八三—一九六三）は、一九二五年にこの歴史の本——他の呼び方がすぐには浮かばない独特な本——を刊行した。訳書名『代表的アメリカ人』はもちろん内村鑑三、さらにエマソンの書名にあやかるものだが、直訳ではない。原題 *In the American Grain* で "grain" は「木目・石目・性質・気質」の意味であり、全体は「アメリカ的性質のなかに／によって」ほどを意味する。これを『アメリカ精神』や『アメリカ（人）気質』と訳すことは可能だが、狭い土着主義や本質主義の含意が生じうるので、この訳書では避けた。

詩人ウィリアムズについては、日本でも紹介の歴史があり、近年も長篇詩『パターソン』（思潮社、一九九四年）、選詩集『ウィリアムズ詩集』（同、二〇〇五年）、『自叙伝』（同、〇八年）などが刊行されている（『自叙伝』の三〇—三六章の諸所では、この歴史書の執筆や刊行の経緯が語られる）。また岩波文庫の対訳『アメリカ名詩選』（一九九三年）にも七篇が収録されている。かれのおそらく最も有名な詩「赤い手押し車」では、前半の四行は“so much depends/upon//a red wheel/barrow”と、「多くのこと」が何に「掛かる」のか謎をかけてから、ただの「赤い手押し車」であると種明かしする。後半の四行“glazed with rain/water//beside the white/chickens”は、その「手押し車」に「雨水のつやがかかり」「白い鶏たちの隣りに」ある情景を、静止画のように鮮やかに喚起する。ウィリアムズは、ヨーロッパで活動したエズラ・パウンドやT・S・エリオットと違い、アメリカに留まり、土着的モダニズムを志向したことはつねに説明されるから、この農家の庭先を思わせる情景を描く詩は、それと符合すると了解されるだろう。

だが、この土着的・即物的なイメージをたんに写真のように提示するとも思える詩には、当時の常識では詩でないもの（ただのちらばった単語）を詩として提出するという、デュシャンの「レディメイド」（既製品を展示するだけで作品に変える行為）に似た方法意識も働いていた。そしてこの種の詩は、かれの多彩な作品群のほんの一面にすぎない（その絵画的な詩も多くは静的でなく動的である）。ウィリアムズは直観的で衝動的で、複雑で矛盾にみちた人物であり、その矛盾についての自意識のありなしも測りがたいところがあった。かれはアメリカ土着を唱えたが、実際はパウンドやエリオットのような典型的WASP——一昔前まで正統的アメリカ人とされた「白人・アングロサクソン（イギリス系）・プロテスタント」——でなく、「カーロス」の名が示すようにラテン系との混血だった。父はカリブ海に流れ着いたイギリス人女性の息子、母はプエルトリコ女性であり、両親一家はニューヨーク近郊に居を構えたが父は英国国籍を維持し、ウィリアム・カーロスは第一世代のアメリカ市民だった。訳者はかつて拙編著『アメリカン・モダニズム』（せりか書房、二〇〇二年）中の論考「謎の詩人カーロスについて」で、その出自が詩人の主題の選択に影響し、またそれを扱う表現の不明瞭さ（否定的な評価ではない）の源泉にあることを論じた。そこには、移民の土着主義とでも呼ぶべき逆説性が存在した。

＊

そのウィリアムズによる、この歴史の本は、アメリカ史の根本的性格という巨大な対象を詩人の直感により探索するが、第一の特徴として、まさに詩人の出自を示すように、合衆国論ではなく広くアメリカ大陸論、新世界論となっている。この本は、コロンブス以前に新大陸に到達したヴァイキングに始まり、コロンブス、スペイン系征服者へと主題を展開して、そのあとようやくウォルター・ローリーやメイフラワー号のピューリタンたちが登場する。その後は、合衆国の歴史の諸相（南北戦争まで）が中心となるが、カナダのフランス系植民者も重視される。全体として、先住民の征服、殺戮、その後の抑圧の歴史が描かれるが、スペイン系征服者については、にもかかわらず新世界の驚異に眼を開いたことも強調される。

ウィリアムズは、新世界の未聞の力という神話的ヴィジョンをもち、土地の霊の存続や、大地の女神との婚姻などを語る。それらに応えた、または体現した人物たち（そう望まなかった場合も含めて）と、それらを否認し抑圧した人びととの対比が、本書の大枠である。だがウィリアムズにとって土着性とは、一定の土地に幾世代も根ざした共同体のそれでなく、未知で異質なものへと身を委ねる不定形の衝動を指すかのようだ。そしてキリスト教は一般に、その「唯一絶対」の「目的・終末」をもつ「普遍」的な「救済史」観ゆえに、新世界を己の枠組みのなかでしか見なかったが、本書は、スペイン系、フランス系、イギリス系の植民者たちが土着するさいの姿勢の違いや、カトリックとプロテスタントの先住民に対する異なる態度に、着目している。ウィリアムズの批判は、とくにピューリタニズムに対して鋭い。

他方、この本の別の特徴は、詩人による歴史エッセー集といった性格づけをはみでて（そう呼べる部分もあるが）、虚構や、自由な翻案や、素材のコラージュや（コロンブス、コルテス、フランクリン、ジョン・ポール・ジョーンズ等の歴史文書）、架空の対話での議論など、種々の様式を組み合わせることだ。たとえばヴァイキングの新大陸発見を扱う第一章は、サガの記述に拠りつつ、北米に到達したとされるレイヴ・エイリークソンの父親、赤毛のエイリークの内的独白として示される。こうしたあからさまな虚構の導入や、明示的な説明なしの歴史文書の貼り合わせには、歴史的「事実」や「客観的」記述なるものへの批判的な視線を見てとれる。これらは、モダニズムの「歴史・文学」であり、さらにポーの章では「文学史・文学」となっている。

実際ウィリアムズは、章ごとに内容と形式を一致させようとした意図をこう記している。「テノチティトランの章は、インカの石造建築のような大きな四角の段落で書かれた。ローリーは、ぼくがエリザベス朝の文体と考えるもので書かれた。赤毛のエイリークの章はアイスランド・サガの文体で、ブーンはダニエルの自伝の文体で、フランクリンはフランクリンのことばで書かれた。ジョン・ポール・ジョーンズを、ぼくはそのことば通りに出した。こうしてぼくは、各章を内容だけでなく文体についても主題の密接な研究とした」（『自叙伝』三一章末尾）。

ウィリアムズは、素朴で直情的な部分と、技法への高度な自意識とが不思議に混在する著作家だった。歴史上の諸人物についてのウィリアムズの見解は、しばしば当時の常識と齟齬する挑発的なものだったが、それを意識してか、いくつかの章では対話・討論の片方の説として示される。またそれらは当然、今日の歴史家たちの通説と食い違う部分を多く含むだろうが、かれは種々の歴史文書を読みこなし引用・提示していて（ある場合は評言なしで）、今日の初見の読者にも興味深いはずである。

本書について出典を調査し、各章を特徴づけ評価した重要な研究として、ジェームズ・E・ブレスリンの本（James E. Breslin, *William Carlos Williams: An American Artist*, Oxford UP, 1970）の第四章と、一冊をこの本に当てたブライス・コンラッドの研究書（Bryce Conrad, *Refiguring America: A Study of William Carlos Williams'* In the American Grain, U of Illinois P, 1990）を挙げることができる。本訳書は、本文、各章冒頭の解題、そしてこの解説において、多くの情報や視点をかれらの著書によっている。

以下、各章ごとに主題とその扱い方について、とくに記すべき諸点を指摘する（その一端には各章冒頭の解題ですでに触れた）。またそれらと関連する今日の歴史家・研究者たちの見解や、おもに邦語での参照文献を、一部紹介する。

*

さて第一章は、赤毛のエイリークの独白であるが、冒頭は、「やつらのやり方より、氷のほうがましだ」と、じつに唐突に始まり、読者は「やつら」とは誰か訝う。しばらく読むと「やつら」とは、当時布教が北欧にも及びはじめたキリスト教への改宗者たちだとわかり、たしかにサガ中にはそのことへの言及がある。だが、「弱虫どもが群れて強く見せようとする」といった言い方には、自立する強者に抵抗する弱者の群れの「奴隷道徳」を批判するニーチェ思想の反響を聞きとれないだろうか。ニーチェのように語る赤毛のエイリーク、には驚かされるが、アメリカ二〇世紀初頭の文化・社会批判、とくに広義のピューリタニズム批判は、ニーチェによるキリスト教批判の紹介・導入を含んでいた。その潮流の代表者H・R・メンケンは、ニーチェ哲学の概説書を著している。ウィリアムズはこれを受容しており、本書第七章でのピューリタンの「純粋な魂」への批判にも、それが根幹にある。ピューリタニズムの欠陥を剔抉したメンケン、ヴァン・ワイク・ブルックス、ランドルフ・S・ボーンの諸論文は、『アメリカ古典文庫20　社会的批評』（研究社、一九七五年）に、井上謙治の概説とともに収録されている。

赤毛のエイリークはここで、キリスト教化の趨勢への反逆者として描かれ、新大陸とキリスト教とのねじれた関係を先触れするかのようだ。エイリークはまた、自身は新大陸に辿り着かず触れない男であり、本書に登場する数人の運命を先取りする。

ついでコロンブスの、新大陸を発見したが望むようにはそれを所有できなかった姿が、航海日誌や書簡などの資料を切り貼りして示される。挫折を重ねつつ新大陸に絶望的に執着するさまを描いたあと、最初の航海の発見の輝きに戻る構成は、巧みだ。ウィリアムズは、島々を発見したあとの日誌を引用するさいに、記述を一部省いている。それらは、コロンブスが初めから現地人が黄金をもっているか観察したことを示す箇所である。その省略は、もちろん発見者の真相を糊塗するためでなく、かれが新世界の美に圧倒された局面を強調するためだ。本章は冒頭で、「条理に反して、その誕生の白い花より以前に存在した」「定められた苦い果実」、つまりその後の大量殺人の歴史に触れている。
ポンセ・デ・レオンを扱い、その奴隷化と虐殺の経緯に触れる第四章で、コロンブスは「キリストを担ぎ渡す者」（“Christ-over”）として言及されるが、これは割注で説明したように、コロンブスの名「クリストフォロ」（スペイン語名は「クリストバル」）が、その伝説をもつ聖人クリストフォロスに由来することによる。コロンブス自身の「使命」感は、世界の終末が迫るなか可能なかぎり多くの異教徒を改宗させたいという神学的な熱情を含んでいたことや、かれがまさにこの語義を示す特異な署名を使ったことは、増田義郎の『コロンブス』（岩波新書、一九七九年）の「終末にむかって」の章で説明されている。

第三章は、コルテスによるアステカ征服を扱うが、ここでの焦点は、コルテス自身の書翰に基づく、都市テノチティトランとその精髄である皇帝モクテスマの生活の濃密な描写にある。コルテスの文章の英訳の諸所を材料に、ウィリアムズは、ある文明の細密な像を刻みだす。二つの文明間の理解（誤解）と交渉と対決の高名な分析としては、コロンブスをも論じるツヴェタン・トドロフの『他者の記号学』（法政大学出版局、一九八六年）がある。

第四章、第五章の扱うポンセ・デ・レオンとデ・ソトは、富の獲得のためには殺戮を厭わない征服者たちであるが、ウィリアムズは、晩年のポンセの楽園探索には、新世界の美の再認識を、またデ・ソトについては、ミシシッピ川に出会い、付近で死に、そこに投ぜられたがゆえに、ある神話的な大地の女神との婚姻を、感じとろうとする。詩人はまた、殺害された先住民たちの記憶・痕跡は消えず、その土地に住まう者たちの魂を支配する、とも語る。

くり返せば、デ・ソトの北米遠征自体は、他所でのように瞬時に膨大な財宝を得ようとして失敗した強盗殺人の企てであって、インディアンの集落を襲い、少しでも逆らえば殺し、貯蔵食料を奪い、強制的に人足として徴用した（そして意図せずだが伝染病を持ちこんだ）。もっともマーチン・ファン・クレフェルト『補給戦』（中公文庫、二〇〇六年）によれば、ヨーロッパでも組織的補給が始まる前の軍隊は、宿営する農村の食料を収奪して維持されたようである。デ・ソトの進軍経路については、以下の論文中の推定を参照した（Charles Hudson, "The Historical Significance of the Soto Route," in Patricia Galloway, ed., *The Hernando de Soto Expedition*, U of Nebraska P, 1997)。

*

ここから、歴史の記述は、イングランドとフランスからの入植者たちに移る。初めはエリザベス女王の廷臣ウォルター・ローリーを扱う第六章だが、これは、エリザベス朝の活力を体現するが、エイリークと同様にアメリカには辿り着かなかった男の運命をめぐる散文詩、と呼べるものだ。

ついで第七章で、ピューリタンたちが登場する。ウィリアムズムは、合衆国のその後の宗教的・精神的展開の主流となった、と通常は想定されるピューリタンたちの世界観・価値観を徹底して批判する。つまり、かれらが魂の純粋性や神の摂理・意図を自己本位に信じて、みずからをそのなかに隔離し、真に新大陸と先住民に触れなかったことを剔抉する。ウィリアムズは、フランス系の植民者のほうがインディアンに「触れる」ことを厭わなかったと考えている。すでに述べたように当時、広義のピューリタニズム批判は盛んだったが（背景には禁酒法の成立もあった）、ウィリアムズはたんに「禁欲的道徳主義」に反発したのでなく、純粋な魂という虚構、強者の自由への嫉視に基づく宗教と道徳、その歪んだ権力意志を看破していた。なお八木敏雄は、本章の引くブラッドフォードほかのピューリタンたちはその宗教的な認識の枠組みゆえにインディアンを見ず消去した、とする論考を一九九九年に発表した（現在は「ブラッドフォードのインディアン消去法」として『マニエリスムのアメリカ』南雲堂、二〇一一年、に再録）。

もちろん、ウィリアムズのピューリタン観はその時代のものであり、その後の深化した研究からすれば一面的な理解と見えるだろう。一方で一七世紀宗教思想史が探求され、またアメリカ文学はピューリタニズムに起源をもつとする説が強調された（日本でも基本的にそれらの観点による研究は続けられている）。だから、ラッセル・J・ライジングによるアメリカ文学批評史の批判的展望をめざす本『使用されざる過去』（松柏社、一九九三年）の第二章は、アメリカ文学の「ピューリタン起源論」の系譜を扱うが、ウィリアムズの見解を、本格的研究が始まる以前の先入見に基づき、かつ批判するピューリタン的な善悪二元論をみずからが反復するもの、として斥ける。だが私見では、ライジングはウィリアムズの批判のニーチェ主義的な側面を見ず、また、資料自体を引用しそれに語らせる手腕を過小に評価している。ブラッドフォードによる、メイフラワー号上でピルグリムたちを侮辱した傲慢な水夫が病に倒れた事件の解釈は、自分たちに不都合な人間の不幸をただちに全知全能なる神の摂理による罰と解する心性の空恐ろしさを、多くの読者に感じさせるだろう。メイフラワー号には宗教的使命感とは無縁の水夫も乗っていた、といった事実を含めた一六二〇年の植民の実像と、その後の神話化については、大西直樹『ピルグリム・ファーザーズという神話』（講談社選書メチエ、一九九八年）

に詳しい。

ともあれ、究極的には神が定めたと想像する構図・筋書きに自己を都合よく位置づけ振るまい、その枠組みでしか他者を見ようとしない心性の残存が、近年の合衆国の政治・外交・軍事行動にもしばしば出現することは、あらためて指摘するまでもないだろう。

ウィリアムズは、ピューリタンの自己欺瞞的な心性の帰結は、一六九二年のセーレムの魔女狩りだとする。

＊

だがこの本は、ただちにコットン・マザーによる魔女狩り擁護を扱うのでなく、ピューリタンとは対比的な二人の新大陸への冒険家に向かう。つまり、フランス人の探検家シャンプランと、陽気で異教的民俗にも寛容なイングランドを体現するトーマス・モートンとである。ウィリアムズは、前者については、フランス的知性が新大陸に直面するときの限界、後者については先住民との関係、とくにその女性たちとの性的関係に関心を向ける。

そして第一〇章で、歴史は一六九二年のセーレムに辿り着く。

ただしウィリアムズが第七章で、セーレムの魔女狩りをピューリタンの宗教や心性の一義的で直接の帰結であるかのように語ったのは、たしかに単純すぎるだろう。魔女狩りが、宗教・民俗・社会・政治等の諸要素が入り混じり、長期間の歴史において変動した複合的な事象であることは、言うまでもない。この解説が、その諸要素の縺れや、セーレムという事例の特徴を十分に扱うなど、もちろん不可能である。

だがこの第一〇章は、全体がマザーの著書の引用である。ウィリアムズが引くのは、まず魔女の業の蔓延を植民地の宗教的堕落に対する神の罰と捉える説教、ついで二人の女性被告の裁判記録（その多くは民俗的・民衆的な呪術の疑惑であり、一部は性的妄想を示唆し、若干の空想的な魔女の饗宴の像を含む）、ついで悪魔と魔術に関する衒学的考察（だが宗教と科学の境界という重大な問題に関わる）である。これらについて、ウィリアムズが評言なしに素材を貼りつけて、ピューリタンの世界観と心性をみずから暴かせていること自体は、やはり有意義かつ効果的と思われる。

魔女狩りという現象には一般に、魔女なるものの存在を想定する宗教思想、キリスト教化以前から伝わる種々の民俗的・民衆的な呪術、災害や動乱時の邪悪な意図をもつ犯人探し、憑依現象や異常心理、など多様な要素が絡まる。また、聖俗ともに中央集権的権力は告発騒動を好まず、逆に権力が不安定な状況で民衆からの告白の連鎖が統御不能になりやすい、という傾向も顕著なようだ。さらに、魔女告発が敵対勢力を抹殺する名目となった事例も数多く見られるという。

セーレムの事例にもたしかに、これらの要因が見られる。植民地は先住民との戦争で疲弊し、その地位を保証した王の特許状は失効し本国で名誉革命（一六八八年）は起こったが、権力は不安定だった。事件の始まりは、牧師一家の少女たちがカリブ海から来た奴隷の召使ティテュバに使嗾され魔術を試みたことだが、その後の裁判で彼女たちは、魔術の効果を心身の症状で表出してみせた。他方マザーは、魔女の業の犠牲者に強い関心をもち、神学的に、科学的に、思索と研究とを進めた。

そのマザーは、実際は裁判での証拠の扱い方などに慎重さを求めたが、魔女狩り裁判の擁護論を書いたがゆえに、長いこと裁判の黒幕や元凶のように見なされた（ウィリアムズはその通念に従ってい る）。マザーは、種痘を試みた科学者でもあり、宗教と科学の狭間にいた複雑な人物であったことは、現在は広く了解されている。

研究書の邦訳のうち、チャドウィック・ハンセンの『セイレムの魔術』（原著一九七〇年刊、工作舎、一九九一年）は、事件の諸相を扱うが、とくにマザーの名誉回復に重点を置く。訳者飯田実による「訳者解説」は事件の概要を的確にまとめている。また、小山敏三郎の『セイラムの魔女狩り――アメリカ裏面史』（南雲堂、一九九一年）の第二、三章は、事件の複合的な諸要素を跡づけるが、その背景にセーレム地域社会での党派対立を見る説も紹介している。それを唱えたポール・ボイヤーとスティーヴン・ニッセンボームの本は、『呪われたセイレム』（渓水社、二〇〇八年）として邦訳されている。

さて、ウィリアムズがその裁判記録を引用するブリジェット・ビショップに関しては、興味深い経緯があるので紹介したい。先に引いたハンセンの本は、マザーの名誉回復をめざすほかに、当時のニューイングランドでは民俗的・民衆的な魔術が実践されていたことを論じるが、ビショップについては、裁判記録から魔術を行なったと断言し、有罪判決や処刑を正当と判定する。ビショップは、他の犠牲者と違い遺族が名誉回復を求めなかったままに放置されていたが、ハンセンはそれも妥当と確言する。この飛躍した断定を、アメリカの研究者も批判しているが、市場泰男は、これに憤りを感じてマリオン・L・スターキーの『少女たちの魔女狩り』（原著一九四九年刊、平凡社、一九九四年）を翻訳したと「訳者あとがき」で述べている。だがさて、そのスターキーの本は諸資料の「ノンフィクション」ふうの語り直しからなるのだが、派手な胴着をつけ居酒屋を経営し、当然ピューリタンの敵意の的となったビショップを、第一二章「村のキルケー」で活写する。だが、じつは居酒屋を経営していたのは別人セアラ・ビショップであり、資料は誤って綴じられていたことが、一九八一年に判明した（Marilynne K. Roach, *Six Women of Salem*, Da Capo, 2013, p.380）。歴史は、難しい。なおビショップは二〇〇一年に名誉回復されたという。

関連して述べるなら、騒動の端緒であった牧師館の少女たちは「黒人」奴隷のティテュバから「ヴードゥー教」の呪術を習った、という物語はいまも語り継がれているが、これはハンセンも触れるように、その奴隷がインディオだったか黒人だったかあるいは混血か、事実は明らかでないようだ。もっとも、その物語自体がアメリカ文化史上の重要な事実であることは、疑えないが。

マザーに戻るなら、「第二の珍奇な事」中でかれは魔術の科学的な説明を探って「成形する霊」（Plastic Spirit）なるものを語るが、その解釈はケネス・シルヴァーマンの本を参照した（Kenneth Silverman, *The Life and Times of Cotton Mather*, Harper & Row, 1984, p.122）。シルヴァーマンはそれを、科学的世界観が優勢になるなか、神学的な超自然の力の最後の砦を見いだす試み、と解する。巽孝之の『ニューアメリカニズム』（増補新版、青土社、二〇〇五年）のマザーを扱う章も、同様の問題を取り上げている（巽は一連の著作で、ウィリアムズのこの本が扱った諸主題を、歴史・思想史の「物語学」という視点から論じている）。

そして「アメリカ文学のピューリタン起源説」にも触れるなら、マザーに見える心性の一端、つまり「神が人間を罰する範囲で、悪魔の力としては経験可能な超自然に魅惑される傾向」はたしかに、その後のアメリカ文学における「神とも悪魔ともつかぬ存在が司る摂理／陰謀」といった主題の源泉の一つであるのだろう。

＊

マザーのあとに、イエズス会のラル神父が登場する。ウィリアムズは、ピューリタンとは対照的に、カナダのフランス人はある場合に、先住民に触れその友となったことを認知する。かれは、フランスの利益のためインディアンを操った、と批判されることも多いラルを、先住民との交流の別の可能性を示した人間として熱く語る。だがそれは独語でなく、ヴァレリー・ラルボーとのなかば現実なかば架空の対話、という枠組みのなかで示される。その設定は、自説が通説への反対陳述であることへの強い自意識を示す。なお余田真也の『アメリカ・インディアン・文学地図』（彩流社、二〇一二年）は、インディアンとアメリカ文学との関係の諸相についての包括的な研究書であるが、第一章をウィリアムズのこの本に割き、ウィリアムズによる先住民との新たな関係の探索を、固定した自己同一性に頼らず異質なものとの出会いに身を委ねる志向、として評価している。

＊

つづく第一二章は、伝説的な開拓者ダニエル・ブーンを、アメリカの絶対的新しさに応答したコロンブスの再来として、またインディアンと適切な関係を維持した人物として描きだす。

ここで、歴史は独立革命の時期に至るが、ウィリアムズは建国の父祖たちの通常の理想化に挑発的に逆らい、むしろ評判の悪い人物アーロン・バーに、新大陸の自由の可能性を見る。第一三、一四章が扱うワシントンとフランクリンについて、ウィリアムズが強調するのは自己抑制と俗衆への迎合である。かれらは大陸を体現する巨人であったが、みずからを縮減した、とされる。

つぎに、全編が艦隊司令官ジョン・ポール・ジョーンズの戦闘報告の引用からなる第一五章が来る。ウィリアムズは、その書きっぷりに、時代精神の高揚を感知したのだろう。このブリテン島海域での「海上遊撃戦」の特徴については、堀元美『帆船時代のアメリカ（上）』（原書房、一九八二年）の第六章が説明している。またこの海戦は、ホイットマンの『草の葉』中の最重要の長篇詩、初版では無題の「ぼくは、ぼくを祝福する」と始まる作品でも語られる（八九〇—九三二行）。

つづく「ジャカタクア」と題された章は、ウィリアムズその人が語る自由奔放なアメリカ文明論、女性論であり、広義のピューリタニズムの悪影響に対し、放言を厭わない毒舌をふるう。

つぎの「歴史の効験」の章は、アーロン・バーを登場させる。バーのうちにウィリアムズは、新世界の活力を代表し、革命の高揚を固着化させる勢力に抵抗した人物を認める。ただし、それはことさらに奇異な論と響くことは自覚しているので、対話仕立ての片方の主張として提示する。バーは毀誉褒貶のきわめて激しい人物だが、先に引いた小山敏三郎の『セイラムの魔女狩り』は、第四、五章でバーを論じていた。小山がそこで、本章でのウィリアムズの見解にすでに触れ、「印象主義的批評」ではあるが「おどろくべき洞察力でバーの復権を試みている」「歴史と個人の関わりについての傾聴すべき評論」（二五四頁）と評したことは、紹介しておきたい。なお最近アメリカで出た伝記は、ウィリアムズの見方と基本的に近いバー像を描いている（Nancy Isenberg, *Fallen Founder: The Life of Aaron Burr*, Penguin, 2008）。

他方、ウィリアムズにとっては悪役のアレグザンダー・ハミルトンは、じつは西インド諸島出身で、正規の結婚をしなかった男女の子という境遇から身を起こした。ロン・チャーナウの邦訳のある最近の伝記『アレグザンダー・ハミルトン伝』（日経BP社、二〇〇五年）は、その主人公を合衆国の連邦制度と産業主義を創設した英雄として提示し、バーを最終的にはいかがわしい人物として描く。

第一八章「奴隷の到来」は、アフリカ系アメリカ人を語り、実人生で接した黒人たちへの共感を証している。だが他方、黒人は理屈を言わずただ社会的に「無」であるほうが実存の「真正さ」を保つ、といった問題含みの発想をも示し、これは近年数人の文学批評家たちから批判された。だが詩人は、黒人のことばと自分のことばとを混ぜ合わせたい、という欲望を表出してもいる。なお、作曲した「ノーバディ」が言及されるバート・ウィリアムズは西インド諸島の出身であり、またその曲をライ・クーダーはアルバム『ジャズ』（一九七八年）で演奏していること、は記しておきたい。

第一九章「下降」は、サム・ヒューストンが一応の主題であり、かれがインディアンに近づき接触したことを評価するが、章のなかばはアメリカ文学の情勢論である。

ウィリアムズは、バーとヒューストンとを肯定的に語るが、政治的には二人とも、合衆国のメキシコ領域への勢力拡張を、当然の明白な天命と見なした人びとであったことは、確認しておきたい。

＊

つぎの章は、エドガー・アラン・ポーを論じるが、通念にあえて挑戦し、新世界の体現者ポーという像を提示する。常識的には時代と場所からかけ離れた存在とされたポーを、常識的には堅実に土着的であると想定されたニューイングランドの著作家たちと対比させて、ポーこそその「方法」によって真にアメリカ的な作家であった、と位置づける。これは無理な議論のようで、今日のポー研究に繋がる洞察を孕んだ刺激的な文学批評となっている。また、ここで論じられる「方法」と「主題」の関係は、ウィリアムズ自身の詩法をも示唆している。

ここでもウィリアムズにとって「地域性」とは、ある場所に長く定住した集団の無意識的・有機体的な所与でない。アメリカに「根づく」とは、歴史的経緯を発掘し、そこに見いだすものを人為的・方法的に再構築することだった。

最後のリンカンを扱う章は、出版社社長チャールズ・ボニの要請で加えられたが、印象深い散文詩となっている。

*

総体としてこの本は、一詩人の蛮勇に近い熱意が産みだした歴史・文学であり、専門家の観点から間違いや一面性を指摘することは可能だが、その本意には触れないだろう。新世界に生きる一人の人間が、可能なかぎりで、その世界はいかなるものであるか／ありうるかをみずから考えようとした、真率このうえない書物である。（本書が扱う領域の標準的な歴史資料集としては、亀井俊介・鈴木健次監修『資料で読むアメリカ文化史』第一巻、第二巻、東京大学出版会、二〇〇五年、がある。）

ウィリアムズは、ある手紙でこう記している。「出自が混ざっているため、ぼくはまったく幼いころから、アメリカはおよそぼくが自分のものと呼べる唯一の故郷だと感じた。ぼくは、それは明白にぼく個人のために創設され、それを所有することがぼくの第一の仕事だと感じた。それを始まりから今日まで、細部に至るまで、自分のものにすることで、ようやくぼくは自分がどこに立つか知る基盤を得られる、と感じた」(*Selected Letters*, New Directions, 1957, p.185)。

最後に詩人ウィリアムズに戻るなら、かれはこの本のさまざまな一般的命題を「朗々と歌いあげる」種類の詩は書かなかった。むしろ本書の描くポーのように「方法」を探り、歴史的展望をもちつつも、主題は眼前の卑近なものから始めた。その結果は、一方向に収斂しない、多種の作品の集積となったが、その総体はある豊かな詩的世界を達成する。興味をもたれたなら、この解説の初めに紹介した訳詩集や対訳詩集を手にとっていただければ幸いである。

*

大学の同僚のマイケル・プロンコ氏には、細部の解釈についてご意見をいただいた。本訳書は、みすず書房編集部の浜田優氏のご尽力で実現した。記して感謝したい。

二〇一五年十二月

富山英俊

著者略歴

(William Carlos Williams, 1883-1963)

20世紀アメリカを代表するモダニズム詩人．ニュージャージー州ラザフォードに生まれる．父親はイギリス人，母親はプエルトリコ人．1902年，ペンシルヴェニア大学医学部に入学．在学中にエズラ・パウンドと親交を結ぶ．卒業後はラザフォードに戻り，内科・小児科の開業医として生涯を送った．1915年，ニューヨークの前衛芸術家グループ（アレンズバーグ・サークル）に参加．エリオットやパウンドの，ヨーロッパ的伝統に根ざした革新ではなく，アメリカの現代口語を大胆に取り入れた新しい詩を模索し，戦後のビートニクやブラック・マウンテン派などに多大な影響を与えた．1950年，『パターソン』その他の詩で全米図書賞，1963年，『ブリューゲルの絵，その他の詩』でピューリッツアー賞を受賞．『全詩集（2巻）』『パターソン（長編詩）』『自伝』ほか，評論，エッセイ，小説，戯曲，書簡集など著書多数．邦訳に『ウィリアムズ詩集〔海外詩文庫〕』（原成吉訳編，思潮社，2005）『パターソン』（沢崎順之助訳，同，1994）『自叙伝』（アスフォデルの会訳，同，2008）『オールド・ドクター〔短篇集成〕』（飯田隆昭訳，国書刊行会，2015）などがある．

訳者略歴

富山英俊〈とみやま・ひでとし〉1956年生まれ．東京都立大学大学院博士課程中退．現在，明治学院大学文学部教授．アメリカ詩研究，宮沢賢治研究．編著書に『アメリカン・モダニズム』（せりか書房）．訳書にアレン・ギンズバーグ『アメリカの没落』（思潮社）ヒュー・ケナー『ストイックなコメディアンたち』（未來社）ウォルト・ホイットマン『草の葉　初版』（みすず書房）ほか．

ウィリアム・カーロス・ウィリアムズ
代表的アメリカ人
富山英俊訳

2016年 1月15日 印刷
2016年 1月25日 発行

発行所 株式会社 みすず書房
〒113-0033 東京都文京区本郷5丁目 32-21
電話 03-3814-0131(営業) 03-3815-9181(編集)
http://www.msz.co.jp

本文組版 キャップス
本文印刷所 精興社
扉・表紙・カバー印刷所 リヒトプランニング
製本所 誠製本

ISBN 978-4-622-07947-7
[だいひょうてきアメリカじん]